AF363053

Rudolf Stratz

Schloss Vogelöd
(Kriminalroman)

e-artnow 2018

Louis Weinert-Wilton
Die Panther (Ein Weinert-Wilton-Krimi)

Hans Hyan
Das Rätsel von Ravensbrok: Mystery-Krimi

Robert Fuchs-Liska
Um ein blondes Frauenhaar (Mystery-Krimi): Thriller

Edgar Wallace
Töchter der Nacht (Ein Fesselnder Krimi)

Louis Weinert-Wilton
Der Drudenfuß (Ein Weinert-Wilton-Krimi)

Rudolf Stratz

Schloss Vogelöd (Kriminalroman)

Die Geschichte eines Geheimnisses

e-artnow, 2018
Kontakt: info@e-artnow.org

ISBN 978-80-273-1115-6

Inhaltsverzeichnis

Vorwort des Herausgebers, des Justizrats und Rechtsanwalts Dr. von Lechner in München   13

I Einleitende Bemerkungen nach Sammlung und Abschluß der Aufzeichnungen aller Beteiligten durch mich, Leopold Salvator von Vogelschrey auf Vogelöd, zu Ende des Jahres des Heils 1853   14

II Bericht des Kunstmalers Franz Salvermoser, 32 Jahre alt, katholisch, ledig, in München   15

III Ergänzung des vorstehenden Berichts durch mich, den Schloßherrn, Rittmeister Leopold Salvator von Vogelschrey auf Vogelöd   25

IV Kurze Bemerkungen Seiner Exzellenz des Herrn Reichsrats Grafen Franz Assisi von Meerwarth   29

V Zweite Niederschrift des Kunstmalers Franz Salvermoser aus München   32

VI Erinnerungen der Frau Centa von Vogelschrey (So, wie mein lieber Mann mich geheißen hat, das, was ich weiter von diesem Abend weiß, so gut es halt geht, aufzuschreiben)   35

VII Promemoria Seiner Hochwürden, des Priesters Nepomuk Thurmbichler, Pfarrherrn zu Vogelöd, für den Herrn Rittmeister von Vogelschrey   40

VIII Neuerlicher Bericht von mir, dem Herrn von Vogelschrey auf Vogelöd   43

IX Denkwürdiges der Frau Centa von Vogelschrey für ihren lieben Mann zur Erhellung der geheimnisvollen Begebenheiten in Schloß Vogelöd im Oktober a. d. 1850   48

X Bericht des Kunstmalers Franz Salvermoser aus München   51

XI Schreiben des k. k. Lieutenants Vinzenz Ignatius Prinz von Tettikon, von Hardegg-Kürassieren in Böhmen, an den Rittmeister von Vogelschrey auf Vogelöd d. d. 5. April 1852   53

XII Untertänigster Rapport des Vinzenz Rubesoier, Haushofmeisters in Schloß Vogelöd   58

XIII Aufzeichnung von Centa von Vogelschrey   60

XIV Weitere Aufzeichnungen des Rittmeisters von Vogelschrey   63

XV Ein kurzes Aide-Memoire des Herrn Kunstmalers Franz Salvermoser aus München   71

XVI Aufzeichnung des Laquaien Baptist Geißböck, im Dienst bei Herrn Rittmeister von Vogelschrey auf Vogelöd   76

XVII Bericht des Rittmeisters von Vogelschrey   82

XVIII Neuerliche gewissenhafte Aufzeichnung von mir, Centa von Vogelschrey   87

XIX Rapport des Herrn Josef Wappolt, Forstmeisters des Schloßguts Vogelöd   91

XX Vom Rittmeister von Vogelschrey niedergeschrieben   95

XXI Diktat der Pauline Engelbrecht, genannt Poletta, aus Wasserburg am Inn, damals Jungfer bei der Frau Baronin von Safferstätt, nunmehr Metzgermeistersgattin in München, d. d. 9. Oktober 1853   110

XXII Bericht der Frau Centa von Vogelschrey   113

XXIII Neuerliche und letzte Niederschrift des Kunstmalers Franz Salvermoser aus München   124

XXIV Bericht des Rittmeisters von Vogelschrey 132

XXV Von Frau Centa von Vogelschrey 143

XXVI Bericht des Peter Wöhr, Schiffermeisters auf dem Oedsee 147

Vorwort des Herausgebers, des Justizrats und Rechtsanwalts Dr. von Lechner in München

Wenn ich in dem Nachfolgenden den Schleier von den jetzt längst dem Gedächtnis der Lebenden entschwundenen, seltsamen und furchtbaren Ereignissen ziehe, deren Schauplatz um die Mitte des vorigen Jahrhunderts in den Oktobertagen des Jahres 1850 das Schloß Vogelöd im Bayrischen Hochland gewesen ist, so erfülle ich damit nur meine Pflicht als Testamentsvollstrecker gemäß dem mir seinerzeit persönlich eingehändigten, gesetzlich einwandfreien letzten Willen des am 22. August 1907, versehen mit den Tröstungen der hl. Kirche, im hohen Alter von siebenundachtzig Jahren in Meran verstorbenen hochwohlgeborenen Herrn, des K. Kämmerers und Rittmeisters a. D., Schloßgut- und Brauereibesitzers Leopold Salvator von Vogelschrey auf Vogelöd. Die diesbezügliche Stelle in seinem Testament, Abschnitt III, zweiter Absatz, Linea 4 und folgende, lautet wörtlich:

»Des Menschen Leben, heißt es in der Schrift, währet siebzig Jahre. So möge nach siebzig Jahren, 1920, das Geheimnis von Vogelöd, von 1850, gelüftet werden, über das sich damals die Menschen jahrzehntelang umsonst den Kopf zerbrachen. Denn wir wenigen, die darum wußten, haben seinerzeit, sofort nach dem Abschluß der Tragödie, auf die Hostie geschworen, das Geheimnis, so lange einer von uns noch leben würde, nicht über die Lippen zu bringen. Ich bin der letzte Überlebende. Nahe an Neunzig. Meine Tage sind gezählt. Kraft dieses Rechtes des Einsamen gebe ich es dem Jahre 1920 anheim, die Geister von 1850 noch einmal zu rufen und, so Gott will, dann zur ewigen Ruhe zu bringen.«

Im Sinne dieser Verfügung des Verstorbenen und im Einverständnis mit den Erben und Rechtsnachfolgern des verewigten Herrn Rittmeisters wurden in meiner, des Justizrats, und eines Vertreters des Nachlaßgerichtes Gegenwart, in Wahrung des § 2197 ff. BGB. die Siegel von einem Pergamentumschlag gelöst, der ein dickes, verschnürtes Pack von Aufzeichnungen in verschiedenen Handschriften, Papierformaten und Tintenfarben enthielt. Diese Aufzeichnungen waren von dem Herrn Erblasser sorgfältig geordnet und durchlaufend mit Rotstiftzahlen numeriert und gelangen, nach seinem Willen, hier genau in derselben Reihenfolge, unverkürzt und unverändert, zum Abdruck.

Einleitende Bemerkungen nach Sammlung und Abschluß der Aufzeichnungen aller Beteiligten durch mich, Leopold Salvator von Vogelschrey auf Vogelöd, zu Ende des Jahres des Heils 1853

Wie und warum gerade ich, vor nunmehr drei Jahren, dazu berufen war, Zeuge all des Unerhörten und Ungewöhnlichen unter meinem Dache zu sein, das ist Gott dem Herrn allein bekannt. Denn weder ich noch meine liebe Frau Centa haben irgend etwas Ungewöhnliches an uns oder möchten etwas Unerhörtes erleben. Wir sind Menschen wie andere, in festem Glauben an unsere christlich-katholische Kirche, und, dank der Gnade Gottes, in glücklichen äußeren Lebensumständen, beide jung und gesund, ich damals vor drei Jahren dreißig, meine Eheliebste fünfundzwanzig Jahre alt, mit drei blühenden Kindern und mit ansehnlichem irdischem Gut. Nichtsdestoweniger berief uns der Wille der Vorsehung, ohne unser Wissen und, wenn wir es hätten vorausahnen können, sicher wider unseren Wunsch, zu dem Los, in unserem Schlosse Vogelöd die ungläubigen und ratlosen Zuschauer unerklärlicher Vorgänge zwischen unseren Gästen zu werden, die, auf das Recht der Freundschaft und Verwandtschaft pochend, ihre finsteren Geheimnisse in unsere friedliche Berg- und Waldwelt trugen.

Ich und die Meinen sind an allem, was geschah, völlig unbeteiligt. Unsere Hände und Herzen sind rein. Nur der Schreck zittert noch im Herzen nach und bebt in der Hand, mit der ich das schreibe. Ich bin kein Schreibkünstler. Ich halte lieber die Zügel oder die Jagdbüchse oder auch, in Mußestunden, den Malpinsel als die Feder. Ich habe mich daher nicht getraut, alles, was geschah, allein zu Papier zu bringen. Es könnten zuviel menschliche Irrtümer mit unterlaufen. Denn ich war natürlich nicht bei allem selber dabei. Da habe ich mit meiner lieben Frau und auch mit dem hochwürdigen Herrn Nepomuk Thurmbichler, Pfarrer in Vogelöd, beraten, und wir haben geglaubt: Es ist am besten, wir bitten jeden, der in den schwarzen Oktobertagen vor drei Jahren Augen- oder Ohrenzeuge von wichtigen Vorkommnissen gewesen ist, es uns einfach und schlicht aufzuschreiben, was er gesehen und gehört hat. Stellt man sotane Aidemémoires richtig nebeneinander, so muß doch ein klares Gesamtbild der Vorgänge herauskommen, geradeso wie, nach den Worten unseres verehrten Herrn Landrichters Ritter von Söller, durch eine Reihe von Zeugenaussagen vor Gericht die Wahrheit. Die Beteiligten haben sich denn auch ohne Ausnahme auf meine Bitte bereit gefunden, mir ihre Beobachtungen schwarz auf weiß, so gut es eben ein jeder konnte, zur Verfügung zu stellen. Ich, der Rittmeister von Vogelschrey, habe das Ganze zeitlich geordnet und, als Schloßherr von Vogelöd, durch meine eigenen Erfahrungen und Erlebnisse ergänzt.

So ist dieser wahrheitsgetreue Gesamtbericht entstanden, für den ich die Verantwortung trage. Als Erstem unter den vielen, die etwas zu sagen haben, gebe ich nun meinem Freunde Franz, Kunstmaler aus München, das Wort.

Bericht des Kunstmalers Franz Salvermoser, 32 Jahre alt, katholisch, ledig, in München

Es gedenkt mir noch wie heute. Es war ein schöner, heller Oktobervormittag in München. So recht ein gutes Licht zum Malen, und ich hab' in meinem Atelier gestanden und mir eins gepfiffen und mein Porträt nur so heruntergestrichen. Langweilig war's schon. Rein ums Geld! Die dicke Frau von einem Großhändler! Überraschung zu seinem Namenstag! Man hat bald die Augen vor Speck nicht in dem Gefries gesehen! Ich war froh, wie die fade Nocken die Treppe herunter war, und hab' ihr nachgerufen: »Also bildsauber wird's, gnä' Frau. Da derfen's sich frei' drauf verlassen!«

Und zugleich bringt mir der Postbote einen Brief mit einem großen, rotpetschierten Wappen: Ein Vogel auf dem Zweig! Da hab' ich gleich einen Luftsprung getan vor Freud'! Denn ich habe den Brief kaum aufzumachen brauchen, um zu wissen: das ist meine Einladung zur Hirschbrunst nach Vogelöd!

Der Herr Rittmeister von Vogelschrey hat während seiner Kommandierung nach München in seiner dienstfreien Zeit fleißig gemalt. Wir haben uns damals oft in der Akademie getroffen. Später ist er mit seiner Staffelei zu mir in mein Atelier übergesiedelt, und ich hab' ihm die Perspektive korrigiert und ihm jeden Tag gesagt, daß er ein Patzer ist, und so sind wir gute Freunde geworden. Das geht in München schneller als da oben bei den steifen Preußen. Aber hauptsächlich sind wir auch Jagdfreunde gewesen. Denn das darf ich schon sagen: Mit dem Kugelstutzen steh' ich meinen Mann.

Ich also in heller Freude meiner Haushälterin, der Frau Duschl, gerufen: »Frau Duschl! Richten's die G'nagelten und die gamsledernen Buxen! Und kommen's mir fei' net übern Weg, wann i weggeh! Ein altes Weib bringt Unglück!«

Richtig: wie ich auf und davon will, steht doch die Duschl gerad' vor mir mitten im dunklen Korridor, das hat mich schon gegiftet. Draußen im Hellen, auf der Treppe, habe ich den Brief vom Herrn Rittmeister noch einmal gelesen, und da bin ich erschrocken. Denn da war noch ein Nachsatz, der mir in meiner Freude entgangen war: »Tu mir den Freundschaftsdienst, Franzl, und wasch' nicht erst Deine Pinsel aus und trödel' herum, wie's Deine Art ist, sondern komm auf der Stelle! Es bereitet sich hier im Schloß Vogelöd etwas Unheimliches vor. Ich brauche vernünftige Leute um mich, die mir zur Seite stehen, wenn's not tut!...«

Ein gutes Stück bin ich mit der Bahn gefahren. Dann im Stellwagen bis Höhenleiten. Dort hat das Jagdzeugl vom Rittmeister schon gewartet, und aufwärts ist es gegangen in unsere lieben bayrischen Berge hinein, und ich hab' von München ab dagesessen, mit der Büchse zwischen den Knien, und war ganz damisch im Kopf bei dem Gedanken: Herrgott Sakra! Was geht denn nur in dem Vogelöd vor?

Dunkel war's schon fast, wie ich in den Schloßhof eingefahren bin. Der Haushofmeister, der Herr Rubesoier, hat mir aus dem Wagerl geholfen und gesagt: »Die Herren sind alle noch bei Tisch, nach der Jagd!« und die großen Fenster des Speisesaales waren verhängt, aber hell erleuchtet, und von innen hat man lautes Lachen und Lärmen gehört, daß ich mir ganz beruhigt gedacht hab': Na, Franzl! In 'nem Geisterschloß bist du noch net!

Wie ich mich sauber hergerichtet hab' und in den Saal hineingekommen bin, da war er ganz voll von Jagdherren. Ihre Zigarren haben's geraucht und Wein dazu getrunken, und die Luft war blau von Rauch, mit goldigen Kerzenlichtern dazwischen, verschleiert und verschwimmend, wie man's als Maler gern hat.

Meine Hauptleidenschaft im Leben sind die Köpf'! Die Köpf'! Die Menschenköpfe! Dafür bin ich Porträtmaler. Die Menschenköpfe, die einem was sagen, nicht so ein Münchener Vollmond, den man halt fürs liebe Geld mit Seufzen auf die Nachwelt bringt. In solche Köpfe kann ich mich gleich verlieben! Und solch ein Kopf war da am anderen Ende der Tafel! Beileib' nicht ein Kopf von einem Madel oder überhaupt von einer Eva, sondern von einem Mann in der zweiten Hälfte der Dreißig.

Er war mehr als mittelgroß und hager und sehnig, recht von edler Rasse. Sein Gesicht: Im ersten Augenblick denke ich: das ist ein großer Schauspieler, trotz dem langen, wilden, rotblonden Schnurrbart. Aber das ist der allererste Eindruck gewesen. Gleich darauf kommt mir der Gedanke: Halt! Der Don Quichotte! Es war so etwas Abenteuerliches in den großen, graublauen Augen und im Schwung der gebogenen, verwegen vorspringenden Nase. Und hinterher berichtigte ich mich wieder: Nein, der ist mehr! Der ist kein Narr! Der hält eher die anderen zum Narren! Da brauchte man nur auf das rätselhafte Zucken um die Mundwinkel zu achten, während er sprach und alles um ihn horchte. Die übrigen lachten, und sein längliches, gebräuntes Gesicht blieb dabei tief ernst, und in dem Blick war etwas Visionäres, als hörte er sich selber gar nicht zu, sondern sei dabei mit seinen Gedanken ganz wo anders! Und mit düsteren Gedanken: Es waren da so Schattenstriche, von den Nasenflügeln am Wangenabsatz herunter. Derlei sieht nur der Maler.

Dabei hat er aber eine unerschütterliche Kaltblütigkeit an sich gehabt, wie er das Dutzend Herren am Tisch mit seinen metallischen Augen fixiert hat, so wie die Ringelnatter einen Frosch, den sie verschlucken will, so daß das grüne Vieh gerad' nur noch still dahockt und wartet. Ich hab' in den Gesichtern von den andern deutlich eine unwillkürliche Abwehr gelesen, bei manchem geradezu ein heimliches Grauen. Es war wie drei Schritte unsichtbarer, leerer Raum um den Cortez oder Pizarro oder so einen Flibustier oben am Tisch. Den hätte man als Hidalgo in altspanischer Tracht malen sollen, in Schlapphut mit roter Stoßfeder, und mit blankem Stoßdegen. Das wär' so ein Fressen für meinen Pinsel gewesen. Ich hab' mich leise unten am Tisch hingesetzt, um nicht zu stören, und höre, wie der Fremde oben ganz erstaunt sagt und sich dabei mit seinen langen, dünnen Mephistofingern eine kostbare Wappennadel in der Halsbinde zurechtschiebt:

»Warum soll ich denn nicht zweitausend Jahre alt sein? Das ist doch kein Alter für einen kräftigen Mann! Wie, Herr Landrichter: Sterben? Sterben ist eine europäische Einbildung! In Indien ist man längst darüber hinaus. Wenn es dort einem zu langweilig auf der Welt wird, hält er den Atem an, nach der heiligen Regel: ›hum‹, und läßt sich auf einem gefunden Fleck Erde begraben und kommt nach ein paar Menschenaltern wieder heraus. Ich hab' das selber öfters gemacht.«

»War er denn überhaupt jemals in Indien?« frug ein Herr in meiner Nähe seinen Nachbar, und der sagte:

»Wo war er denn nicht?«

Und oben meinte einer zu dem abenteuerlichen Mann, der mir jetzt wieder dahergeschaut hat wie der Fliegende Holländer: »Dann müßtest du doch mit deinen eigenen Vorfahren verkehrt haben!«

»Die bin ich doch selber!« sagt der oben mit dem Ernst eines Geistersehers und dabei mit dem rätselhaften Zug unter dem Schnurrbart, den ich, glaub' ich, allein als Maler von allen bemerkt hab'! Denn in dem Zug war nicht nur Spott, sondern zugleich auch tiefer Gram, ganz wie aus einer zerrissenen Seele. »Es gibt überhaupt nur einen einzigen Menschen,« fuhr er fort, »der zieht sich verschiedene Kleider an und spielt verschiedene Schicksale, so wie ein Schauspieler. Aber er ist doch jeden Abend hintereinander derselbe Kerl!«

»Du hättest selber Schauspieler werden sollen!« rief einer.

»Er ist es ja 'mal gewesen – damals – gleich wie sie ihn aus der Pagerie 'rausgetan haben!«

»Das ist zwanzig Jahr' her, daß das irgendeinem Lausbub passiert ist!« sagte der mir Unbekannte und lachte. »Das war schon wieder ein anderer Mensch als ich jetzt!«

»Ich denke, es gibt bloß einen einzigen Menschen, Johann Preisgott?«

Die Augen von dem, den sie Johann Preisgott nannten, wurden sonderbar schleierhaft und dabei doch so eindringlich, daß sie keinen am Tisch aus ihrem Bann ließen.

»Das ist ja das Geheimnis aller Dinge,« sagte er leise, so daß auch die Diener unwillkürlich mit angehaltenem Atem auf den Fußspitzen gingen, »daß die Menschen ineinanderfließen und sich teilen und wieder zu eins werden, und daß es kein Ich gibt, sondern viele Ich, und daß es gut ist, wenn man 'mal in dem einen, 'mal in dem andern Ich lebt, je nachdem der Wind bläst, und sich doch aller Seelen bewußt ist!«

»Er wird immer närrischer!« meinte der Herr neben mir und trank bekümmert sein Glas Rotwein aus. Der oben sagte:

»In den Kämpfen der Spanier neulich gegen die Rifkabylen bei Tetuan, an denen ich mich aus Langeweile beteiligte, stand gerade im kritischen Augenblick mein Ahne Ottokar vor mir, der kurz vorher, im sechzehnten Jahrhundert, in der Schlacht an dem ganz nahen Judenfluß, als Führer der deutschen Landsknechte dem Untergang des Königs Sebastian und des ganzen portugiesischen Adels in der Verkleidung eines damaligen Wunderscheichs entronnen war. Ich verschmolz mit ihm und erreichte im weißen Burnus und grüngestreiften Turban eines Nachkommen Mohammeds unangefochten mitten durch die Marokkaner hindurch das Kap Negro!«

»Dös san Sprüch'!«

»Nein. Nein. Es ist was wahres an der Geschichte!« murmelte einer der Jagdgäste. »Ich hab' es auch von anderer Seite gehört!«

»In den Karlistenkriegen zum Beispiel,« sprach der fahrende Ritter oben am Tisch weiter, sich eine Zigarre anzündend, »war es für mich einmal von rechtem Nutzen, daß ich zu gelegener Zeit die Gestalt meines Vorfahren Johannes Beatus annahm, der nach abenteuerlichen Fahrten in Westindien unter Karl V. spanischer Mönch in Saragossa wurde. In seiner Kutte kam ich unangefochten durch die feindlichen Linien, obwohl ich sonst, wie du weißt, Leopold Salvator,« – er wandte sich an den Hausherrn – »die Pfaffen bis in den Tod nicht leiden kann! Mir graut's – ich lauf' aus dem Zimmer, wenn ich nur so einen schwarzen oder braunen Hochwürdigen seh'!«

»Dabei heißt deine riesige Schloßherrschaft auch noch Pfaffenrod!« rief einer und zuckte gleich hinterher zusammen, als hätte er eine Unvorsichtigkeit gesagt. Zugleich lief ein lähmendes Schweigen über die Tafel. Auf allen Gesichtern lag ein sonderbarer, stummer, gedrückter Schrecken. Reden wollte keiner. Merkwürdig: auch der kaltblütige, mit den anderen wie der Kater mit der Maus spielende Unbekannte dort oben war einen Augenblick geisterbleich geworden. Sein scharfgeschnittenes Antlitz mit dem langwehenden Schnurrbart und der gebieterischen Nase veränderte sich. Jetzt hätte man ihm glauben können, daß er schon ein paar tausend Jahre auf dem Buckel hatte. Er sah eine Sekunde ganz alt aus, verfallen, vergrämt – ein Ahasver, das wandernde böse Gewissen. Dann meinte er, plötzlich wieder ganz gemütlich, und nun merkte ich an einer Bewegung der Nasenflügel ganz deutlich, daß er sich jetzt über seine Zuhörer lustig machte:

»Wir in Europa sind halt Barbaren! Wir wissen nichts von der Kunst, die Seelen zu vertauschen und in andere Hüllen von Menschenleibern zu kriechen...«

»Johann... jetzt sei schon stad!«

»...und aus Menschen-Tiergestalt anzunehmen und wieder zurück und durch alle Kreise der Weltspiegelung zu schweifen...«

»Ach geh...«

»Jetzt wird's mir zu hoch!«

»Ja, was wißt ihr von Indien und der Seelenwanderung? Ihr schießt einen Gamsbock über den Haufen und denkt gar nicht daran, daß das euer eigener Großpapa ist! In Ägypten haben die Menschen auf den Tempelbildern Tierköpfe und die Vögel Menschenköpfe, und der Mistkäfer ist die Sonne in der Hieroglyphe Ra, und alles ist eins, wie sich's gehört, und auf den Mumiendeckeln halte ich den Lebensschlüssel in der Hand.« Wie er dabei mystisch die Linke auf die Brust legte, lief sein Gesichtsausdruck jäh ein halbes Dutzend Jahrtausende rückwärts, wurde geheimnisvoll wissend, feierlich starr wie aus ferner Pharaonenzeit, und ich dachte mir: Ui Jegerl, den malen! Der ist ja jeden Augenblick ein anderer! Da kommt keine Hand und kein Pinsel mit! Da tät' ich mir schon leichter eine Handvoll Flöh' festzuhalten als das Mienenspiel!

Ich konnt' meine Neugier nicht mehr zähmen und frug leise den Herrn neben mir, wer denn der rätselhafte Mann da oben wäre, und der war ganz erstaunt, daß ich das nicht wußte, und antwortete:

»Das is doch der Johann Oetsch!«

Jetzt war ich bald gerade so klug wie vorher. Es klang mir nur so etwas im Ohr nach ...
Oetsch ...Oetsch ...eine sonderbare Geschichte ...vor ein paar Jahren ...In den Zeitungen hatte
immer was davon gestanden. Aber ich lese die Zeitungen nur, wenn ich gar nix sonst zu tun
hab', manchmal wochenlang nicht. Mein Nachbar sagte:

»Er ist einer unserer größten Grundherren im Land. Er hat das ungeheure Fideikommiß
Pfaffenrod.«

Von gegenüber ergänzte ein anderer von den vornehmen Jagdherren: »Er hat's vor drei Jahren geerbt!«

»Von seinem Vater?«

Da war ein langes, sonderbares, mir unbegreifliches Schweigen. Dann meinte der Baron oder
was er war, drüben kurz: »Nein. Von seinem älteren Bruder. Dem Grafen Peter-Paul. Der hinter-
ließ nur eine junge Witwe mit einem nicht zur Erbfolge im Fideikommiß berechtigten Töchterchen...«

»...und der Graf Peter-Paul hat also schon in jüngeren Jahren sterben müssen?«

»Er wurde im Park mit einer Schußwunde im Kopf tot aufgefunden!« sagte mein Nachbar
kaum hörbar. »Eine abgefeuerte alte Reiterpistole lag neben ihm.«

Es war ein Schweigen. Ich merkte leicht, daß die Leute um mich herum viel mehr wußten
und dachten, als sie mir, dem Fremden, dem Kunstmaler aus München, sagen wollten. Aber
ganz konnten sie's doch nicht bei sich behalten. Es drückte etwas auf ihnen. Es lastete etwas
über der ganzen Tafel, so laut die Herren auch lachten und sich Jagdgeschichten erzählten und
fleißig Rotwein dazu tranken. Das unheimliche Gefühl ging von dem Platz oben am Tisch
aus, wo der Graf Johann Preisgott von Oetsch saß und plötzlich mit seinem sonnenverbrannten
verwegenen Abenteurerkopf genau wie ein oberbayrischer Wildschütz dareinsah und eben sagte:

»Das ganze Geheimnis ist ja nur, zu wissen, daß man gestorben ist. Dann lebt man. Ich hab'
einmal in Ceylon...«

»War denn der selige Bruder, der Graf Peter-Paul, auch solch ein wundersamer Herr?« erkundigte ich mich und fröstelte förmlich in dem endlosen, bleiernen Schweigen, das meinen
Worten folgte. Endlich brach der dicke Baron die Stille.

»Ein Heiliger war er!« sprach er mit einem sonderbaren Nachdruck. »Ich hab' ihn von Kind
auf gekannt!«

»Ein Heiliger, wie er im Buch steht!« bestätigte ein anderer, beinahe flüsternd. Plötzlich
mehrten sich um mich die unterdrückten, verhaltenen, gedämpften Stimmen.

»Ein Wohltäter der Armen!«

»Seinen Leuten ein reiner Vater!«

»Im ganzen Land bekannt. So einen findet man nicht wieder. Tageweit sind die Leute zu
vielen Hunderten zu den heiligen Seelenmessen gekommen!«

»So ein frommer Christ. Solch ein Freund der Klöster. Jedes Jahr war er in Rom!«

»Bei ihm gab's ein für allemal keine Anzeigen wegen Holzfrevels und Früchtediebstahls! Er
hat einmal selber einem alten Weiblein das gestohlene Reisig aus seinem Wald bis zu ihrer
Hütte getragen!«

»Jeden Tag haben er und seine Frau selbst am Schloßtor die Suppe an die Armen ausgeteilt.«

»In glücklichster, allerglücklichster Ehe hat er gelebt!«

»So selig waren die beiden zusammen...«

»Wenn er das geahnt hätte, daß seine Frau und sein Mädi, die er auf den Händen getragen
hat, mit leeren Taschen von dem Besitz herunter mußten...«

Mir drehte sich der Kopf. Ich hub an:

»Jetzt muß ich aber doch 'mal ganz dumm fragen: Wenn das so ist, dann ...dann...«

»Reden's schon, Herr Kunstmaler...« »Drucken's net!«

»...dann kann er doch nicht gut selbst Hand an sich...«

»Ja – wer hat denn das behauptet?« sagte der Herr mir gegenüber. Auf einmal wurde alles um
mich so still, daß man deutlich von oben vom Tisch her die Stimme des Erben, des jetzigen
Fideikommißherrn auf Pfaffenrod, des abenteuerlichen Grafen Johann Preisgott von Oetsch,

hörte. Der redete jetzt, die Zigarre schief unter dem langen Schnurrbart im Mund, die Hände in den Taschen, im breitesten, gemütlichsten Bayrisch gleich einem Holzhacker und schien ein Alltagsmensch wie irgendein anderer.

»Mei' Lieber – da bist gestimmt! Auf solcher 'ne Entfernung mußt du mit der Kugel pfei'grad Fleck halten ... beim Gamsbock ... bei demselbigen auf der Schnee-Alp! Nacher feit si nix!«

Ich dachte mir als Maler: Wenn ich jetzt mein Skizzenbüchl vorziehen dürft'! Die Mienen um mich ... alle so düster ... so verlegen ... so ungewiß ... Keiner sagt was ... und wann die Lippen stad sind, dann reden die Augen ... die verstehen sich bei dem allen ... schauderhaft ist's ... Ich frug: »hat man denn die näheren Umstände des Todes nicht gleich untersucht?«

»Schon! Aber g'funden haben's nix, die Behörden!«

»Rein gar nix!«

»Schließlich haben's das Verfahren eingestellt, weil's keinen Angeklagten haben ermitteln können.«

Jetzt bin ich wieder eine Weile dagesessen und hab' ein recht dummes Gesicht gemacht. Um mich hat die Luft gesungen und geklungen von allerhand, was keine Menschenseele hat mit einem Sterbenswörtchen andeuten wollen. Schließlich hab' ich mir ein Herz gefaßt und zu Ende gefragt: »Was ist denn aus der Witwe geworden?«

»Sie hat jetzt, vor einem Jahr wieder geheiratet. Sie mußte ja wohl. Sie hat ja nichts, außer ihrem Leben!«

»Also sag' halt schon: Eine Vernunftehe!«

»Und vier Wochen nach der Hochzeit legt sich ihr Töchterchen erster Ehe an der Bräune hin und stirbt in vierundzwanzig Stunden!«

»Die arme Frau!«

»Ja. Der liebe Gott straft sie schon hart!«

»Lebt sie hier im Lande?«

»Sie lebt nicht nur hier im Land, Herr Kunstmaler!« sagte der dicke Baron neben mir mit einem kurzen Atem der Beklemmung, und es schien mir auf einmal, als holten auch die anderen umher vor Aufregung nur mühsam Luft. »Sie wird hier erwartet! Sie ist in einer Stunde mit ihrem zweiten Mann hier im Schloß!«

»... und sie und ihr Schwager, der Johann Preisgott Oetsch, sehen sich zum erstenmal wieder seit dem Tode ihres ersten Mannes!«

»Am Abend vorher war der Johann Preisgott, ihr Schwager, damals noch mit ihrem Mann zusammen und hatte mit seinem älteren Bruder einen heftigen Auftritt...«

»... wegen Geldangelegenheiten...«

»Alles kann der Johann Preisgott, wenn man ihn hört! Bloß nicht das Geld in der Tasche behalten!«

»Immer stak er in Schulden!«

»Na ... jetzt ist er draus heraus ... seit er Pfaffenrod hat!«

Das alles, was da zuletzt gesprochen wurde, war gewiß nicht für meine Ohren bestimmt, sondern von den andern hastig, als ob sie's nicht mehr in sich bewahren könnten, einander in die Ohren geraunt, in dem Geräusch und Gescharre, mit dem alle von der Tafel aufstanden und die Stühle zurückschoben. Aber ich hab' ein Gehör wie ein Schießhund! Mir ist kaum ein Wort von den furchtbaren Andeutungen entgangen, und es ist mir eine Gänsehaut über den Rücken gelaufen. Es wurde mir jetzt klar, daß der Graf Oetsch da oben von all den andern eigentlich in ihrem Innern wegen eines düsteren Verdachtes, der auf ihm lastete, halb verfemt und geächtet war, und daß dabei doch keiner den Mut hatte, das offen auszusprechen, was er so wenig wie das Gericht beweisen konnte, und daß vielmehr der eine Mann mit seinen hypnotisierenden, bläulich-grauen Pupillen die ganze Gesellschaft im Bann seines Willens hielt. Er stand jetzt einsam und allein mitten im Saal, das hagere, entschlossene Gesicht kaltblütig gegen die andern gewandt, so wie ein Bändiger im Raubtierkäfig sich den Rücken deckt und im Spiel jeder Muskelfaser zeigt, daß er der Stärkere ist. Der ganze Mann bestand aus Muskeln und Sehnen. Die spannten sich für ein Auge, das den menschlichen Körper kennt, plastisch unter den Kleidern. Aber mehr noch bestand er aus Nerven. Das konnte man nicht sehen. Das mußte man fühlen. Während wir alle in die großen Nebenräume gingen, frug ich:

»Ist der Herr Graf denn verheiratet?«

»Der Johann Preisgott? Den kann ich mir beim besten Willen nicht als Ehekrüppel denken!«

»Sie – lassen's das den Oetsch nicht hören, daß Sie meinen, er könnt' eine Frau haben! Das hält er für eine Beleidigung und fordert Sie!«

»Frauen – ja! Aber eine Frau – da wär' es bei dem gefehlt!«

Die Herren lachten. Einer sagte ernster:

»Er dürft' sich schon daranhalten! Eigentlich ist er doch der Letzte des Geschlechts!«

»Ein einziger entfernter Vetter lebt noch! Aber der ist Mönch!«

»Der Pater Faramund, vom Orden der Kreuzträger von Golgatha!«

»Ist das der italienische Orden?« erkundigte sich einer von den Herren.

»Ja. Der Pater Faramund lebt ständig in Rom!«

»Ich habe ihn selbst dort heuer zu Ostern gesprochen, als ich mit dem Pilgerzug zu dem Heiligen Vater kam!« bemerkte ein stattlicher weißbärtiger Herr, der mir als Graf Franz Assisi von Meerwarth bezeichnet wurde.

»Diesen Herbst sollte er in Ordensangelegenheiten nach Deutschland kommen!« sagte einer, und der Graf meinte: »Ist schon da, der Pater Faramund. Gar nicht weit von hier. Im Kloster Maria Stern. Auf dem Weg dorthin hab' ich ihn vor vierzehn Tagen noch in München beim Erzbischof begrüßt und ihm meine Verehrung und meinen Dank ausgedrückt. Er war uns Pilgern in Rom in vieler Hinsicht behilflich!«

»Das hab' ich schon gehört, daß du dir in Rom vom Pater Faramund deine sündige Seele hast ausputzen lassen!« sagte der Graf Johann Preisgott Oetsch, der plötzlich neben uns stand, und lachte. »Du – da hat der Gottesmann wohl geschwitzt – was?«

»Wende du dich nur auch an ihn! Tät bei dir vielleicht gerade not!«

»Ich kann die Brillenträger in Weiberröcken nicht riechen!« meinte der wilde Graf, ohne bei der Anspielung mit der Wimper zu zucken. »Ich lass' sonst den Teufel auf die Saufeder laufen, aber bei dem Geraschel von Priesterröcken und dem Weihrauchdunst, da schau' ich, daß ich aus dem Zimmer komm', und wenn es mein hochwürdiger Herr Vetter selber ist!«

»Er hat es auch noch vor zwei Wochen in München wieder in seiner milden Gelehrtenart mir gegenüber herzlich bedauert,« sagte der alte Franz Assisi Meerwarth, »daß du voriges Jahr bei unserer zufälligen Begegnung in Rom, auf der Tiberbrücke vor dem Borgo, vor ihm Reißaus genommen hast, als wäre er der Antichrist selber!«

»Vor jedem Pfaffen!« sprach der Graf Oetsch grimmig, aber leichthin, zwei Reihen weißer Raubtierzähne unter dem langen Schnurrbart zeigend, und ging auf langen, wiegenden Beinen hinüber zum Ecktisch, wo die Schnapsflaschen standen. Ich hab' ihm mit dem Interesse des Künstlers nachgeblickt und halb für mich gemeint: »Einen Charakterkopf hat er schon auf den Schultern sitzen!«

»Er ist überhaupt ein ungewöhnlicher Mensch, wie oft bei ausgehenden alten Geschlechtern!« versetzte der greise Graf Meerwarth und schnaufte. »Die Kerzen flackern ja auch immer noch einmal hell auf, ehe sie verlöschen!«

Während er so spricht, legt mir einer die Hand auf die Schultern, und ich erkenne unsern lieben Hausherrn und meinen Münchener Maler-Spezl, den Rittmeister von Vogelschrey. Er hat mich unter den Arm genommen und beiseite geführt, durch ein paar menschenleere Räume bis in ein kleines, gemütliches Wohnzimmer. Da war auch seine Frau. Und wie ich die beiden lieben Menschen so blaß und aufgeregt hab' vor mir stehen sehen, da haben sie mir recht herzlich leid getan. Denn die haben gewiß noch nie in ihrem Leben jemanden gekränkt. Ich hab' sie ja oft, wenn ich auf dem Schloß war, mit Kohle skizziert und gemalt. Das waren zwei Gesichter wie ein Glas Wasser, durchsichtig und klar bis auf den Grund der Seele. Ihm, dem Leopold Salvator von Vogelschrey, hat man so in Zivil den Rittmeister nicht angesehen. Er hat nichts Kriegerisches an sich gehabt. Liebe Zeit ja: Es war ja auch seit bald vierzig Jahren tiefster Frieden, und er hat auch immer schon davon geredet, daß er noch heuer sich abdanken lassen und auf Vogelöd ganz seinen Passionen leben wollte.

Passionen hat er drei gehabt. Zuallererst seine Familie. Das glaub' ich gern, wenn man so eine Frau Gemahlin hat wie die Frau Centa von Vogelschrey. Ich wüßte wenig Leute auf der Welt zu nennen, die so lieb und freundlich dahergeschaut haben und zu jedermann gut gewesen sind wie die Dame. Sie hat mit ihren unschuldigen braunen Rehaugen wie ein junges Mädchen ausgesehen, und dabei hat eben die Bonne die drei Kinder zum Gutenachtkuß hereingebracht: den Bubi, den Ältesten, die Burgel und das Peperl, das auf seinen Strampelbeinchen noch nicht ganz taktfest war, und das die Bonne auf dem Arm getragen hat.

Die zweite Passion des Herrn von Vogelschrey war die Malerei. Er hatte auch so ein weiches Künstlergesicht mit kurzgeschnittenem braunem Vollbart und dem Zwicker vor den versonnenen dunklen Augen. So recht die vornehme, still in sich gekehrte bayrische Art. In der Ecke am Nordfenster stand die Staffelei, an der er und seine Frau, die Katzel, wie er sie nannte, den Tag über einträchtig beieinander gehockt waren und fleißig wie die Bienen ihr Allianzwappen für die Schloßkapelle auf Glas gepinselt hatten.

Die dritte Passion – ja – der Herr Rittmeister hat mir und allen geschworen, daß außer ihm kein Menschenauge diese Aufzeichnungen lesen wird, ehe man nicht das Jahr 1920 schreibt. Bis dahin sind fast siebzig Jahre vergangen, und Gott der Allmächtige hat mit uns und unsern Kindern und vielleicht schon unsern Kindeskindern abgerechnet, und wir, die jetzt leben, haben längst unsern Frieden, und keiner denkt mehr an uns.

Also kann ich's schon sagen. Denn ich hab' es dem Herrn von Vogelschrey oft selber ins Gesicht gesagt: »Leopold – du bist ein seelenguter Kerl! Bloß bei deiner dritten Passion, bei der Jagdleidenschaft, da hat dir der Herrgott ein schwarzes Tupferl aufgemalt. Da bist du – verzeih mir's – halt ein bissel schußneidisch! Deine besten Hirsche und stärksten Gamsböcke tätest du dem König selber nicht gönnen und noch weniger deinen Jagdgästen. Du hast sogar deinem Jagdpersonal verboten, zu verraten, in welchem Revier sie stehen! Ja – und nachher? Dann kommen die Wilderer, so wie jetzt seit ein paar Wochen der verflixte Filzenschuster, der wieder sein Unwesen in der Gegend treibt, und knallen dir die Kapitalviecher nachts weg, und du darfst dir das Maul wischen. Sixt, Freunderl: Das ist die Strafe!«

Die Kinder waren weg, und der Rittmeister ist kopfschüttelnd im Zimmer auf und ab gegangen, und die gnädige Frau Centa ist recht nervös im Fauteuil daneben gesessen, und schließlich ist er stehen geblieben und hat zu mir gesagt: »Um Jesu willen, Franzl, ich hab' eine Bitte: Tu mir den Liebesdienst und schau, daß du mir den Oetsch aus dem Schloß bringst! Gleich! In einer Stunde ist's zu spät!«

Ich war erstaunt. »Wie kann ich denn das? Ich kenn' ihn ja gar nicht!«

»Macht nix! Der Oetsch ist ein leidenschaftlicher Jäger. Deswegen ist er ja seit vierzehn Tagen hier und hilft mir die sakrischen Wilderer abfangen, vor denen sich meine ganze Jägerei fürchtet. Zwei hat er schon ins Gefängnis geliefert – die beiden schlimmen Rambacherbuben von der Einöde Almosen! Beim Aufbrechen einer Gams hat er sie oben im Gebirg in den Latschen von hinten mit einem Tigersatz überrascht und wie die Kälber mit vorgehaltenem Gewehr vor sich her ins Tal getrieben! Er wird auch noch mit dem Filzenschuster selber fertig, der schon zwei Morde auf dem Gewissen hat! Der Oetsch hat den Teufel im Leib – wenn er nicht der Teufel selber in Person ist, wie die Katzel immer meint. Die ganzen Nächte und den halben Tag ist er draußen in den Bergen!«

»Ja – was soll denn aber ich …«

Der gute Herr von Vogelschrey tat einen tiefen Atemzug. Leicht kam es ihm nicht an, wie er gottergeben sprach: »Alsdann … Ich will ein übriges tun und dem Oetsch mein stolzestes Stück im Revier opfern! Du kennst den Schwarzen!«

Ob ich ihn kannte! Den ganz dunkelgefärbten Sechzehn-Ender! Das Herz war mir vor Andacht stillgestanden, wie ich den das erstemal im Morgengrauen zu Holz ziehend geschaut hab'. Auf den Finger krumm machen … Ui Jegerl … Jetzt war ich bald selber neidisch auf den Glückspilz, den Grafen Oetsch!

»Du weißt, Franzi, wo der Schwarze steht! Der Wechsel ist noch derselbe! Sechs Stunden Aufstieg von hier! Bei dem Windbruch im Hochwald an der End' der Welt-Leiten!«

Das war wirklich das Ende der Welt: ein Chaos von übereinandergestürzten, hundertjährigen Stämmen, die niemand zu Tal schaffen konnte. Denn überall fielen die kahlen Granitwände Hunderte von Fuß tief in den düsteren Bergkessel des Ödsees ab.

»Außer dir, Franzl, und mir kennt nur noch mein Büchsenspanner, der Anderl, genau die Stelle für den Anstand!«

»Warum schickst du nicht den Gschwendtner-Anderl?«

»Der haßt den Oetsch, weil der Oetsch immer allein in die Berge geht und die Wilderer am Zipfel kriegt und meine Leute beschämt! Der Anderl führt mir den Oetsch bloß in die Irre und vergrämt ihm den Schwarzen! Nein, Franzl, du mußt den Oetsch zum Schuß bringen! Es ist heller Vollmond. Wenn ihr euch gleich aufmacht, seid ihr noch vor Tagesanbruch an Ort und Stelle!«

Dabei schaute der Rittmeister auf die Uhr und drängte, als sollte ich nur gleich den Rucksack umhängen und los. Ich sagte: »Is schon recht! Wenn der Herr Graf halt durchaus fort soll...«

»Er muß fort!« Der Rittmeister schlang ganz bang und unruhig die Hände ineinander, und die liebe, kleine Frau Centa sprang auf, und ihr Gesichtel war bleich, und sie wiederholte:

»Er muß fort! In der nächsten halben Stunde!«

»Um neun Uhr kommt seine verwitwete Schwägerin, die jetzige Baronin Safferstätt, mit ihrem Mann! Sie und der Oetsch dürfen sich nicht treffen!«

»Sie dürfen nicht!« rief die Frau Centa von Vogelschrey verzweifelt.

»Ja weißt, Leopold Salvator – dann hätt' ich sie auch nicht gerade jetzt eingeladen!«

»Hab' ich sie denn eingeladen?« frug der Rittmeister gleich dagegen. »Nein, mein Lieber! Das hab' ich nicht! Ihr erster Mann, der Graf Peter-Paul Oetsch, war mein Freund. Ich hab' ihn verehrt, wie alle Welt! Durch den ist man selber ein besserer Mensch geworden, wenn man hat mit ihm verkehren dürfen. Das war kein Mensch wie du da, der Salvermoser, oder ich, der Vogelschrey, sondern schon auf Erden halb im Himmel. Da hängt sein Bild!«

Ähnlich dem Oetsch, in dem dunklen Trauerrahmen, mit den großen, graublauen Augen und der großen Nase, aber mit einem langwallenden, rötlich-blonden Bart. Der Apostelkopf eines angehenden Vierzigers. Eine Reinheit auf der hohen Stirn. Etwas von feierlicher Güte über die Züge ausgegossen. Ein Licht von reinem Menschentum um das Haupt. Mein erster Gedanke war: Der hat sicherlich nicht selber Hand an sich gelegt. Der gewiß nicht. So schauen die Heiligen aus! Ich hatt' ja auch gehört, daß die Leute von weit und breit jetzt noch, nach drei Jahren, sein Grab in Pfaffenrod immer mit frischen Blumen schmücken.

»Jetzt krieg' ich gestern mittag einen Brief von seiner Witwe, der armen Mette,« fuhr der Rittmeister fort. »Nur ein paar Zeilen an mich und meine Frau: ›Ich komme morgen abend um neun Uhr mit meinem Mann zu Euch nach Vogelöd. Bitte gewährt mir für ein paar Tage Gastfreundschaft. Den Grund meines Besuchs sage ich Euch, wenn ich da bin‹.«

»Und du hast ihr nicht mehr abschreiben können?«

»Wohin denn? Der Brief war von unterwegs, aus Wolfratshausen, datiert. Dort hat sie keine Wohnung. Und sogar wenn ich ihre Adresse gewußt hätte – das kann ich ihr nicht antun, sie hier nicht aufzunehmen! Die arme junge Frau ist seit dem Tod ihres ersten Mannes ja ganz gebrochen...«

»...und ihr einziges Kind vor nicht einem Jahr gestorben!« schaltete Frau Centa ein.

»...und nach einem Mann wie dem Peter-Paul Oetsch, einem Mann, wie er alle Jahrhunderte einmal vorkommt, ihren Jetzigen! Ich will ja nix gegen den guten Gaudenz Safferstätt sagen...«

»Man kann nichts gegen ihn sagen und nichts für ihn!« bestätigte kopfschüttelnd die kleine Frau Centa.

»Denn er ist eben selber nichts! Wenn du so recht einen Dutzendmenschen malen willst, Franzl – dann schau dir den an! Da hast ihn! Nicht gut und nicht böse! Nicht klug und nicht dumm! Halt gar nichts als reich! Deswegen hat sie ihn genommen, weil sie halt selber keinen Kreuzer besitzt. Eine Freud' ist so eine zweite Vernunftehe für die arme Frau weiß Gott nicht!«

»Sie schaut ja auch immer blaß und elend aus!« sprach die Frau vom Hause sanft und mitleidig.

»Wenn sie ankommt und hört, daß der Johann Preisgott Oetsch, ihr ehemaliger Schwager, da ist, dann reist sie von selber so bald wie möglich wieder ab. Es handelt sich nur darum, den Johann Preisgott für diesen Abend bis zum nächsten Vormittag aus dem Hause zu bringen, damit sich die beiden nicht begegnen!«

»Ach – es wär' schrecklich!« klagte die gnädige Frau Centa und schaute wieder nach der Wanduhr. Der Zeiger rückte gerade mit einem Ruck vor. Es schlug mit einem tiefen Gedröhne halb neun und brummte noch eine Zeitlang im Zimmer nach. Aus der Ferne, durch zwei Türen, hörte man das Gelächter der Jagdgäste.

»Noch eine halbe Stunde!« flüsterte die Frau von Vogelschrey. Ihr Mann sagte erschöpft:

»Seit gestern mittag red' ich auf den Johann Preisgott ein, er soll mir doch den einzigen Gefallen tun und weggehen. Er sagte hartnäckig: Nein! Er bleibt! Wegen ihm könne die Mette kommen!«

»Und wenn sie ihn plötzlich vor sich sieht...!« Die Frau von Vogelschrey zerzupfte das Spitzentuch vor Aufregung zwischen den Kinderfingern und hatte bange, nasse, große Augen.

»Ich will jetzt dem Johann Preisgott noch einmal zusprechen!« sagte der Hausherr. »Verrückt und unberechenbar ist er ja und spielt gern mit den Menschen. Er ist ein Spieler und ein Schauspieler. Vielleicht gibt er im letzten Augenblick nach! Meine letzte Lockspeise ist der Schwarze in der End' der Welt-Leiten! Hoffentlich hilft's, und du mußt ihn führen!«

Er faßte bittend meine beiden Hände und sagte weiter: »Zu dir wird der Oetsch Zutrauen haben, Franzl!«

»Er kennt mich ja gar nicht!«

»Gerade darum! Du bist nicht aus seinen Kreisen. Er weiß ganz genau, was die hinter seinem Rücken reden. Er tut nur so herausfordernd, als ginge es ihn nichts an. Mit Absicht, wie es seine Natur ist. Er läßt doch keinen Menschen über sich kommen. Du, Freund Franzl, ahnst gottlob von den düsteren Geschichten nichts...«

»Doch! Ich hab' bei Tisch genug gehört, um mir mein Sprüchel für den Rest selber zu machen!«

Da haben die beiden Gatten einen stummen Blick miteinander ausgetauscht. Keiner von uns dreien hat mehr ein Sterbenswort gesprochen. An der Wand hing das Bild des Grafen Peter-Paul mit seinem Christuskopf. Ich bin doch als Kunstmaler so in Leinwand und Farben vernarrt, daß ich mir als einbilde, die Gemälde, in denen man etwas vom Geist eines Menschen festgehalten hat, die wären dadurch ein Stück von ihm selber geworden und hätten ihr inneres Leben und könnten die Augen bewegen und die Lippen öffnen, wenn man scharf hinsieht. Und ich hab' das Bild des Grafen Peter-Paul Oetsch unverwandt angeschaut und mir gedacht: Du allein weißt, wer dich umgebracht hat! Du allein! Sonst keiner. So red' doch! Deine Lippen zucken ja schon. Ich sehe es deutlich unter dem Bart an den Mundwinkeln! ...Schrei es doch heraus, wenn es wahr ist! Schrei es den Menschen in die Ohren: Kain! Kain! ...Mein Bruder Kain...

In diesem Augenblick steht ein langer, hagerer, straffer Schatten in der Türe, und wie ich hinschau', ist's der Graf Johann Preisgott Oetsch, und er kommt nachlässig und ungezwungen näher, mit einem leichtsinnigen Lächeln, und geht an dem Bild seines toten Bruders vorbei und sieht es gleichgültig an, oder eigentlich darüber hin, ganz seelenlos, als wäre da nichts, was ihn irgendwie berühren könne, und mir ist kalt ums Herz geworden, und ich hab' nicht gewußt, was ich dazu sagen soll. Der Graf Oetsch hat aber gemütlich gelacht, wie wenn er zu kleinen Kindern spräche: »Ja – was macht's ihr denn da herum? Warum versteckt's euch denn vor euren Gästen?« und dabei mit der Gelenkigkeit eines altfranzösischen Kavaliers das Knie gebeugt und der Hausfrau den graziös gerundeten Arm geboten: »Bitt' schön! Eure Gäste schicken mich! Laß uns nicht allein!« Und es lag solch eine schmeichelnde Willenskraft in seinem Wesen, daß die Katzel wahrhaftig folgsam mit ihm in den Saal hinübergegangen wäre, hätte sich ihr Mann nicht davorgestellt.

Der war von Natur ernst und von schwerem, zuverlässigem Geblüt. Und so hat er noch ernster als sonst gesagt: »Lasse jetzt die Narrenspossen, Johann Preisgott, und bleib hier! Es ist eine Schicksalsstunde. Die Centa und ich haben jetzt mit dir Worte zu sprechen, die kein dritter hören darf!«

Da hab' ich verstanden, daß von den Vieren im Zimmer einer überflüssig war, und der hieß Franz Salvermoser und war ein Kunstmaler aus München, und ich bin still hinübergegangen in den großen Wappensaal, zu den andern Herren.

III

Ergänzung des vorstehenden Berichts durch mich, den Schloßherrn, Rittmeister Leopold Salvator von Vogelschrey auf Vogelöd

Kaum hat mein lieber Freund, der Kunstmaler Franz Salvermoser aus München, so, wie er eben geschildert, voll natürlicher Delikatesse das Zimmer verlassen gehabt, da bin ich in meiner Unruhe und Aufregung, und weil keine Minute Zeit mehr zu verlieren war, dicht vor den Johann Preisgott Oetsch hingetreten. Von dem Schwarzen mit seinen sechzehn Enden hab' ich nicht erst angefangen. Das wollt' ich mir auf zu guter Letzt versparen, wenn ich ihn schon so weit herumgekriegt hätte, daß er einsah, er müßte fort, und ihm dann eine goldene Brücke bauen. Jetzt bin ich mit den ersten Worten gleich aufs Ganze gegangen. Ich weiß selbst nicht wie. Mir war, als hätte ein anderer Mensch, in meiner Angst, aus mir geredet, und ich deute auf die Wand hin:

»Schau das Bild von deinem Bruder an!«

Und er guckt auch hin und nickt ganz ruhig.

»Schad' is halt schon um den Peter-Paul!« sagt er. Und ich noch einmal: »Schau das Bild an!«

Darauf der Oetsch gleichmütig die Achseln zuckend:

»Ich kann heute nicht mehr daran sehen wie jeden Tag!«

»Johann Preisgott...« Es hat mir in der Seele gewürgt. »Johann Preisgott ...wodurch dein Bruder Peter-Paul so jäh abberufen worden ist, und wessen Hand sich das Schicksal bedient hat, das kennt unser Herr und Seligmacher Jesus Christus allein, dessen kostbares Blut und bitteres Leiden uns alle erlöst hat...«

Der Oetsch gähnte. »Weißt: I glaub' an nix!« sagte er dann. Meine Frau, die Katzel, hat in der Ecke die Hände zusammengefaltet und geschauert und halblaut ein »Omnes sancti« gebetet.

»...und zu seiner Zeit wird Gott schon den Schuldigen richten!«

»Eben! Da könnt' er fei' gleich zeigen, daß er auf der Welt ist!« meint der Johann Preisgott trotzig.

»Die Menschen sollen nicht richten, wo sie nicht beweisen können...«

»Sag's ihnen nur!«

»...aber mit einem Menschen muß man Nachsicht haben, Johann Preisgott, und das ist die Mette, die Witwe vom Peter-Paul, die ihn so sehr geliebt hat und an seiner Seite so unendlich glücklich gewesen ist!«

»Ja. Ich kann ihr nicht helfen. Mich hat sie nie leiden mögen!«

»Das weiß ich. Gerade darum: Setze dich einmal in ihre Lage! Denke, wie in ihrem Kopf – ich sag' ausdrücklich: in ihrem Kopf, dem einer trostlosen, aus allen Himmeln gestürzten, jählings ihres Gatten beraubten, verarmten, von ihrem Schloß vertriebenen Frau, sich die Vorgänge von damals gruppieren müssen. Gewiß ungerechterweise! Ich spreche jetzt nur vom Schein! Johann Preisgott ...Du hast doch ewig Schulden gehabt...«

»Ja – wovon hätt' ich denn sonst meine weiten Reisen zahlen sollen! Ich kann nix dafür, daß ich der jüngere Bruder war!«

»In irgendeinem festen Beruf, um dir eine sichere Lebensstellung zu schaffen, hast du's nie ausgehalten!«

Der Oetsch sah mich bloß mitleidig an, von oben her, lang, hager, die Hände in den Taschen, der rechte Flibustier. »Es gibt doch bloß ein einziges Verbrechen auf der Welt«, sagt er. »Das heißt arbeiten! Das ist die wahre Todsünde! Selber arbeiten, mein' ich! Dazu sind die andern da! Die Dummen! Ihr seid's alle dumm. Ich und die andern Räuber draußen, die Beduinen und die Rifkabylen – was haben wir uns oft bucklig über euch gelacht!«

»Hauptsächlich hast du doch vom Spiel gelebt, Johann Preisgott!«

»Vom falschen Spiel!« ergänzt der Oetsch und setzt sich und hat plötzlich den listigen Ausdruck von einem Reineke Fuchs in den zwinkernden Augen.

»Mach' dich nicht schlechter, als du bist!«

»Mein Lieber: ich bin schlecht!« spricht er ganz behaglich und streckt die langen Beine aus.

»Wenn du falsch gespielt hättest, hättest du nicht so viel verloren! Schließlich stand dir das Wasser an der Kehle…«

»Oft!« meinte er träumerisch und wohlgefällig, als hätt' ich ihm eine Schmeichelei gesagt, und wiederholt: …»oft …oft …oft…«

»Da hast du den Peter-Paul bestürmt, daß er dir den Diebsturm in der Parkmauer von Pfaffenrod eingeräumt hat. Du hast dir dort in den ehemaligen geheimen Illuminaten-Zimmern aus dem achtzehnten Jahrhundert ein schwarzes Kabinett eingerichtet und hast versucht, Gold zu machen!«

»Das Rezept dazu kenn' ich seit fünfhundert Jahren!« nickte der Oetsch. Sein Gesicht war dabei tiefernst. In sich versunken. Viel älter als sonst.

»Dann mußt du in der langen Zeit einen Teil von dem Kunststück vergessen haben! Denn was ist dabei herausgekommen: Ein Katzendreck!«

Der Johann Preisgott sprang auf und ging unruhig durch das Zimmer. »Ja, wenn Mars und Venus in Opposition stehen…,« murmelte er vor sich hin. »Dann ist die Welt überhaupt krank, Polderl! Dann gibt's auch kein Gold!«

»Gold gekostet hat es nur deinen Bruder Peter-Paul. Große Summen hat er dir gutwillig gegeben, obwohl er mir oft gesagt hat, daß er dich für einen Narren hielt! Er war halt so arg gut. Aber schließlich war es ihm zuviel, und er hat den Beutel zugemacht!«

»Gerad', wie ich dicht daran war!« schrie der Oetsch mit funkelnden Blicken. Man konnte sich vor ihm fürchten, so wild und leidenschaftlich verbissen waren seine Mienen. So fanatisch gierig mögen die Cortez und Pizarro in der Neuen Welt hinter dem Gold hergewesen sein. Er fuhr erbittert fort: »Ein paar Tage nur noch hätt' ich dabei bleiben müssen…«

»Und wie der Peter-Paul dir das abgeschlagen hat, hast du an einem Abend einen furchtbaren Auftritt mit ihm gehabt. Du hast um jeden Preis von ihm Geld haben wollen…«

»…und er hat gemeint, er braucht's für seine faden Armenküchen und ist's seinen langweiligen Witwen und Waisen schuldig, und er muß seine armen Brüder und Schwestern kleiden und behausen!« Der Oetsch lachte höhnisch. »Jesses …Wenn's darauf in der Welt ankäm'! Ich hab' ihm zugesagt: ›Du bist ein Fastenmönch, ein spinneter …Dafür haben uns unsere Vorfahren das Fideikommiß nicht hinterlassen, sondern für weltmännische Art. Wenn du einen Säulenheiligen machen willst, dann verzichte auf Pfaffenrod und fress' in Afrika Heuschrecken und gürt' dich in Kamelhaar, wenn's dich nicht zu sehr kitzelt, und laß mir das Fideikommiß! Ich mach' schon einen anständigeren Gebrauch davon als du!'«

»Daraufhin hat er dem Diener geklingelt und ihm bedeutet, dir die Türe zu öffnen.«

»Das vergess' ich ihm nie!« sagte der Oetsch auf einmal unheimlich ruhig.

»Am selben späten Abend hast du ihm noch aus deinem Alchimistenloch im Diebsturm einen Brief geschrieben: Er müsse dir helfen! Sonst sei es mit dir gar! Du wüßtest dir keinen Rat mehr vor deinen Gläubigern, und das Gold sei schon beinahe aus der Retorte in dem Schmelztiegel! Und was ein Esel wie der Cagliostro gekonnt hätte, das könntest du noch im kleinen Finger! Und ehe du jetzt in der letzten Sekunde aufhören und am nächsten Morgen aus Pfaffenrod abreisen solltest, eher gäb' es ein Unglück! Den Brief von dir hat die Witwe noch nachher im Schreibtisch vom Peter-Paul gefunden!«

»Das hab ich auch niemals in Abrede gestellt, daß ich den Brief geschrieben hab'!« sagte Oetsch. Er wurde langsam bleich.

»Unten an den Brief hat der Peter-Paul, offenbar noch tief in der Nacht, geschrieben: »Ich war zu hart mit meinem Bruder. Ich habe lange gebetet. Ich bereue. Ich will morgen in aller Frühe zu ihm gehen und mich mit ihm aussöhnen. Er muß von hier abreisen und seine schwarzen Künste lassen. Die Bauern in der Umgegend sind schon abergläubisch und murmeln, im Diebsturm säße der Gottseibeiuns. Schon, daß er den hochwürdigen Herrn Pfarrer niemals grüßt und ihm und allen Weltpriestern in den Dörfern und den terminierenden Kapuziner-Patres nach seiner Art unverbrüchlich in weitem Bogen aus dem Weg geht, macht ihn bei unserm guten, einfachen Landvolk zu einer gespenstischen Erscheinung. Aber er ist mein Bruder. Gott hat ihm die Prüfung eines wilden, unstet flackernden Irrlichts von Charakter auferlegt. Um so treuer muß ich ihm die Hand reichen. Ich will die seine festhalten und ihm sagen, daß ich seine Schulden ordnen und ihm dann behilflich sein werde, durch eine sichere Anstellung als Staatsdiener in einer ruhigen kleineren Amtsstadt und dann vielleicht durch das reinste, menschliche Glück, das der Ehe, das mir selbst durch Gottes Gnade in so überreichem Maß beschieden ist, allmählich Ruhe vor seinem eigenen heißen und wilden Blut zu finden und ein froher, seinem Schöpfer dankbarer, im Herzen einfältiger Mensch zu werden, wie wir armen Sünder es alle sein sollen. Ich will in Liebe und Güte zu ihm reden und nicht wieder zornig und ungeduldig werden, was er auch sagt! Die Morgensonne soll auf zwei versöhnte Brüder scheinen. Das walte Gott!...‹ Ich hab' mir die Worte damals aus dem Brief abgeschrieben, Johann Preisgott! Da halt' ich sie in der Hand! Was sagst du dazu?«

»...daß das ein Schmarren ist, was mir der Peter-Paul da drin hat bieten wollen!« sprach der Oetsch verächtlich.

»In aller Herrgottsfrühe, wie noch alles schlief, muß der Peter-Paul durch den einsamen Park zu dir nach dem Diebsturm gegangen sein. Zum Frühstück kam er nicht zurück. Man hat angefangen, ihn zu suchen. Da lag er dicht vor dem Diebsturm mitten auf dem Weg tot, neben dem undurchdringlichen Gebüsch an der Parkmauer, einen Schuß von dieser Seite her durch den Kopf, eine alte abgeschossene Reiterpistole, die man sonst niemals bei ihm gesehen hatte, an seiner Seite...«

»Das weiß ich doch eh' alles!« sagte der Oetsch verdrießlich. »Warum kaust du's denn nach drei Jahren noch 'mal her?«

»Du warst zu gleicher Zeit plötzlich verschwunden, Johann Preisgott! Ein paar Stunden vorher, ehe es Tag wurde, hat man doch in deinen Fenstern im Diebsturm Licht gesehen. Erst nach Wochen hat man dich in einer Almhütte weit weg im Allgäu hoch oben in den einsamsten Bergen bei einem Sennen gefunden, wo du wie ein Bauernknecht gelebt hast...« »Das ist das Schlimmste noch nicht! Mir war's nur um den großen Stier zu tun! Ich war der einzige, der mit dem Mordsvieh fertig geworden ist. Das war eine Gaude. Jeden Tag hat's einen neuen Tanz gegeben!«

»Und warum du gerade unmittelbar vor oder nach dem Mord – denn ein Mord war es doch sicher, Johann Preisgott! – den Turm verlassen hast...«

»...weil ich nicht erst hab' abwarten wollen, daß mein Herr Bruder mich am nächsten Morgen als Streuner abschiebt! Da hab' ich mein Lodengewand angezogen und mein Hütel mit dem Gemsbart aufgesetzt und bin, weil ich kein Geld mehr gehabt hab', zu Fuß übers Land und hab' bei dem schönen Wetter in den Heustadeln genächtigt und pfei'gerad auf die fernen Berge zu marschiert und in die hinauf und als irgendein Seppl auf die Alm. Ich trag' viele Röcke, mein Lieber!«

»Das weiß ich!«

Der Johann Preisgott Oetsch stand vor mir und schaute, wie ich dasaß und mir die Stirn trocknete, aus seinen unergründlichen, graublauen Augen scharf und spöttisch auf mich herunter.

»Willst du g'scheiter sein wie der Richter, Leopold Salvator?« frug er. »Du – das war ganz ein scharfer! Mit dem kommst du nicht mit! Aber geholfen hat's ihm nichts. Er hat die Untersuchung gegen mich eingestellt, und du mußt es auch tun!«

»Es handelt sich nicht um mich!« rief ich und sprang auf. »Es handelt sich um die Witwe! Um die Mette! Ich hab' dir die Vorgänge von damals so dargestellt, wie sie sich in ihren Augen spiegeln müssen! Und in ihren Augen mußt du ja beinahe ...setz' dich einmal in ihre Lage ...sei gegen sie gerecht ...Bedenke, daß sie immer gegen dich eingenommen war und ihren Mann vor dir gewarnt hat – bedenke, daß alles, so wie es nun einmal geschah, gegen dich spricht – gegen dich sprechen muß, bis nicht die Engel vom Himmel herabsteigen und ihr deine Unschuld verkünden! Und dann mache dir klar, was du der unglücklichen Frau antust, wenn sie in den nächsten Minuten nichtsahnend hier hineintritt und unversehens dich vor sich stehen sieht! Dich ...den sie haßt ...verabscheut ...wie sonst keinen Menschen auf der Erde...«

»Das tut sie!« sprach der Oetsch nachdenklich.

»Man weiß ja gar nicht, was geschehen wird – wozu sie sich hinreißen lassen wird – was sie dir ins Gesicht schreien wird – im ersten Schrecken! Und vor allen Gästen und Dienern! Ich kann meine Gäste nicht auf ihre Zimmer schicken und um neun Uhr abends schlafen gehen heißen, weil neuer Besuch kommt! Sie sitzen wie jeden Abend in der Waffenhalle, und durch die Halle ist der Eingang vom Portal außen, an dem die Mette vorfährt. Beim Eintreten erblickt sie dich...«

»Lang genug bin ich dazu!« sagte der Oetsch.

»Willst du ihr denn das nicht ersparen? Dir selbst, Johann Preisgott? Mir, dem Hausherrn, und dem armen Katzel, und schließlich uns allen? Sie wissen's ja schon alle! Sogar der Salvermoser, der gute Kerl, der doch gar nicht aus unseren Kreisen ist, hat schon was gespannt! Die Luft ist mit Elektrizität geladen! Es gibt Donner und Blitz!«

»Als zu!«

»Johann Preisgott: jetzt rollt der Wagen auf der Straße schon ganz nahe auf das Schloß her! Du mußt dich rasch entscheiden! Ich bitte dich! Die Centa bittet dich recht schön...« »Nein!« sagte der Oetsch.

»Johann Preisgott ...Ich hab' kein Mittel, dich zu zwingen. Du bist nun einmal mein Gast. Die Gastfreundschaft ist mir heilig!«

»Ich tät' dich auch auf der Stelle fordern und morgen über den Haufen schießen, wenn du mich aus deinem Schloß jagen wolltest!« sagte der Oetsch. »Das hab' ich mir von meinem leiblichen Bruder, dem Peter-Paul, gefallen lassen müssen, aber sonst von keinem Menschen!«

Wir waren still. In den Augen der Centa stand die schreckensvolle Überzeugung: Den Peter-Paul hast du ja auch über den Haufen geschossen! Ich habe oft beobachtet, daß der Oetsch die merkwürdige Gabe hatte, Gedanken bei andern zu erraten. So ging er, obwohl die Katzel kein Sterbenswort gesprochen hatte, auf der ihren Gedankengang ein und wandte sich zu mir und sprach vertraulich:

»Weißt: Ich hab' in meinem Leben schon ein paar Leute umgebracht! Wen und wo, sag' ich nicht. Man hat hinterher bloß Unannehmlichkeiten davon...«

Meine Frau, die Centa, stöhnte und hielt sich mit beiden Händen die Ohren zu und bat angstvoll wie ein Kind: »Hör' auf – hör' auf!« Der Johann Preisgott fuhr kaltblütig fort: »... aber just wenn man in so was ein bißchen Übung hat, dann geht man doch nicht so daher wie ein blutiger Anfänger! Wenn ich das getan hätt', in Pfaffenrod, dann hätt' ich's geschickter gemacht! Das darfst du mir schon glauben!«

Ich wollte nichts mehr hören. Es hat sich um mich gedreht. Ich mußte zum Ziel kommen. Ich hab' gesagt:

»Johann Preisgott! Zum letztenmal! Wenn du uns zulieb dem schrecklichen Auftritt aus dem Wege gehen willst ...ich zeig' dir jetzt eine so schöne Gelegenheit dazu. Eine ganz unauffällige! Eine, die so recht zu dir paßt, und bei der dir als Jäger das Herz hupft! Also horch' mal: der Schwarze, der Kapitalhirsch an der End' der Welt-Leiten...«

Der Oetsch hat mich angesehen und gelacht und dann gesagt: »Ich bleib'!«

»Johann Preisgott...«

»Ich bleib' und setze mich jetzt vorne in die Halle, bis meine Frau Schwägerin kommt!«

IV
Kurze Bemerkungen Seiner Exzellenz des Herrn Reichsrats Grafen Franz Assisi von Meerwarth

Wenn der Herr Rittmeister von Vogelschrey mich gewürdigt hat, dies kurze, kaum zehn Minuten abzuschätzende Zeitintervallum nach seiner Unterredung mit dem Grafen Oetsch durch meine Beobachtungen auszufüllen, so mag selbiges seinen Grund darin finden, daß der Graf, par hasard wahrscheinlich, sich bemüßigt sah, in der großen Halle just in dem Sessel neben mir Platz zu nehmen und en face zu mir zu causieren, und daß, sotanem Placement zufolge, ein greiser gläubiger Christ und Kreuzesanbeter wie meine Niedrigkeit aus dem ersten Hauch seines Mundes die fürchterliche Offenherzigkeit vernehmen mußte, mit der er unsern ganzen Cercle in Embarras brachte.

Um mich nicht allzu umständlich zu gebärden, möge vorausgesandt sein, daß wir, ehe der Herr Johann Preisgott uns die schätzenswerte Auszeichnung seiner Gegenwart gab, nach ursprünglicher, vom Kobold des Weines entfachter Heiterkeit, allmählich verstummt und beklommen und mit einer erkünstelten, gefälligen Glattheit der Mienen beisammen saßen. Lügen müßte ich, wollte ich melden, daß mir Gutes schwante. Denn männiglich wußte den Wagen mit den späten Gästen unterwegs. Ich zog in hohler Hand meine Uhr zu Rate, und siehe: der unerbittlich wie Vater Kronos im Vorrücken sich selbst in Form der Zeit verschlingende Zeiger wies nur noch neun Minuten und dreißig Sekunden bis zur neunten Stunde.

Als ich meine Uhr wieder im Gilet verwahrte, fing ich einen Blick des Herrn Kämmerers von Höllring ab, der nicht minder auf die große Wanduhr abzielte. Sie wies nur noch neun Minuten. Durch zwei Türen hörten wir etliche Male die erregte – ich sage nicht zu viel: die beschwörende Stimme unseres trefflichen Vogelschrey. Spärlich und spöttisch, einsilbig, mit dem Gleichmut des Aventuriers und Faro-Bankhalters, die Repliken des Herrn Grafen Oetsch. Des lieben Rittmeisters Hausehre, die gute Centa, hielt, so dünkte es, Schweigen für des Weibes besseren Teil.

Dann wurde es drinnen wieder grabesstill und, um das lähmende Silentium bei uns in der Halle zu brechen, begann ich mit dem Herrn Professor Dr. Langpointner, einem hirschgerechten Weidmann, eine Konversation über die kirchenpolitischen Materien im Landtag, zu dessen Beratungen wir beide, er in die Zweite Kammer, meine Wenigkeit aber in die Kammer der Reichsräte, morgen mit dem ehesten mit dem Pflichtgefühl des Patrioten nach München zurückzureisen hatten. Der Herr Landrichter, der scharfsinnige und erfahrene Herr Ritter von Söller, gab uns die Ehre und hörte zu. Doch aber konnte sich das Auge des vorzüglichen Beamten nicht von der Uhr an der Wand trennen. Es waren nun noch fünf Minuten vor neun. Draußen war eine taghelle Vollmondnacht. Ein grelles, weißes, beinahe schmerzhaftes Mondlicht goß seine Strahlen über den Hof. Plötzlich ging ein Zucken durch unsere Sozietät. Ganz von weitem, aus dem Wald, klang ein schwacher Peitschenknall. Nach kurzem, etwas näher, ein zweiter. Es waren nur noch vier Minuten bis neun. Diese Ankömmlinge, die sich da meldeten, besaßen jene vielgenannte Höflichkeit der Könige: sie waren pünktlich.

In diesem Moment präsentierte sich der mehrgemeldete Graf Oetsch, den ich – leider! – von Jugend auf als einen Vaurien und Libertin und rechten Widerpart seines gottseligen Bruders kenne – unversehens in unserer Mitte! Wahrlich, ihr Freunde: dieser Graf sollte nicht Preisgott, sondern Preisgottseibeiuns heißen! Er kam guter Dinge, mit raschen Schritten, aus dem Kabinett des armen Vogelschrey, warf sich in den Fauteuil neben mir und sagte lachend: »Der Rittmeister is ganz ein Schlauer: der möcht' mich jetzt bei Nacht und Nebel auf den Schwarzen oben am End' der Welt hinausschicken, der Spitzbub!«

Der Herr von Vogelschrey war ihm auf dem Fuß gefolgt. Er war so marode, daß er winkte, man solle ihm ein Glas kaltes Wasser bringen. Es war seine Gewohnheit wie die vieler Jagdherren, daß er sich immer von seinem Leibjäger als Valet de Chambre bedienen ließ. Wie ihm der uns wohlbekannte Anderl Gschwendtner seinen Gänsewein frisch vom Schloßbrunnen kredenzt, hat der fesche, schmucke Bursch die obigen Worte aufgeschnappt und sagt unterwürfig, aber

mit einer kaum verhaltenen Schadenfreude unter dem schwarzen, aufgedrehten Schnurrbärtchen und mit einem haßerfüllten, wahrhaft italienischen Seitenblick zu dem Grafen Oetsch
hinüber: »Ich wollt' es dem Herrn Rittmeister erst morgen melden, um Euer Gnaden nicht
den Abend zu verstören ...Der Forstmeister läßt dem gnädigen Herrn Rittmeister rapportieren,
daß der Schwarze seit zwei Nächten nicht mehr schreit! Das ganze Revier am End' der Welt ist
totenstill. Ein Wilderer, vermeldet der Forstmeister devotest, müsse früher aufgestanden sein
als der schöne Kapitalhirsch!«

»Der Filzenschuster!«

»Der Schubiak! Der Elendige!«

»Fangt's ihn!«

So liefen unseres Vogelschrey Gäste alle wirr durcheinander. Denn zünftige Ritter von der
grünen Farbe waren wir alle, ob alt oder jung, und solch schnöder Wildfrevel schnitt jedem ins
Herz. Mitten in den Lärm jedoch klang ein befremdliches Lachen aus vollem Halse, und der
Graf Johann Preisgott – wahrlich: nur mit christlicher Überwindung der widerwilligen Feder
merke ich immer wieder bei diesem Mann den Vornamen Preisgott an! – der Johann Preisgott
Oetsch lehnt sich weit im Sessel zurück, schaut rückwärts über die Schulter recht ergötzt zu
dem Rittmeister, dem wackeren Schloß- und Jagdherrn, auf und meint: »Du siehst, Freunderl:
das Schicksal will nicht, daß du mich los wirst!«

Freund Vogelschrey, der Ruhige, wäre sonst, als wahrer Vater seiner Waldkreaturen, außer aller Contenance darüber geraten, daß ihm, am Vorabend eines vorhabenden Jagdgangs, schnöde
Wildererhand den geweihten König der Berge auf die Decke gelegt. Nun jedoch war sein stilles
und menschenfreundliches Antlitz zu verstört, als daß sein Sinn solchen Wallungen gerechten
Zorns hätte Raum geben können. Nein: dieser Sinn sah schon, wie en clairvoyance, den Reisewagen des Ehepaares Safferstätt seinem Schlosse nahen, und der Zeiger der Uhr stand nun
schon auf sieben Minuten über neun, und ein Peitschenknall unterbrach, beinahe schon neben
unseren Ohren geschmitzt, draußen das ehrfürchtige Schweigen der Nacht.

Der Graf Oetsch aber lachte wieder und schlug ein Bein übers andere. »Es steht in den Ster-
nen geschrieben, daß ich bleiben soll!« sprach er. Ihm antwortete die Wortlosigkeit der Mißbil-
ligung. Sie zu entkräften, hob er heftig sein abenteuerliches Haupt, daß die Schnurrbartenden
flogen, schaute, mit mir beginnend, von einem zum andern im Kreise und versetzte laut und
langsam, jede Silbe betonend, wörtlich so, wie ich es, noch in der Erinnerung fröstelnd, hier
niederschreibe:

»Ich muß bleiben! Meine Schwägerin Mette bildet sich ein, ich sei schuld am Tod ihres
Mannes! Wenn ich jetzt vor ihr davonlauf', so setze ich damit selber Schrift und Siegel unter
den Verdacht! Bei meiner Frau Schwägerin und bei euch! Ach geht's! Redet nicht! Ich weiß ja,
was ihr denkt!«

Sprach so die Unschuld? Sprach so der Zynismus des Mörders, der sich vor Menschenrache
sicher wähnt – der, innerlich hohnlachend, sich dadurch mit seiner Tat brüstet, daß er sie ab-
leugnet? Mir murmelte ein warnender Dämon ins Ohr: Wer's so aussprechen kann, der hat's
getan! Doch ihn überdröhnte die Stimme vom Kreuz des Herrn: Richtet nicht, auf daß ihr
nicht gerichtet werdet!

Eine Erfahrung meines siebzigjährigen Lebens sagte mir: Wie dem auch sei – nun ist das
Veschwörungswort laut ausgesprochen! Die Geister sind gerufen! Wenn man die Dinge beim
Namen nennt, dann leben sie! Die Toten stehen auf und wandeln! Graf Peter-Paul weilt jetzt
unsichtbar in unserer Mitte und wird sich nicht eher wieder zur ewigen Ruhe legen, bis daß
die Gerechtigkeit sich erfüllt hat und sein Mörder nicht mehr in irgendwelcher unbekannten
Gestalt die Menschheit beleidigt!

Lasset mich zu Ende eilen, ihr Freunde, die ihr die Blätter zu diesem Memoire zusammen-
tragt, und verzeihet lächelnd die Geschwätzigkeit des Alters! Graf Oetsch saß, nachdem er obiges
hatte verlauten lassen, aufrecht und kaltblütig neben mir, der ganze Mann starr und gesammelt,
mit dem festen und aufmerksamen, kampfbereiten Blick einer Schildwache nach dem Eingang,
derlei die Schleier der Nacht quasi teilenden und durchdringenden Gesichtsausdruck ich aus

den Buonaparteschen Campagnen meiner Jünglingsjahre im Gedächtnis bewahre. In der Tür-
wölbung aber erschien der Haushofmeister und meldete seinem Herrn:

»Herr Baron und Frau Baronin von Safferstätt sind soeben vorgefahren!«

V

Zweite Niederschrift des Kunstmalers Franz Salvermoser aus München

Sie hat wundervolles, reiches, aschblondes Haar gehabt. Hinten auf dem Kopf war die Flut zu einem üppigen Knoten gebändigt. Sonst wäre ihr sicherlich, wenn man die Nadeln aus ihm löste, eine Garbe von matt goldfarbenen Ähren von den schmalen Schultern wie ein Königsmantel um die ganze schlanke, mittelgroße Gestalt bis zu den Füßen hinabgeflossen. Vorne kräuselte sich der seidene Überfluß in tausend widerspenstigen Löckchen um die kleinen Ohren und die weiße Kinderstirne. Das Gesicht darunter war frauenhaft zart und blaß, fein wie eine Gemme, in einem sanften Adel der bleichen Wangen. Die Augen waren tiefblau, aber unbestimmt verschleiert, so wie der Morgenhimmel an einem kalten, windigen Vorsommertag, die Nase gerade und fein und nervös geflügelt. Der Mund – der hatte eigentlich wohl die rechte kußliche Herzform mit schwellenden Lippen, wie es zu dem weichen Wesen, dem innigen, bis in die Fingerspitzen vornehmen Menschenbild der schönen jungen Frau paßte. Aber diese Lippen waren bleich. Sie schürzten sich in einer schmerzlichen Reinheit. Ich möchte sagen: in einem wehen Staunen vor dem Leben und seiner Grausamkeit und einer stillen Ergebung, der Blutleere einer jungen Nonne.

Die verwitwete Gräfin Oetsch kam zuerst herein. Ihr zweiter Mann, der Baron Gaudentius Safferstätt, hinter, nicht neben ihr, und so schien sich mir das auch zu gehören. Er war nur wie ein Schatten, den die aparte kleine Frau warf. Äußerlich nichts weniger als ein Schatten. Ein kräftiger, blühender Kamerad so an die dreißig, gut fünf Jahre älter als sie, mit gesunden, vergnügten weißen Zähnen unter der etwas zu kurzen Oberlippe, ein neckisch gestutztes Schnurrbärtchen darauf, lebenslustige Augen, eine sorglos gutmütige Visage – aber über dem ganzen Menschen eine Leere. Eine Gedankenlosigkeit. Gerad' wie meine anfängerhaften, zu flach gemalten Porträts: keine Tiefe! Ein guter Kerl, aber halt nix dahinter. Da möcht' man gerad' so gern ein Glas Wasser malen, wie so 'ne menschliche Harmlosigkeit! Der Rittmeister hat mir auch nachher gesagt: »Der Gaudenz Safferstätt macht sich am besten auf der Hirschjagd in kurzem Wichs: Gamsledernen und nackten Beinen und schönem Gürtel und grüngestickten Hosenträgern! Wenn er so am Abend vor der Almhütte sitzt und Schnadahüpfeln zur Zither singt und schuhplattelt und juhut und sich auf die Schenkel patscht und mit den Holzknechten die Zeigefinger einschlingt und hakelt – dann ist er halt in seinem Element – der rechte Holzhackerbub! Ist auch nie anders gewesen! Ich kenn' ihn seit seinem sechzehnten Jahr!«

»Warum hat sie ihn denn dann genommen?« hab' ich wissen wollen, und der Rittmeister, nach einer Pause mit einem Seufzer: »Mordsreich ist er halt – der Safferstätt – aber schon mordsreich, sag' ich dir ... und er tut ja auch keiner Katz' was zuleid!«

Und bei selbiger Gelegenheit hat mir der Herr von Vogelschrey erklärt, warum er gerade mich aufgefordert hat, aufzuzeichnen, wie die beiden Safferstätts und der Oetsch einander unten in der Halle von Vogelöd begegnet sind. »Franzi,« hat er gesprochen – »schau – du bist ein Maler! Kein dilettantischer Patzer wie ich, der schon froh sein darf, wenn er so ein Wappenschild auf Glasgrund fertig kriegt, sondern ganz ein wirklicher Künstler! Du siehst mehr an den Menschen als unsereiner und ganz besonders in den großen Momenten, wo sie in der Überraschung und Erregung sich nicht mehr so in der Gewalt haben wie sonst unter der Woche und einer dem andern nicht mehr als Maskerer kommt, sondern er hält für einen Augenblick die Larve in der Hand, und der wahre Mensch schaut eine Sekunde darüber her! Also hoffentlich und wie ich den Franzl kenn', hast du fein aufgepaßt, wie der Oetsch da zum erstenmal seit dem Tod seines Bruders der Mette Safferstätt Aug' in Aug' gegenüber gestanden ist.«

Und ob ich aufgepaßt hab'! Verschlungen mit den Augen hab' ich die beiden! Und hab' doch nicht mehr gesehen wie ein jedes. Denn das Überraschende und schier Unglaubliche, was da geschah, das hat jeder in der Halle gesehen und hat jeder sehen müssen, der nicht zwei Hosenknöpfe statt der Augen hat im Kopf sitzen gehabt.

Also die Baronin Safferstätt kommt herein, im Reisemantel, ein liebes Wiener Hütchen auf der Last von Blondhaar, und sieht die Hausfrau an und geht leichtfüßig auf sie zu und breitet beide Arme aus. Es war eine weiche, zärtliche Bewegung, und dabei erhellte ein süßes, schwermütiges Lächeln ihr zartes Gesicht, lief wie Sonnenschein über seine sanfte Blässe. Sie sah verführerisch schön aus in dem Augenblick. Ich glaube, da hätte jeder in der Halle gern an der Stelle von der Dame des Hauses sein mögen, wie die und ihr Gast sich herzhaft abgebusselt haben.

Während die beiden jungen Frauen sich noch recht innig wie zwei Schwestern küssen, hör' ich, der dicht dabei steht und Ohren hat, daß eine Mausekatz' schamrot wird – also hör' ich, wie die Frau Centa von Vogelschrey, noch mit den Lippen auf der kühlen, blassen Wange der Baronin, ihr von da hastig und angstvoll warnend ins Ohr flüstert: »Mette: Dein Schwager Oetsch ist da! Er legt's darauf an! Wir haben ihn auf keine Weise wegkriegen können!« Darauf hat die süße blonde Frau von Safferstätt ihre Freundin losgelassen, deren Mann, dem Rittmeister, freundschaftlich lächelnd die Hand geschüttelt und hat sich dann, während er sich darüber zum Kusse beugte, ruhig in die Halle umgesehen.

Sie brauchte nicht erst lange zu schauen: der Johann Preisgott Oetsch hat nicht weit von ihr gestanden und sie, ohne mit der Wimper zu zucken, unverwandt angeblickt. Ich hab' ihn dabei genau betrachtet. In seinen Pupillen war ein starrer stählerner Glanz. Ein unbeugsamer Wille, der die Menschen zu sich heranzog und sie sich Untertan machte. Man muß das Furchtbarste, was es auf der Welt gibt, das seelenlose, unergründliche Auge einer großen Giftschlange gesehen haben, das schon aus der Entfernung lähmt, um zu begreifen, was ich im neugierigen Entzücken des Malers, in dem Blick des Grafen Oetsch wie in einer Offenbarung eines Rätsels der Natur las.

Er stand ganz still. Wartete. Atmete kaum. Und ebenso alle andern umher. Die Baronin Safferstatt sah ihn. Wurde nicht noch bleicher. Nein. Eine leise Röte färbte verräterisch ihre Züge. Einen winzigen Augenblick verharrte sie. Dann ging sie, als sei sie willenlos, aber mit einem ganz ruhigen Gesicht auf ihn zu und reichte ihm vor allen Anwesenden die Hand.

Und er nahm sie und drückte sie respektvoll, mit unveränderter Miene, als sei das ganz selbstverständlich, und er habe gar nichts anderes erwartet…

Alsdann haben sie sich voneinander getrennt. Die Frau Baronin von Safferstätt hat die versammelte Gesellschaft mit einer leichten Kopfneigung gegrüßt – es war eigentlich ein flüchtiges Senken der zärtlichen, vollen Rundung ihres Kinns, und dabei straffte sich ihr kindlich schmaler, rührend weißer Nacken bis zu den mutwilligen, flimmernden Härchen an dem klassischen Ansatz zum Hinterhaupt, und meine Augen haben das in sich hineingetrunken und sich fein für künftige Kohle und Kreide und Skizzenblatt aufgehoben. Über die Gäste in der Halle hat die Baronin so hingeschaut, etwas fremd und zurückhaltend, mit der Sicherheit der großen Dame, obwohl sie nicht groß, sondern eben noch mittel an Gestalt und fast zerbrechlich zart gebaut war. So ist sie mit der Frau von Vogelschrey die große steinerne Freitreppe hinaufgestiegen.

Ich hab' ihr mit offenem Mund nachgeguckt. Ich glaub', wir alle. Wir waren alle wie vom Donner gerührt. Ich bin ja nur ein dummer Maler. Aber neben mir hat der Professor Langpointner gestanden. Der ist Jurist und hört also das Gras wachsen und ist auch noch ein Kirchenlicht im Landtag. Aber er hat mich geradeso betroffen und stumm fragend angesehen, wie ich ihn: Herrgott – ja – was wär' denn jetzt das? und wahrscheinlich hat sich in seinem Pandektenschädel und in meinem unaufgeräumten Malerhirn auch akkurat dieselbe schwarze Zwickmühle von Gedanken gedreht: Entweder die Baronin gibt ihrem Schwager die Hand, weil sie weiß, daß er unschuldig ist! Aber warum sagt sie's dann nicht? Und wenn sie das weiß, muß sie doch wohl auch wissen, wer, an seiner Stelle, schuldig ist! Warum nennt sie den Kerl dann nicht? Oder aber der Oetsch ist schuldig, und sie weiß es oder glaubt es und ist mit selbigem Glauben wahrhaftig nicht der einzige Mensch hier im Saal unter dem Donauweibchen mit den Flackerkerzen auf seinen Damschaufeln, und gibt ihm doch die Hand! Ja – dann bekennt sie sich ja selber als Mitwisserin und als mitschuldig vor allen Leuten! Welcher Christenmensch mit fünf gesunden Sinnen, und wenn sein Gewissen schwarz wäre wie chinesische Tusche, tut denn so was und verrät mutwillig sich selbst?

Hinter ihr, ohne daß sie sich viel um ihn kümmerte, ist ihr Mann mit dem Schloßherrn durch die Halle gekommen. Er hat natürlich genau gesehen, wie seine Frau und der Graf Oetsch sich freundlich als Schwager und Schwägerin von früher begrüßt haben, und hätte nun doch anstandshalber das gleiche tun müssen. Ihm hat der Graf Oetsch doch jedenfalls nichts zuleide getan. Im Gegenteil – wenn der der Mörder war, dann hat er ja gerade damit dem Herrn von Safferstätt zu seiner Frau, in zweiter Ehe, verholfen! Sonst liefe die schöne Frau Mette ja heute noch als Gräfin Oetsch herum.

Nun ereignete sich das zweite Rätselhafte.

Gibt etwa, wie sich's gehört, der Freiherr von Safferstätt dem Grafen Johann Preisgott manierlich auch die Hand, wie eben, vor seinen Augen, seine Frau? Sagt er ihm wenigstens guten Tag? Nickt er ihm vielleicht zum mindesten zu? Weit gefehlt! Als ob der Graf Oetsch mit seiner langen, hageren Hidalgogestalt Luft wäre, so geht der Baron an ihm vorbei...

Sein Gesicht war bis dahin unbekümmert fidel gewesen. Wie ein Schulbub hat er gelacht gehabt – vielleicht zu laut – vielleicht gar gezwungen – und dem Rittmeister im Gespräch auf die Schulter geschlagen. Jetzt, beim Anblick des Oetsch, verfärben sich ihm die Züge. Werden aschgrau. Düster und gequält. Verbissen. Ingrimmig. Eifersucht? Das schlägt mir wie ein elektrischer Funke durchs Hirn! Eifersucht? Das lief wie eine magnetische Welle wohl durch alle Köpfe. Eifersucht?

Der Baron Safferstätt hat finster gerade vor sich hingesehen und längere Schritte als bisher gemacht. So hat er mit dem Hausherrn gerade den Fuß der Treppe erreicht, als die Rocksäume der beiden Damen eben um den ersten Stufenabsatz herum fegten und verschwanden. Unten in der Halle, bei uns, war's muckerlstill. Man hätte eine Stecknadel fallen hören. Der Herr Graf Johann Preisgott Oetsch setzte sich wieder und zündete sich eine Zigarre an.

VI

Erinnerungen der Frau Centa von Vogelschrey (So, wie mein lieber Mann mich geheißen hat, das, was ich weiter von diesem Abend weiß, so gut es halt geht, aufzuschreiben)

Ich bin also mit der Mette die Treppe hinauf. Unterwegs haben wir nicht anders gekonnt und sind stehen geblieben und haben uns wieder einen ordentlichen Schmatz gegeben. Sie ist zu arg lieb. Ganz kalte Lippen hat sie noch gehabt, von der Nachtluft draußen. Und ich ein bissel Wasser in den Augen. So gerührt war ich, daß ich sie wieder einmal hab' leibhaftig im Arm halten und streicheln dürfen.

Arm in Arm sind wir dann weiter, wie zwei gute Basen. Oder wie zwei Schwestern. Irgendwie verwandt, schon von den Kreuzzügen her, sind wir ja, wie wir alle. Ich kenne mich mit den Stammbäumen nie aus. Mein Mann sagt oft: »Katzel, du hast so gar keinen historischen Sinn!« Ich habe alle Menschen gern und meine, Menschen sind wir alle und stammen vom Adam und der Eva ab, und so hat uns auch die Mater Jakobea bei den Englischen Fräulein in meiner Zopfzeit gelehrt.

Ja, ich hab' alle Menschen gern. Aber die Mette ganz besonders. Die hätt' ich damals, im Institut, fressen können vor Liebe. Bewundert habe ich sie. Die andern auch. Sie hatte so etwas Besonderes. Sie war so fein und zart, ganz anders wie wir strammen Bälge. Geheimnisvoll wie eine Nixe, mit ihrem langen, blonden Märchenhaar. In das habe ich mich manchmal damals eingewickelt, den ganzen Kopf, daß mir dunkel vor den Augen war, und die Augen noch fest zugemacht und den süßen, betäubenden Duft ihres Haares eingeatmet und mich dann plötzlich losgemacht und sie stürmisch umhalst und geküßt. Sie, die Mette, hat sich die Kälbereien geduldig von uns fallen lassen, still lächelnd, wie eine heimliche kleine Königin. Sie war immer sanft und freundlich und gut. Verschossen in sie waren wir alle. Das schien uns natürlich und ihr auch. Sie nahm es hin, als ob es so sein müßte.

Darum tat es mir so herzbrechend leid: ihre zweite Ehe! Der neue Mann! Nach einem wie dem armen Peter-Paul, der eines solchen Kleinods wert gewesen war, der gute Gaudenz Safferstätt! Lieber Gott ja: da stand er halt mitten im Zimmer und rieb sich die Hände und wußte nicht, was er reden sollt', und trat von einem Fuß auf den andern, und wenn er nicht dagewesen wäre, dann wäre hernach die Lücke im Weltall und in den vier Wänden hier auch nicht gar zu groß gewesen. Für sie, die Mette, war er auch eigentlich gar nicht vorhanden. Sie hat ihm den Rücken zugedreht und geschaut, daß das Gepäck in die Fremdenzimmer geschafft wurde. Ich hab' in meinem innersten Herzen ein Stoß- und Dankgebet zum himmlischen Vater losgelassen: Lieber Gott: Deine arme Magd preist deine Gnade, daß du mir nicht auch solch eine arme kalte Vernunftehe beschieden hast, sondern einen lieben guten Mann, meinen Leopold Salvator, dem ich eine treue, christliche Hausfrau bin. Lob dir, du Allerbarmer, von Ewigkeit zu Ewigkeit! Ich will auch redlich meine Pflicht erfüllen und meinem Mann gehorsam dienen und meine Kinder zu braven, guten Menschen erziehen.

Die Mette aber hat dagestanden, kühl und blond und zart, als wäre sie ein zerbrechliches Rokokodämchen aus Nymphenburger Porzellan, die Hände auf dem Rücken zusammengelegt, und vor ihr auf dem Teppich hat ihre Jungfer gekniet und angefangen, die Koffer auszupacken. Trauer um ihr totes Kind hat die Mette nicht mehr getragen, sondern ein dunkelgrün und schwarz kariertes Kleid aus schottischer Wolle, viel zu derb für ihren Libellenwuchs, eben für unser rauhes Gebirge zur Herbstzeit. Es war ja auch fast ein Jahr her, seitdem ihr Töchterchen, gleich nach ihrer zweiten Ehe, gestorben ist.

Ich hab' auf die Jungfer geschaut und, damit die's nicht versteht, die Mette auf Französisch gefragt: »Hast du deine Italienerin noch?« »Italienerin« habe ich zum Spaß gesagt. Denn in Wirklichkeit stammte die Jungfer, die Poletta, aus der Gegend von Wasserburg am Inn. Aber dort ging ja immer, bis jetzt, zu den neumodischen Eisenbahnen, flußabwärts der große Verkehr von Italien her über den Brenner, und vielleicht hat das Madel daher das Südliche gehabt: ganz schwarz und ein weißes Gesicht und ein Paar Kohlenaugen mit dicken, dunklen Brauen darin.

Darum hat die Mette ihre Jungfer auch immer Poletta statt Pauline geheißen und jetzt, auch auf Französisch, geantwortet:

»Ich hab' sie schon als Mädchen gehabt. Ich bin so an sie gewöhnt. Ich kann sie gar nicht mehr entbehren!«

»Da sei doch froh!«

»Aber im letzten Jahr macht sie mir ewig Verdruß. Sonst hat sie, so hübsch sie ist, nichts von den Mannsbildern wissen wollen. Sie hat sich gewehrt wie eine Katze!«

»Recht hat sie!«

»Da hat's das Unglück gewollt, daß in München der große Prozeß gegen die Haberfeldtreiber war! Du hast doch davon gehört?« Gehört? Liebe Zeit: Das ganze bayrische Oberland war davon voll, daß man endlich an die hundert Haberer dingfest gemacht hatte und beinahe den verborgenen Habererkönig selber ...

»Den einen Haberermeister haben sie aus Mangel an Beweisen freisprechen müssen und aus der Untersuchungshaft entlassen. Da hat ihn die Poletta gerad' vor einem Jahr, als sie zum Oktoberfest mit meiner Erlaubnis zum Besuch bei ihren Verwandten in München war, auf der Theresienwiese kennen gelernt, wie er mit seinem Anhang von Bude zu Bude gezogen ist und die Guldenstückeln nur so um sich geworfen hat. Ein schöner Mensch, dunkel wie sie, mit einem krausen, welschen Vollbart, wie der Andreas Hofer! Sie hat sein Bild immer auf ihrem Nachtkastel stehen!«

»Und in den hat sie sich verguckt?«

»Ach und wie!« sprach die Mette und seufzte. »Und, was weit schlimmer ist, er in sie! Ich hab' es ihr oft schon streng untersagt, mit einem so übelberüchtigten Menschen zu verkehren. Dann weint sie und küßt mir die Hand und dankt mir. Aber dann schreiben sie sich doch wieder. Ich weiß es. Und ab und zu taucht er immer einmal in ihrer Nähe auf!«

Mir ging es durch den Kopf, daß wir doch schließlich nicht, nach zwei Jahren, zusammengekommen waren, um uns über die Dienstboten zu unterhalten, und ich sagte auf Deutsch: »Geh her, Mette! Laß die Poletta deine sieben Zwetschgen auskramen! Die macht's schon! Und komm du auf 'nen Sprung zu mir 'rüber. Da plauschen wir schnell ein bissel gemütlich zusammen!«

Die Mette war es zufrieden. Sie nickte mit ihrem hochmütigen, feinen Blondkopf und schlang ihren dünnen Arm in meinen und ging kameradschaftlich mit mir davon. Ihr Mann? Ich möchte schwören: Wenn man sie in der Beichte, auf Gottes Wort, gefragt hätte, ob der in selber Zeit im Zimmer war, sie hätt's nicht gewußt! Jedenfalls drehte sie sich gar nicht erst nach ihm um, und er stand auch da, als wäre er das schon gewohnt. Recht ein Depp! Ach, du mein guter Leopold Salvator! Dich hab' ich herzlich lieb! Das gehört nicht zu dem, was ich berichten soll, aber ich schreib' es doch hin! Weil's halt wahr ist!

Ich habe so ein Nest in dem großen Schloß ganz für mich und ihn, wo nur die ganz Auserwählten herein dürfen, damit man doch einmal seine Ruhe vor den ewigen Gästen hat, so recht klein und gemütlich und lauschig, Tür an Tür neben dem Kinderzimmer, daß ich immer gleich höre, was da geschieht. In das habe ich natürlich die Mette nicht führen wollen, wo sie doch ihr einziges Kind hat hergeben müssen und bittere Gedanken in ihr wach geworden wären. Aber sie streifte sich bei mir die Handschuhe von ihren schmalen Fingern, steckte sie in die Tasche von der Lodenjacke, strich sich flüchtig vor dem Spiegel das Haar glatt und sagte ruhig: »Geh – zeig' mir deine Kinder, Katzel!«

Wer war froher als ich? Das ist doch mein Stolz. Wir sind also auf den Fußspitzen hinein, und ich habe leise Licht gemacht. Da lagen sie alle drei in ihren Bettchen und schliefen mit roten Backen und geballten Fäustchen. Die Mette hat ernst, mit gefalteten Händen und einem schmerzlichen, wunderschönen Lächeln die Mittlere, die Walburg, betrachtet und gefragt:

»Wie alt ist die Burgel? Schon vier Jahre? Ah – da schau her! Du – Centa – jetzt muß ich dir noch sagen, warum ich euch plötzlich ins Haus gefallen bin!«

»Du bist immer willkommen!«

»Ganz und gar nicht! Ihr habt jetzt im Oktober das ganze Schloß voller Jagdgäste. Da könnt ihr Besuch von Frauenzimmern nicht brauchen. Die nehmen nur den Platz weg und stören die Herren abends in ihrer Gemütlichkeit. Das weiß ich. Ich bleibe auch nur höchstens ein paar Tage!«

»Du bleibst, solange du magst! Und je länger, desto lieber ist es mir und meinem Mann!«

Komisch: von ihrem Mann, dem Gaudenz, war gar nicht die Rede. Der ging nur so mit. Die Mette hat sich über das eine Bettchen gebeugt.

»Also, Katzel, ich möchte hier bei euch jemanden sprechen, weil es sich da gerade am leichtesten tut – du – jetzt bin ich ganz dumm: Ist das Jüngste da eigentlich ein Bub oder ein Mädel?«

»Der Peperl? Ein Bub! Und was für einer!«

»Ist auch besser! Was tun wir langhaarigen Menschen auf der Welt?«

Da hab' ich doch lachen müssen und gemeint:

»Ohne uns stirbt aber die Welt doch gerad' aus!«

»Wär' denn das ein Unglück?« fragt die Mette, ganz in ihren Gedanken. »Du – der Peperl ist süß!«

»Gelt?«

»Ja – also schau: also ich möchte mich hier mit dem Pater Faramund treffen – du weißt: dem Mönch in Rom, dem letzten Oetsch, der außer meinem Schwager noch lebt!«

»Ja freilich hab' ich oft schon von ihm gehört!«

»Er gehört zum Orden der Kreuzbrüder von Golgatha in Italien. Es ist ein arg strenger Orden. Schon fast nach der Trappistenregel.«

»Ich weiß.«

»... und er kommt selten nach Deutschland. Nur in jahrelangen Abständen. Aber augenblicklich ist er gerade in Ordensgeschäften zu Gast im Kloster Maria Stern!«

»Das ist ja gar nicht weit von hier!«

»Nein. Ich glaube, nur ein paar Stunden mit dem Wagen über die Berge. Deswegen komme ich ja eben zu euch. Zu dem Pater Faramund kann ich selber nicht in das Kloster Maria Stern hin. Sie lassen ja dort keine Frau in die Klausur. Du – die heiligen Männer müssen doch alle eine rechte Angst vor uns haben – nicht?«

Wir lachten beide. Dann schämten wir uns, daß wir als ehrbare junge Frauen auf solche gottlose Gedanken geraten waren, und die Mette fuhr wieder sehr ernst fort: »Den Pater zu uns, dem Gaudenz und mir, aufs Land einladen kann ich auch nicht gut. Es ist eine weite Reise bis nach Franken, und wir haben ja auch immer Leute bei uns. Unser Schloß ist der reine Taubenschlag. Ich weiß manchmal nicht mehr, wo mir der Kopf steht. Da finde ich nicht die Ruhe und Sammlung, die ich für die Begegnung mit dem Pater Faramund brauche. Es würde mir immer wieder irgendeine weltliche Pflicht als Hausherrin dazwischen kommen und mich ablenken!«

»Jetzt – ihn in München oder sonstwo in einem Gasthof treffen,« fuhr sie fort, »ja – ein Pater von einem so asketischen Orden gehört doch nicht ins Hotel unter befrackte Kellner und Geschäftsreisende und neugierige Leute, die ihn angaffen, als wäre er ein Wundertier! Das kann ich ihm nicht zumuten!«

»Das glaub' ich euch, Mette!«

»Nun hab' ich aber was mit ihm zu bereden! Gerade mit ihm, dem letzten Verwandten meines seligen Mannes! Nicht gerade viel! An einem Tage sind wir leicht damit fertig! Aber es muß geschehen! Er ist freilich arg strenggläubig, wie es die Väter vom Cruciferen-Orden halt sein müssen, aber er soll nach allem, was ich von ihm höre, ein guter und gerechter und im Herzen milder Mann sein.«

»Just so hab' ich auch immer von ihm reden hören!«

»Da bin ich auf den Ausweg verfallen – ihr seid ja so gut, du und dein Mann: ihr schlagt mir schon die Bitte nicht ab und gewährt's mir, daß der Pater Faramund über eine Nacht vom Kloster Maria Stern hierher zu euch nach Vogelöd herüberkommt und ich mit ihm meine Unterredung hab'!«

»Aber gern!«

»Ihr habt ja hier auch viel Kinder der Welt, zu denen solch ein Religioser nicht paßt. Ich hab's unterwegs in der Halle unten gesehen. Aber der Pater Faramund kann sich ja auf dem Zimmer halten, das ihr ihm einräumt. Da stört keiner den andern!«

»Gleich lass' ich ein Zimmer richten!«

»Ich dank' dir, Katzel! Du bist gut und lieb!«

Die Mette küßte mich mit einer merkwürdigen, stillen Inbrunst. Ihre Augen waren heiß. Sie war anders als sonst in ihrer sanften Blondheit. Ich meinte:

»Sag' mir nur, wann ich anspannen lassen soll und einen Wagen nach Maria Stern hinüberschicken!«

»Das tut nicht not. Ich hab' mich deswegen schon mit dem Pater Faramund ins Einvernehmen gesetzt. Er benutzt den Stellwagen bis nach Höhenleiten und geht die letzte Stunde hierher zu Fuß, hat er mir geschrieben. Unser Herr Jesus sei auch zu Fuß gegangen, und er, der Pater, brauche keine Equipage!«

»Und wann kommt er?«

»Sobald er weiß, daß ich hier bin! Das habe ich ihm heute von unterwegs, von der Poststation aus, durch einen Boten mit einem Brief nach Maria Stern wissen lassen. Da wird er wahrscheinlich morgen gegen Abend da sein! Sei nicht böse, ich hab' alles eigentlich ein bißchen über deinen Kopf weg abgemacht, weil ich ja schon davon überzeugt war, daß du mir das zuliebe tust!«

»Alles, Mette, alles! Nicht bloß das armselige bissel!«

»Gott vergelt's dir viel tausendfach, Katzel! Und jetzt hab' ich noch eine Bitte: Ich bin müde von der Reise. Ich möchte am liebsten heute den Abend auf meinem Zimmer bleiben und nicht mehr hinunter unter die Leut'!«

»Ja, aber freilich, Schatzi!« hab' ich gesagt und sie in ihr Zimmer zurückgeführt und noch einmal abgebusselt und mit ihrem Mann allein gelassen. Der hat in einer Ecke gesessen, die Hände zwischen den Knien ineinandergelegt, und unverwandt vor sich hingestarrt ... Geistreich hat er nicht ausgesehen. Das tut er überhaupt nicht. Aber wenn einer schon Gaudentius heißt, dann muß er auch ein vergnügtes Gesicht zeigen. Sonst weiß man gar nicht, wozu er nutz ist. Beim Gaudenz Safferstätt hat man das nie recht gewußt. Er hat nie was Ordentliches im Leben vorgehabt oder ist wenigstens dabeigeblieben. Mal ein Jahr im Regiment und wieder weg, mal ein Jahr im Ministerium und wieder weg. Seine Hauptbeschäftigung ist halt, reich zu sein und nichts zu tun. Arme Mette! Sie sagt nichts. Aber man sieht ihr an, was sie leidet. Arme, arme Mette!

Ich bin hinunter zu den Gästen, die auch schon ans Schlafengehen dachten – denn es war schon halb elf Uhr, und vor Tagesanbruch wollten sie zur Jagd aufstehen – und hab' zu meinem Mann gesagt: »Du, Poldl, – weißt das Allerneueste? Der Pater Faramund kommt! Der Doktor theologiae Faramund, mit dem weltlichen Namen Oetsch! Die Mette hat was mit ihm zu bereden. Deswegen ist sie da!«

Mein Mann hat ordentlich dankbar Atem geholt und gesprochen:

»Also deswegen! Vielleicht bringt uns der Hochwürdige Glück ins Haus! Man hört von ihm immer nur das Beste! Du kennst ihn übrigens doch, Onkel?«

»Und ob ich ihn kenn'!« nickt der alte Franz Assisi Meerwarth und schnauft. »Vor vierzehn Tagen habe ich ihn noch in München beim Erzbischof gesehen. Da war er auf dem Weg nach dem Kloster Maria Stern. Gar nicht weit von hier!«

»Von da fährt er morgen zu uns herüber!« rief ich. Und mein Mann zum Onkel Franz, vertraulich:

»Du – wie ist er denn so im ganzen?«

»Mehr ein Gelehrter als ein Priester!« erklärt der Onkel Franz Assisi. »Ein Kirchengelehrter. Ein Bücherwurm. Weltfremd. Beinahe menschenscheu. Eine Autorität im kanonischen Recht. Hoffentlich zieht ihn die Mette nicht in Dingen des äußeren Lebens zu Rat. Da ist er wie ein Kurzsichtiger, der seine Brille sucht!«

»Aber als Mensch?«

»Als Mensch ein milder, abgeklärter Priester. Ich habe ein Beispiel davon vor einem Jahr in Rom gehabt. Da promenierte ich mit ihm von Santo Spirito in Sassia den Borgo hinab, und voici: kommt uns vom Fluß her der Johann Preisgott Oetsch, sein lieber Vetter, der da drüben sitzt, entgegen! Ein Exterieur wie der alte Fra Diavolo – breitrandigen Campagnolenhut, Carbonarimantel, Kniestiefel mit Pfundsporen, ein Tableau aus den Abruzzen! Der Johann Preisgott seinen würdigen Bluts- und Namensverwandten erblicken und höhnisch die Achseln heben und ungezogen wieder über die Tiberbrücke zurück, als sei der Pater Faramund unter seiner Bibliothekar-Brille mit dem mal' occhio behaftet, war für den Johann Preisgott das Werk einer Sekunde!«

»Und der Pater?«

»Der hochwürdige Vater hat fein gelächelt und geschwiegen und endlich gesagt: ›Ich muß doch öfter für meinen armen Vetter beten! Er braucht es!‹ Und wieder nach einer Weile des Nachdenkens: ›Ich werde lieber täglich für ihn beten! Sag' es ihm, wenn du ihn siehst!‹«

»Das ist der rechte Mann!« sprach mein Leopold Salvator dankbar. »Mir wird schon ganz leicht ums Herz, wenn ich daran denke, daß wir ihn morgen hier haben!«

»Mir auch!« sagt' ich.

»Es mag schon geschehen, und sicherlich hat man Exempel,« stimmte der Onkel Franz Assisi zu und war leider wieder recht asthmatisch beim Reden, »daß die bloße Gegenwart eines weltabgewandten, furchtlosen und leidenschaftslosen Dieners des Herrn, wie des Paters Faramund, die Luft von den schädlichen Influenzen reinigt, die Miasmen in den Seelen ausbrüten, und den Fürsten der Hölle exorziert! Mir schwant wohl, wem er hier sein Apage, Satanas! zurufen wird!«

»Mir auch!« meinte der Leopold Salvator.

»Möge sich durch ihn alles zum Guten wenden!«

»Das walte Gott!« sagte mein Mann.

VII

Promemoria Seiner Hochwürden, des Priesters Nepomuk Thurmbichler, Pfarrherrn zu Vogelöd, für den Herrn Rittmeister von Vogelschrey

Würdiger Freund und Gönner! In Kürze sei hier, Ihrem Willen gemäß, des Wenigen und Unbeträchtlichen gedacht, was ich zu den Merkmalen göttlichen Zornes beitragen kann, in denen sich, vor nun einem Jahr, im Laufe des Oktobris Anno Domini 1850, der Besuch des Antichrist in unserem stillen Bergtal abzeichnete.

Ich hatte frühmorgens in der Dorfkirche die heilige Messe gelesen und ging nun über die Straße zum Pfarrhaus. Es war noch nicht ganz heller Tag. Innen in der Kirche war es Halbdunkel gewesen und – Gott sei's geklagt – auch halbleer! Vorhanden waren meist, wie das denn leider hergebracht, alte Weiblein. Die Mannsbilder und das junge Frauenzimmer vermeinen ja immer, sie hätten noch Zeit genug vor sich zur Buße und Einkehr, und laufen unversehens den breiten Weg zur Hölle.

Von Ihren Jagdgästen, mein verehrter Herr Rittmeister, erlassen Sie mir, zu sprechen. Diese hohen Herren sehe ich nur am Sonntag bei mir im Hause Gottes. Unter der Woche trifft man sie, wenn die Sonne aufgeht und über uns Sünder scheint, nicht im Betstuhl unten im Tal, sondern auf dem Jagdschemel oben in den Bergen. Unsere unsterbliche Seele jedoch ist wichtiger denn ein Gamsbock. Von christlichem Herzen gönne ich wohl diesen Herren Kavalieren ihre Jagdlust. Mögen sie aber nur den richtigen Weg zwischen den Freuden dieser Welt und der Vorbereitung zum ewigen Leben finden!

Unter den genannten Dorfweiblein saß an jenem Morgen eine fremde Dame und wies sich mir zu meinem Wohlgefallen während der ganzen heiligen Handlung in eine tiefe, inbrünstige und schmerzliche Andacht versunken. Diese hohe Dame war aus dem Schloß gekommen. Der Meßner, der ja, wie Euer Hochwohlgeboren bekannt, seine Nase in allem hat, meldete mir nach dem Gottesdienst, es sei dies die Frau Baronin von Safferstätt, die mit dem Herrn Gemahl am Abend vorher zu später Stunde in Vogelöd einpassieret sei.

Es gab seit vierzehn Tagen einen anderen Gast auf diesem Schlosse, der mir seinem aristokratischen Namen nach nicht näher bekannt, ja überhaupt völlig unbekannt und mir dennoch dadurch aufgefallen war, daß er mir bei zufälligen Begegnungen geflissentlich aus dem Wege ging. Ich wußte nichts von ihm als sein Äußeres. Soll ich dieses mit der Feder abschildern, so sei denn das offene Wörtlein »abenteuerlich« am Platz. Eine lange und wohlgebildete, leibesgeübte Gestalt. Der Gang und die Haltung eines großen Herrn. Aber in den von einem langwehenden Schnurrbart geteilten Zügen nicht jene Sonne warmer Menschenfreundlichkeit, in der Sie, mein Herr Rittmeister, und wahrlich die Mehrzahl Ihrer hohen Standesgenossen sich nach gutem bayrischen Brauch auch mit der Geringsten einem in Christo eins und durch sein kostbares Blut erlöst dünken, sondern die Unrast eines, der in Unfrieden daherfährt und vom Ahasver sich das unstete Auge und die wechselnde Gestalt abborgt.

Dieser vornehme Herr nun kam, in Jägertracht, doch ohne Büchse, nur ein Fernrohr umgehängt, den Bergstock in der Hand, langsam, als ob er etwas suche, über den Platz zwischen der Kirche, von der die Glocke läutete, und dem Pfarrhaus. Die dritte Front, gegenüber dem Friedhof, nimmt das Anwesen zum Alten Wirt ein. Wie nun der Herr mich sah, machte er flugs auf dem Absatz kehrt und ging hinten um die Kegelbahn herum, um nicht auf mich zu stoßen, gleichwie, nach den Berichten unserer alten Kirchenbücher, früher in sterbenden Läuften und Pestilenz im Lande einer die Nähe des anderen aus Furcht vor einem ihm entströmenden giftigen Contagio mied.

Mich verdroß dies und reizte zugleich meine Wißbegier in einem gerechten Unwillen. Denn ich fühlte wohl, daß diese Flucht nicht meiner niederen, jenem Herrn doch unbekannten und gleichgültigen Person, sondern nur meinem heiligen Gewand eines Dieners des Herrn gelten konnte. So schwenkte auch ich auf die andere Seite um die Tafernwirtschaft herum, gewann das zweite Ende der Kegelbahn und stieß hinter ihr, in einem Kraut- und Würzgärtlein, wie ich nicht anders verhofft, jählings auf den langbeinig sich dahinstellenden Kavalier.

Nun konnte er mir nicht gut entrinnen. Ich blieb stehen, lüftete höflich den Hut und sprach: »Vergönnen mir der Herr eine Frage: Es ist just eben das drittemal in zwei Wochen, daß der Herr bei meinem Nahen sich retiriert! Wodurch habe ich ihn beleidigt und gekränkt? Ist's ohne Wissen geschehen, so soll es mir herzlich leid tun! Oder warum fürchtet sich der Herr vor mir, einem armen alten Landpfarrer, dem jedes Kindlein im Dorf zutraulich ein Patschhändchen gibt, wenn er vorbeigeht?«

Ich hatte heimlich gehofft, er würde beginnen: »Gelobt sei Jesus Christus!« und ich dürfte aufatmend erwidern: »In Ewigkeit, Amen!« Statt dessen spielten hundert Lichter und Schatten auf seinem scharfen, spöttischen Gesicht, aus denen niemand klug werden mochte, und er versetzte schnell: »Begegnen Sie gerne dem Gottseibeiuns, Hochwürden?«

»Nein. Wahrlich nicht!« sagte ich und schlug in Gedanken ein Kreuz.

Er zeigte seine weißen Zähne und meinte:

»Dem Teufel geht's umgekehrt gerad' so!«

Dabei schwenkte er boshaft lächelnd seinen verwetterten Filzhut mit dem hohen Adlerflaum und ging in einem vorsichtigen Bogen um mich herum weiter, ehe ich denn etwas erwidern konnte. Mir graute. Ich schaute ihm verblüfft nach. Ich hatte in diesem Augenblick die feste Gewißheit: Besprengt man diesen Kavalier mit der Hahnenfeder am Hut unversehens mit ein paar Tropfen aus dem Weihkessel, so möchte das Wasser auf dem feindlichen Element zischen wie auf einer heißen Herdplatte. Und ich frug mich zerknirscht – als Hirte der Herde in diesem friedvollen Tal: Welches sind unsere Sünden, Herr? Warum kam uns dieser unheimliche Gast? Die hohe Dame nun, von der ich vorhin gesprochen, muß noch in der Kirche in stillem Gebet verweilt haben. Denn sie trat erst jetzt heraus. Nun begriff ich, daß jener Kavalier offenbar auf sie gewartet und darum seine Schritte vorhin anscheinend ziellos verzögert hatte. Er ging auf sie zu. Ich prüfte ihn scharf. Hinken tat er nicht. Er stand vor ihr. Beide starrten sich an. Die Hand gaben sie sich nicht und wechselten auch anfangs kein Wort. Dann fing der Herr, der sich, wie ich ja dann erfuhr, mit dem Namen eines Grafen Oetsch benennt, zu sprechen an. Er redete ganz leise und sehr schnell. Keine Wimper zuckte dabei in seinem Antlitz. Er schaute die Dame unverwandt an, in einer eindringlichen, kaltblütigen Art. Sie erwiderte nichts. Sie hörte nur seiner immer rascheren und immer mehr zugleich sich dämpfenden Suada zu. Beide setzten sich langsam in Bewegung und schritten, er immer sprechend und sie schweigend, den Wiesenpfad entlang, der zu dem Seiteneingang des Schloßparks von Vogelöd führt. Dort verschwanden sie in dem von dem großen, Herbst genannten, Maler schon farbenscheckig gepinselten Laubwald.

Ich frühstückte daheim. Mein Herz klopfte. Ein Unbestimmtes bedrückte mich. Es ließ mir keine Ruhe. Ich ging zum Schloß hinauf. Mein geistliches Kleid gab mir bei den Lakaien Freipaß bis zu den intimen Gemächern, wo eben der Herr Rittmeister und die Frau von Vogelschrey samt ihren artigen Kindern beim Morgenkaffee saßen. Auch das Fräulein Luise, die Erzieherin, bemerkte ich, die Kleinen überwachend, an dem wohlbestellten Tisch.

Der Bubi, der Älteste, küßte mir sittsam die Hand. Die Burgel knickste. Der Peperl konnte nur: »Da! da!« sagen. Das Fräulein zog sich mit der herzigen Schar zurück. Ich nahm Platz. Ich war zu erregt, als daß ich hätte der gastfreundlich angebotenen Kollation genießen können, und mein Auge betrog mich nicht, wenn es auch auf den sonst so heiteren Mienen des trefflichen Ehepaars die Linien der Sorge und Unruhe eingezeichnet fand. Sie schauten mich erwartungsvoll und fragend an. Ich räusperte mich und wußte plötzlich nicht, wie beginnen. Durfte ich denn den Schloßherrn vor den Gästen unter seinem eigenen Dach warnen? Und wo waren die Anzeichen, die solchen Verdacht begründeten? Es gab, für leibliche Augen, nur eins: die Flucht dieses Herrn Grafen vor dem Kleid Gottes. Die erzählte ich, und es drehte sich mir, ohne daß ich es beabsichtigte, im Munde mehr so, als wollte ich mich darüber beschweren. So faßte es auch der gute Herr von Vogelschrey auf, seufzte und sprach:

»Schauen's, Hochwürden: der Johann Preisgott Oetsch – der denkt ja dabei nicht gerad' an Sie! Nein: der läuft vor jedem Priester davon!«

»Warum tut er das?«

»Halt weil er narrisch is! Den kennen wir schon in unseren Kreisen. Den darf man nicht ernst nehmen.«

»Ja freilich. Wenn der Herr narrisch ist!« sagte ich etwas beruhigt, und die Frau von Vogelschrey fügte hinzu: »Er ist jetzt ins Gebirge hinaufgestiegen. Da ist er am besten aufgehoben. Da kann er keine Dummheiten machen und sitzt auf einem Felsblock und äugt durch das Perspektiv nach den Gemsen an der jenseitigen Talwand, an die er sich morgen in aller Früh heranpirschen will!«

»Vorläufig ist er noch herunten!« sagte ich.

»Wo denn?«

»Er ist mit der Frau Baronin Safferstätt in den Park gegangen!«

Das harmlose Wort von mir hat eingeschlagen wie vor siebzehn Jahren der Blitz in unsern Kirchturm. Die beiden, Herr und Frau von Vogelschrey, sind gleichzeitig aufgesprungen, und er hat ungläubig gefragt:

»Der Oetsch und Frau von Safferstätt?«

»Ja freilich!« erwiderte ich.

»Haben Sie das selbst gesehen, Hochwürden?«

»Vor einer Viertelstunde!«

Das Ehepaar tauschte einen Blick, in dem ein Erstaunen und eine mir unerklärliche Besorgnis lag. Ich hatte nur das Vorgefühl wie manche Leute vor dem Gewitter: Hier, über diesem ehrenfesten Schloß in Gottes grüner Waldwelt zieht sich eine dunkle Wetterwolke zusammen, so lachend jetzt auch die Sonne am Herbsthimmel steht.

Offenbar wollten sich Herr und Frau von Vogelschrey etwas sagen, was sie in meiner Gegenwart nicht aussprechen mochten. Ich hatte mich auch schon erhoben. Ich war ganz erschrocken über die unerwartete Wirkung meiner Mitteilung. Der Herr Rittmeister wollte noch einmal wissen: »Meinen Sie, Hochwürden, daß die beiden noch im Park sind?«

Ich bejahte.

»Ich hätte sie doch von meinem Fenster aus sehen müssen, wenn sie herausgekommen wären!«

Ein Diener trat ein, um abzuräumen. Der Hausherr wandte sich an den Burschen:

»Weißt du, wo Herr von Safferstätt ist?«

»Noch auf seinem Zimmer, gnä' Herr!«

»Was macht er da?«

»Als ich drinnen war, taten der Herr Baron gar nichts, sondern saßen und schauten gerade vor sich hin. Ich hab' laut gesagt: ›Ich habe die Ehre, guten Morgen zu wünschen!‹ Aber der Herr Baron haben mich nicht gehört!«

Und seine Frau Eheliebste promeniert inzwischen unter vier Augen mit diesem Kavalier, den irgendein böses Gewissen und eine dunkle Schuld keinem Priester frei ins Gesicht schauen läßt! dachte ich mir. Mir begann allerhand zu schwanen. Ich sah die bleichen und erregten Gesichter meiner beiden lieben Gönner auf dem Schloß. Ich wollte nicht weiter stören. Ich verabschiedete mich, stieg hinab und ging in Gottes Namen an meine Amtsgeschäfte des Tages.

VIII

Neuerlicher Bericht von mir, dem Herrn von Vogelschrey auf Vogelöd

Noch nicht so bald hatte unser trefflicher Freund und geistlicher Berater, der hochwürdige Herr Pfarrer Nepomuk Thurmbichler, mit der ihm stets zu schicklicher Zeit beiwohnenden Diskretion das Zimmer geräumt, so frugen meine Frau, meine liebe Katzel, und ich uns in einem Atem gegenseitig dasselbe: Was hat die Mette mit dem vermutlichen, woll' es Gott, nur vermeintlichen Mörder ihres Mannes unter vier Augen draußen im Park die längste Zeit eine erregte und geheime Zwiesprache zu pflegen?

Man konnte die Wege des Parks, auf denen jetzt, nach den Worten des geistlichen Herrn, die beiden auf und nieder promenierten und ihre Geheimnisse eifrig traktierten, vom Schloß aus nicht sehen. Der Herbstwald spannte, gleich einem Pojatz im Zirkus bei den Englischen Reitern, ein höhnendes Narrengewand von buntem Laub davor, aus dem die Blätter der wilden Kirschbäume pupurn vor dem blauen Oktoberhimmel wie große Blutflecke brannten. Was die beiden da drinnen, im Schutze dieser gespenstigen Farbenfreude des sterbenden Sommers, einander sagten oder vielmehr, was er – nach des hochwürdigen Herrn Thurmbichlers Beobachtung – ununterbrochen ihr sagte, auf sie einredete und sie quasi beschwor und exorzierte, das war menschlichem Wissen und irdischer Erkenntnis verschlossen. Nur Gedanken und Vermutungen waren zollfrei und passierten denn auch gleich einem unordentlichen Zug schwarzgekleideter Gäste durch meinen Kopf, als sei der das Schloß Vogelöd und in ihm eine Begräbnisfeier gerüstet, wo doch unser gutes Haus bislang nur den frommen Gesang der Dorfkinder mit Juhu! der Burschen und Böllerknall von den Höhen bei unserem Einzug als christliches, junges Ehepaar und alsdann das liebliche, Gott, ach, so wohlgefällige Läuten des Taufglöckleins vernommen.

Wahrlich: Ich bin sonst ein gastfreundliches Gemüt. Aber nun fiel mir in meinem Unmut der kernige Wahlspruch erfahrener Altvordern bei: Der Mist und die Gäst' – sind im Feld am best'!

Außerstande, den Gedanken, die auf mich einstürmten, begründeten Ausdruck und sinnfällige Rundung zu verleihen, schwieg ich. Centa, meine Hausfrau, saß neben mir und sann. Es ist ihrem weiblichen Gemüt eingeboren, und sie mag darin als Evas rechte Tochter gelten, daß für sie ein Aristoteles sich nicht mit einer conditio maior seu minor und einer daraus zielenden conclusio sich abgeplagt hat und daß ein Magister der Logik ihr hätte seufzend das Schulgeld für seinen Unterricht zurückgeben müssen. Ihr Kopf wetterleuchtet nach Frauenart, in unmittelbaren, blitzartigen Eingebungen, die durch die Ikarus-Schwingen einer jugendfrischen, lebendigen Einbildungskraft beflügelt sind. So sprang sie plötzlich auf die Füße, warf ihre unschuldigen braunen Rehaugen gen Himmel und stammelte:

»Herr: Vergib ihnen! Ihm und ihr!«

»Katzel! Was hast denn?«

»...Lasse dein Gesicht leuchten über ihr! Leite sie den rechten Pfad!«

Ich schaute ihr in das liebe, angstvoll-verklärte Gesichtel und drang:

»Centa! Unser Herrgott weiß selber, was passiert ist! Aber ich, dein Mann, nicht!«

Da sah sie mich sonderbar wissend an.

»Poldl! ...Begreifst denn net?«

»Damisch bin ich, Katzel! Hast halt solch 'nen Depp zum Mann!«

»Poldl! Poldl! Ihr Männer wollt immer die Klügeren sein und seht dabei den Wald vor lauter Bäumen nicht!«

»Freilich seh' ich vor Bäumen nicht, ob die beiden da noch im Park umeinander laufen!«

Meine Frau Centa hob warnend den Zeigefinger. Sie hatte ganz große Seheraugen, während sie bang raunte:

»Weißt du, was der Johann Preisgott von der Mette will: daß sie das nicht sagen soll, was sie weiß ...wahrscheinlich nur sie allein auf der Welt weiß...«

»...und was weiß sie denn?« rief ich, jetzt schon ein bissel ungeduldig.

Ich hörte das Herz der Katzel in wildem Galopp an meiner Brust, an die sie sich schmiegte, pumpern, so wie ich selber das nur seinerzeit bei meinem ersten Hirsch, im Jagdfieber, verspürt hab'. Sie flüsterte:

»Du – Hand aufs Herz: Eigentlich glauben wir doch heimlich alle, alle, daß der Johann Preisgott seinen Bruder umgebracht hat...«

»Unter vier Augen mit dir: Ja!«

»Wir glauben's nur! Aber die Mette – die weiß es!«

Ich ließ die Katzel los und stand starr. Bei der waren jetzt auf einmal die Schleusen auf. Es sprudelte ihr nur so von den Lippen: »Sie weiß es! Sie hat die Beweise in der Hand, daß er, um aus seinen Geldnöten herauszukommen und Pfaffenrod zu erben, zum Kain geworden ist! Sie kann ihn jeden Augenblick, wenn sie will, der Gerechtigkeit überantworten!«

»Was sagst du da?«

»Und er, der Johann Preisgott, weiß, daß er in ihrer Hand ist und sein Dasein von ihr abhängt! Begreifst jetzt, Poldl, warum er ihr so zusetzt! Warum er ununterbrochen auf sie einredet? Er läßt alle seine Künste spielen, und er hat ja Künste genug an der Hand, vor denen ein Christenmensch ein Kreuz schlägt!«

»Das wäre...«

»Der Johann Preisgott hat die Mette vom Tage der Tat ab durch seine Künste dazu gebracht, zu schweigen! Seit drei Jahren trägt sie das Geheimnis mit sich herum! Seit drei Jahren entzieht sie den Mörder ihres Mannes dem irdischen Gericht!«

»Katzel ... Katzel!«

»... und der unglückliche Gaudenz, ihr zweiter Mann, weiß, daß der Johann Preisgott seinen Vorgänger ermordet hat! Warum ist er sonst bei der Ankunft gestern abend in der Halle an dem Johann Preisgott vor aller Augen finster vorbeigegangen, ohne ihn zu sehen und zu kennen, wo ihm die Mette gerade vorher offensichtlich vor aller Augen die Hand gegeben hat?«

Ich war still. Und die Centa atemlos weiter:

»... und der Gaudenz weiß, daß seine Frau nur den Mund aufzumachen braucht, um den Mörder ans Messer zu liefern, und es seit Jahr und Tag nicht tut! Das ist das Geheimnis dieser tief unglücklichen, im Innern zerrissenen Ehe!«

»Schön ist die Ehe freilich nicht!«

»Der Gaudenz und die Mette sprechen ja kaum mehr ein Wort miteinander! Sie kümmert sich mit Fleiß, sogar vor wildfremden Leuten und vor ihren eigenen Dienstboten, wie der Poletta, nicht mehr um ihn! Sie schaut gar nicht mehr auf ihn hin! Die beiden geben sich überhaupt nicht mehr die Mühe, zu verbergen, daß sie ganz auseinander sind!«

Ich schüttelte den Kopf.

»Der arme Mann kann einem in der Seele leid tun, Poldl! Er sitzt irgendwo im Zimmer in einer dunklen Ecke und starrt vor sich hin und spricht kein Wort. Der Stärkste im Kopf ist der Gaudenz ohnedies nicht! Er weiß nicht, was er tun soll! Er weiß nur, daß seine Frau durch den Oetsch verhext ist! Der hat ihr vom Mordtag an mit seinen Teufelskünsten die Lippen versiegelt!«

»Deine Rechnung, Katzel, hat ein Loch! Aber schon eines, durch das man mit einem Heuwagen und vier Rössern hindurchfahren kann!«

»Was für eines?«

»Weswegen schweigt denn eigentlich die Mette? He?«

Die Katzel war still. Es bebte alles leise an ihr, wie an den Zitterbäumen im Garten, auch wenn sich kein Lüftel regt.

»Die Mette müßte doch irgendeinen Grund haben, den Mörder ihres Mannes zu schonen, Katzel!«

»Ja!«

Es klang laut. Viel fester, als ich dachte. Das beunruhigte mich. Ich fuhr fort:

»Die Mette kennen wir doch alle von Jugend auf! Sie ist doch ein sanfter, guter, gewissenhafter Mensch! Sie ist doch deine beste Freundin!«

»Ja...«

»Sie ist fromm erzogen und geht jeden Morgen in die Messe und jede Woche zur Beichte und glaubt an unsern Heiland!«

»Ja!«

»Sie hat in glücklichster Ehe mit ihrem ersten Mann, unserem unvergeßlichen, unvergänglichen Peter-Paul, gelebt. Auch das weiß jeder.«

»Ja!«

»Also, Katzel! Jetzt denk' mal vernünftig – mit dem Kopf, nicht mit dem Herzen – und sag' selbst: Warum, – um Himmels willen, soll denn die Frau schweigen?«

Die Centa war still.

»Warum soll sie denn ihren heiligen Witwenschmerz und die frommen Gefühle aller rechtlichen Menschen mit Füßen treten, um einen Brudermörder dem Richtschwert zu entziehen?«

»Weil –«

»Bedenke doch, was das heißt! Dies Donnerwort: Ein Brudermörder! Wer solch eine Schuld nicht sühnen hilft, wenn er kann, der macht sich selber schuldig! Warum zögert denn die Mette seit drei Jahren? Warum tritt sie denn nicht vor und weist mit dem Finger auf den Oetsch und spricht: ›Er war's! Da sind die Beweise!‹«

»Weil sie ihn liebt!«

Die Centa schrie es in heller Angst heraus. Ich trat zwei Schritte zurück. Sie kam mir nach und rief mir wieder ins Gesicht: »Weil sie ihn liebt!«

»Centa...«

»...weil sie ihn liebt ... weil sie ihn liebt .. weil er sie irgendwie behext hat – gleich nach dem Tod ihres Mannes. Er verhext ja euch alle! Er macht ja mit euch allen, was er will! Er hypnotisiert euch ja, wenn er euch nur anschaut...«

Eine Zeitlang redeten wir nichts mehr. Ich war ganz betäubt. Dann sagte ich:

»Wenn dem so wäre – warum hat sie denn dann den Safferstätt geheiratet und nicht den Oetsch?«

Die Katzel schauderte. »Den Mörder des eigenen Mannes heiraten...«, sprach sie. »Nein ... Poldl ...dagegen empört sich die Natur! So weit reicht selbst dem Johann Preisgott seine übernatürliche Macht über die Menschen nicht! Aber groß genug ist sie, daß er die Mette ganz in seinem Bann hält! Sie ist ja gestern wie verzaubert auf ihn zugeschritten und hat ihm vor uns allen lächelnd und willenlos die Hand gegeben!«

Jetzt fröstelte auch mich. Aber ich wollte an solch eine Lähmung der Seele durch fremden Einfluß nicht glauben und versetzte:

»Centa – hältst du es denn für möglich, daß ein Mensch – und wenn er es selbst aus Liebe täte – solch ein furchtbares Geheimnis jahrelang oder womöglich lebenslang mit sich herumtragen kann?«

»Nein.«

»Ja ... also...«

»Sie erträgt's ja auch nicht! Schau sie doch nur an! Die Frau ist ja nur noch ein Schatten! Sie geht an dem Zwiespalt zugrunde! Sie möchte sich selbst von der furchtbaren Last befreien! Und sie will doch den Johann Preisgott nicht seinen Richtern überliefern!«

»Da gibt's aber doch keinen Ausweg!«

»Freilich gibt's einen! Deswegen ist sie ja hier bei uns!«

»Das versteh' ich nicht, Katzel!«

»Deswegen läßt sie sich hierher den Pater Faramund kommen, den letzten Verwandten ihres Mannes! Was sie dem unter dem Siegel des Beichtgeheimnisses anvertraut, erfährt, solange die Welt steht, kein Richter und kein Mensch! Der Beichtstuhl – das wissen wir wahrhaftig – schweigt tiefer als das Grab!«

»...und der Johann Preisgott läuft auch in Zukunft frei herum und läßt weiter den Kain einen guten Mann sein!«

»Aber sie, die Mette, hat ihr Herz erleichtert! Sie hat einem andern ihre Last aufgebürdet! Der Pater Faramund ist von einem strengen Orden. Er wird nicht glimpflich mit ihr ins Gericht gehen, daß sie so lange geschwiegen. Was er ihr sagen und was er ihr auferlegen wird, das können wir Menschen nicht wissen. Aber das ist gewiß: er wird nicht leicht den Stab nehmen und sie absolvieren!«

»Ich denke mir, was er tun wird!« sagte ich.

»Poldl ... sprich es nicht aus! Daß so etwas in unserem Hause sich vollziehen soll...«

»...was er tun muß!« fuhr ich fort. »Das heißt – damit ich nicht sündige: der Priester im Beichtstuhl ist nur Gott Rechenschaft schuldig. Er hat unumschränkte Macht, Sünden zu vergeben! Aber trotzdem ...so wie ich es mir als Sohn der Kirche einbilde, kann er zu der Mette nur sprechen: Ich verweigere dir die Absolution, bis du deine Gewissenspflicht erfüllt und den Mörder deines Mannes der irdischen Gerechtigkeit überliefert hast!«

»Ja!«

»Denkst das auch, Katzel?«

Die Centa wies mit zitternder Hand nach dem farbenbunten Park hinüber.

»Und ob ich's tu! ...Deswegen hat sie ihm ja die Hand geschüttelt bei der Ankunft, weil sie schon Mitleid mit ihm hat und weiß, was kommt! Deswegen hat sie heute vor Tau und Tag voll Angst und Zwiespalt in der Frühmesse gekniet. Deswegen geht er jetzt neben ihr drüben im Wald und beschwört sie und behext sie und redet ihr in einem Zug zu und läßt sie nicht zu Atem kommen, daß sie im letzten Augenblick von ihrer Reue zurückkommt und auch dem Pater Faramund gegenüber schweigt und den frommen Mann unverrichteter Dinge in sein Kloster zurückschickt! Der Johann Preisgott weiß zu genau: Mit dem Pater Faramund tritt sein Tod über unsere Schwelle! Da wehrt er sich, wie er kann, und ihm ist ja jedes Mittel recht...«

»Das freilich!«

»Jetzt setzt er mit all seinen höllischen Kräften der unglücklichen Mette zu und ringt mit ihr, um sie doch noch wieder vor sich auf die Knie zu zwingen! Wenn er diesmal siegt, dann hat er wahrscheinlich für immer gesiegt, und sie schweigt hier auf Erden bis ins Fegfeuer hinein!«

»Mög' ihr Gott Standhaftigkeit verleihen!«

»Einen furchtbaren Stand hat sie gegen ihn und seine Gewalt! Es geht doch eine schreckliche Gewalt von ihm aus. Ich begreif' sie nicht! Ich tät' mich lieber in den Gottseibeiuns selber vergaffen als in den Johann Preisgott. Aber so recht grundschlechte Menschen sind ja, scheint mir, für gute, schwache Menschen so seduisant wie der Böse in Person...«

»Da magst recht haben, Centa...«

»Jetzt kämpfen da im Park das Licht und die Finsternis miteinander, und der Pater Faramund ist wahrscheinlich schon unterwegs, und wir können nichts tun, Poldl!«

»Wir können nichts tun als warten!«

Meine Frau zuckte plötzlich zusammen.

»Eben kommt die Mette zurück!« sagt sie.

Ich folgte der Richtung ihres Blicks. Es schimmerte da etwas wie ein Klecks Bleiweiß auf einer vielfarbigen Malerpalette. Das war der Mette Safferstätt ihr weißes Kleid vor dem bunten Herbstlaub. Sie trug keinen Hut. Ihr prachtvolles, aschblondes Haar trank sich förmlich an der Sonne satt und spiegelte sich in goldenen Lichtern wider. Ihr zartes, weiches Gesicht darunter war blaß wie immer. Es trug einen ruhigen, träumerisch leidenden Ausdruck. Die blauen Augen schauten, wie sie näher kam, verschleiert und versonnen in die Weite. Sie war allein und wandte auch das Haupt nicht und blickte nicht zurück. Sie hatte die Hände in den Taschen ihrer weißen Jacke und ging rasch, biegsam, mit flüchtigen Schritten. Sie sah wie ein junges Mädchen aus.

Und doch fiel mir etwas auf, was nicht zu ihrem gewohnten sanften und hingebenden Wesen paßte. Eine Entschlossenheit. Worin dieses Unbeirrte lag – ob in einem Zug der zusammengepreßten Lippen, ob in der Haltung des etwas in das Genick gelegten Hauptes, die von der sonstigen, anmutig geschwungenen Nackenlinie abstach, ob in dem raschen, unbeirrten Gang – jedenfalls: sie blickte nicht rechts und nicht links, sie blickte unentwegt geradeaus. Schritt um den Springbrunnen herum, ohne darauf zu achten, daß er sie an dem frischen Herbstmorgen mit seinem kalten Wasserdunst überstäubte. Öffnete mit einem kurzen, harten Ruck die kleine Treppenpforte. Verschwand im Schloß.

Ich hatte mein Fernrohr genommen und schaute über die Parkwipfel zum jenseitigen Berghang hinüber. Richtig: Über die grünen Almen stieg der Oetsch empor oder vielmehr, er schwang sich eben, auf seinen Bergstock gestützt, mit einem Riesensprung über ein hohes Viehgatter, federte drüben stählern in den nackten Knien, klomm mit der Lungenweite eines Holzhackers aufwärts. Es war mir immer wieder erstaunlich, zu beobachten, wie sein ganzer äußerer Mensch sofort sich der Kleidung anpaßte, die er gerade anhatte. Jetzt trug er bayrische Gebirgstracht, und so ging er auch, etwas vorgebeugt, mit langem krummem Schritt, den Nagelschuh kaum über den Boden hebend, die kurze Pfeife im Mundwinkel, den Rucksack auf dem Buckel, genau wie einer meiner Holzknechte oder Forstgehilfen. Die furchtbare Auseinandersetzung, die er doch eben unter vier Augen mit der Mette Safferstätt gehabt haben mußte, störte ihn, schien es, in keiner Weise darin, sich oben vom Zwieselstein, ein paar Stunden von hier, mit dem Krimstecher die Gemse in den Schrofen gegenüber aufzusuchen, auf die er sich morgen früh im ersten Tagesgrauen wie ein Indianer auf dem Bauch heranpirschen wollte.

Hinter mir räusperte es sich diskret. Der Haushofmeister war eingetreten und meldete, daß unten der Wagen bereit stände, der den Grafen Meerwarth und den Professor Langpointner zur Poststation fahren sollte, damit genannte Landstände zum morgigen Landtag in München zurechtkämen. Auf dem Rückweg sollte der Wagen gleich wieder einen neuen erlauchten Gast, den k. k. Lieutenant Prinzen Tettikon, mitbringen, der vom nahen Tirol über die Grenze herüber gerne einmal bei mir zu einem guten Schuß kommen wollte. Ich hatte Seiner Durchlaucht denn auch versprochen, daß er nicht ohne ein präsentables Geweih aus Vogelöd abreisen sollte. Ich ging in den Hof hinunter, um mich als Hausherr von dem Onkel Franz Assisi und dem Professor zu verabschieden. Meine Frau bat mich:

»Tu mir die einzige Liebe und entschuldige mich! Ich kann jetzt nicht unter Menschen! Ich zittere am ganzen Leib! Sag' halt, ich hätt' Migräne...«

»Legst dich denn wirklich hin, Katzel?«

»Nein. Ich hätt' ja doch keine Ruh'! Ich geh' jetzt die Treppe hinauf zu den Kindern! Das beruhigt mich noch am ehesten!«

»Gut is!« erwiderte ich. »Sowie die Gäste abgefahren sind, komm' ich dir nach!«

IX

Denkwürdiges der Frau Centa von Vogelschrey für ihren lieben Mann zur Erhellung der geheimnisvollen Begebenheiten in Schloß Vogelöd im Oktober a. d. 1850

Ich habe schon in meiner ersten Aufzeichnung gesagt, daß ich mir ein gemütliches Boudoir für mich, ganz heimlich und entlegen, in dem großen Schloß eingerichtet hab', um auch einmal Ruhe vor den Gästen zu haben. Auf der einen Seite von meinem Stüberl war das Kinder- und das Spielzimmer, durch das kein Unberufener konnte. Da hielt die Luise, das Fräulein, wie ein Erzengel Wacht. Auf der andern Seite führte ein unmittelbarer Aufgang zu meiner Kemenate. Er wand sich durch eine Seitentüre der oberen Halle als steile steinerne Wendeltreppe im Innern eines Turmes empor, die unten auch weiterhin streckenweise stockfinster war, weil nur ein paar schmale Schießscharten noch vom Mittelalter her in das dicke Gemäuer gebrochen waren. Diese Schlitze von Fenstern schauten auf mein sogenanntes »Nizza«. Das war eine kleine, hochgelegene Gartenterrasse, eigentlich ein Hof, den die Gebäudeflügel von drei Seiten umrahmten, so daß er recht windgeschützt gerade gegen Südosten und die Sonne offen lag. Da hatte ich jetzt noch, in dem schönen oberbayrischen Herbst, meine Oleander- und Lorbeerbäume draußen im Freien stehen, und die Kinder spielten da herum. Gäste kamen selten hinein. Es war zu entlegen und auch weiter da nichts los.

Mir waren die Beine bleiern schwer beim Steigen über die enge, krumme Turmtreppe, und mein Herz hat nicht bloß wegen der steilen Stufen so geklopft. An der einen Biegung, im Dunkel, bin ich stehen geblieben, um Atem zu holen, und da sehe ich gerade über mir, da, wo es wieder hell wurde, im Lichtkreis des Fensters eine weibliche Gestalt. Wer, das konnte ich im ersten Moment nicht erkennen. Denn die Frauensperson hat ihren Kopf durch die Schießscharte gezwängt, die Hände flach auf die Brüstung gestemmt, und äugt und horcht mit vorgebeugtem Oberkörper vorsichtig hinunter in den Hof, mit so brennendem Interesse, daß sie nichts hörte und sah, was hinter ihrem Rücken vorging.

Aber die schwarz-weiß getupfte Bluse hab' ich doch gekannt! Ich tippe also der wißbegierigen Dame strafend mit dem Zeigefinger auf den Oberarm. Sie fährt mit einem kleinen Aufschrei herum, und richtig: es ist mein Kinderfräulein, die Luise – und die an sich hübsche, blonde Person wird rot bis unter die Haarwurzeln.

»Was machen Sie denn da. Sie neugierige Elster!«

Sie schluckt und stottert nur und wird noch röter. Ein Krebs hätte sich verstecken dürfen.

»Hinter wem spionieren Sie denn da her?«

Jetzt faßt sie sich, streicht sich über ihr semmelgelbes Haar und sagt gekränkt:

»Was denken nur Frau Baronin von mir?«

»...daß Sie eine vorwitzige Urschel sind!...« sag' ich. »Was interessiert Sie denn das, ob da unten auf der Terrasse der Herr Baron und die Frau Baronin von Sasserstätt miteinander auf und ab gehen?«

»Ich hab' mich gar nicht um die Herrschaften gekümmert!«

»Warum stehen's denn dann da? Ich mag das Herumschleichen und Hinter-den-Ecken-Geistern in den Tod nicht leiden! Das wissen's, meine Liebe!«

»Frau Baronin tun mir wirklich unrecht! Ich hab' bloß hinausgeschaut, um zu schauen, ob es schon warm genug ist, daß ich die Kinder auf die Terrasse unten bringen kann!«

»Zu kalt ist's noch! Der Nebel hängt ja noch in den Bergen!« mein' ich ärgerlich. »Das hätten's sich schon selber sagen können! Und jetzt schauen's, daß Sie weiter kommen!«

Meine Luise läßt sich das nicht zweimal sagen. Die denkt sich: Eine gute Ausred' ist auch 'was wert!, haucht ein untertäniges: »Danke sehr! Küß d' Hand, Frau Baronin!« und wusch: die Treppe hinauf und hinüber zu den Kindern.

Wie sie weg war – ja ...Ehrlich soll der Mensch sein, und ich hab' gelobt, in dem, was ich hier niederschreibe, die reine Wahrheit zu sagen ...also ...halt 'raus damit, Centa: Es muß schon sein ...also ...Ich hab' nicht anders gekonnt: Jetzt war ich diejenige, die sich ans Fenster gestellt hat! Statt dem Kinderfräulein die Baronin selber! Ich hab' mich schon geschämt! Es war wahr und wahrhaftig das erstemal in meinem Leben, daß ich den Horcher an der Wand gemacht hab'! Aber es hat mir schon beinahe das Herz abgedrückt – das Gefühl, daß in meinem Haus irgendein Unheil brütet, das ich nicht erkennen und nicht abwenden kann, und ich hab' mir gedacht: Da heiligt doch der Zweck die Mittel! Wenigstens die frommen Väter Jesu lehren das, wie man sagt! Vielleicht gelingt es mir so, das Schlimmste zu verhüten!

Ja, wenn ich nur wenigstens, nachdem ich mich schon da hingestellt hab', etwas hätte erhorchen können! Aber die Terrasse unten lag zwei Stockwerke tiefer. Man hat kein Wort von dem verstanden, was der Gaudenz Safferstätt und seine Frau im Auf- und Abgehen leise und leidenschaftlich miteinander sprachen...

Jetzt hatte die Mette nicht nur geschwiegen und zugehört, wie vorher, nach dem Bericht des hochwürdigen Herrn Pfarrers, im Park bei dem Beisammensein mit dem Oetsch. Sie hat jetzt in einem fort geredet, eindringlich, aufgeregt, die feinen weißen Hände bewegend, und der Gaudenz, ihr Mann, ist ihr alle Finger lang ins Wort gefallen und hat das Wort an sich gerissen, in unterdrücktem Ton, aber so heftig und wild, wie man es dem gutmütigen, faden, alleweil fidelen Menschen gar nicht zugetraut hätte! Und dann wieder sie – und dann wieder er – und dann alle beide zugleich. Gehetzt haben sie sich förmlich gegenseitig. Man merkte an den Lippen, mit welcher Erbitterung sie aufeinander einsprachen und jeder den Gegenpart zu sich hinüberzuziehen suchte. Dabei sind sie leidenschaftlich mit schnellen Schritten zwischen den Oleanderkübeln hin und her gegangen. Von der Hauswand bis zu der Mauer, unter der der Berghang steil in die Tiefe ging, kehrt, den Weg zurück, wieder kehrt – wohl hundertmal.

Wie gesagt: um zu wissen, was sie zueinander sprachen, da hätte man imstande sein müssen, Gedanken zu lesen. Aber daß sie nicht einig waren, daß sie verzweifelt miteinander stritten, daß ihnen in dem atemlosen Ringen förmlich gegenseitig der Haß aus den Augen sprühte – dazu brauchte man nur ihre verstörten Gesichter anzuschauen. Die waren jetzt, wo sie sich unbeobachtet glaubten, bleich und erschöpft, matt aneinander, voll Groll gegeneinander. In dem Gaudenz seinen nichtssagenden Zügen war eine Wut, die sie beinahe roh und gewöhnlich erscheinen ließ, als sei er ein Mensch aus dem niedrigen Volk, und auf ihrem schmalen, zarten Antlitz, das jetzt eher noch vornehmer aussah und himmelweit von seinem ordinären Äußeren abrückte, malte sich eine feindselige, steinerne Abwehr, an der alles, was er heiser flüsterte, abprallte. Und ebenso zornig und verächtlich lachte er wieder ein paarmal auf, wenn sie hartnäckig, den Blick am Boden, den Kopf schüttelte und zwischen den halb zusammengepreßten Lippen unerbittlich etwas wiederholte, dessen Sinn offenbar: Nein! Nein! Nein! war.

Ich habe in meinem Ausguck am Turmfenster die Hände ineinandergepreßt, daß mir die Knöchel weh getan haben, und kaum mehr zu atmen gewagt. Das Bild da unten hat ja nur zu deutlich gerade das alles bestätigt, wie ich es mir in meinen Gedanken eingebildet und ausgebaut hab'. Da unten wurde eine Ehe zu Grabe getragen! Nein. Die war schon lange tot, und die beiden unseligen Menschen haderten miteinander um das äußere Band, das sie immer noch umschlang.

So unvorsichtig wie die Neugier, die Fräulein Luise, war ich nicht. Wie ich von unten jemanden auf der Treppe hörte, bin ich rechtzeitig von meiner Horcherecke zurückgetreten. Dann habe ich die festen, gleichmäßigen Schritte erkannt, und mir wurde ruhiger ums Herz. Gott sei Dank: das war mein lieber Mann, der mir, wie er versprochen, zu den Kindern nachkam, nachdem der Onkel Franz Assisi und der Professor weggefahren waren.

»Guck' da hinunter, Poldl!« sagte ich gedämpft zu ihm, wie er vor mir stand. »Da unten, zwei Stockwerke unter uns, da geht das Geheimnis von Vogelöd leibhaftig auf zwei Paar Füßen auf und nieder und spricht und kämpft am lichten Tag mit sich und der Welt, und ein dritter, der Oetsch, geht unsichtbar zwischen den beiden mit, und wir haben das Geheimnis zum Greifen nahe, dicht vor den Augen, und können's nicht ergründen!«

Mein Mann hat hinausgeschaut. Sehr ernst ist er geworden, wie er die zwei, den Gaudenz und die Mette, in ihrem leisen, leidenschaftlichen, ununterbrochenen Diskurs gesehen hat, und immer ihren ratlosen Eilmarsch vom Haus zur Mauer und zurück und immer wieder sein erbittertes, ungeduldiges, bald bittendes, bald drohendes Einreden auf sie, und immer wieder ihr hartnäckiges, gereiztes, mitleidloses Verneinen, das schon bald etwas Fanatisches auf ihr schmales, weiches, frommes Gesichtel legte.

Während mein Mann sich den Zwicker fester vor die Augen setzte, bin ich hinter ihm gestanden und hab' ihm über die Schulter geguckt und gesprochen:

»Jetzt schaust, Poldl, wie sehr ich recht hatte! Es ist alles sonnenklar: der Gaudenz beschwört seine Frau, daß sie endlich der Wahrheit die Ehre und dem Verbrechen vor drei Jahren die Sühne gibt!«

»Sie will es ja dem Pater Faramund beichten, meinst du...«

»...und hofft dabei noch im stillen, er nimmt es ihr ab und spricht sie los, ohne daß sie den Johann Preisgott anzuzeigen braucht!«

»Katzel ... Katzel...«

»Deswegen verliert der Gaudenz, der doch sonst ein recht fader, harmloser Bub ist, endlich jetzt einmal die Geduld! Er mag nicht sein Leben lang an der Seite einer Frau herumlaufen, die sich zur Mitwisserin einer Todsünde macht! Er verlangt, daß die Mette sagt, was sie weiß: – aber nicht dem Beichtvater, denn der darf es nur Gott weiter sagen, und unser Herrgott braucht das nicht, der weiß das schon selber – sondern dem Richter!«

»Und die Mette?«

»Schau, wie sie unerbittlich den Kopf schüttelt! Da kann der arme Narr, der Gaudenz, lange reden! Der Johann Preisgott ist im kleinen Finger stärker als er. Der kann mit der Mette machen, was er will!«

»Warum denn, Sakra auch?«

»Ich hab's dir ja gesagt: weil er sie verhext hat – vom Tag der Tat ab! Weil sie ihn liebt! Den Mörder ihres Mannes liebt!«

»Aber Katzel...«

»Das ist ja der stundenlange Kampf da unten zwischen der unglücklichen Frau und ihrem Mann! Sie kämpfen miteinander um die Seele des Johann Preisgott Oetsch, wenn er die nicht schon längst an den Bösen verschrieben hat!«

Mein Poldl hat lange hinausgeschaut.

»Hören kann man nichts!« hat er endlich gesagt. »Und sehen? Ja – wenn einem das Sehen gegeben wär'! Die Kunst, in einem Menschengesicht wie in einem Spiegel der Seele zu lesen! Die großen Maler in München können's! Ich hab' es oft in den Ateliers beobachtet, wenn sie an ihrer Staffelei vor einem Porträt gestanden haben und mitten im Plauschen drei Schritte zurück und ihren Mann oder ihre Frau, die sie gerad' malten, drüben im Licht am Nordfenster scharf mit dem Aug' aufs Korn genommen, und ein ganz schneller Spritzer von Weiß in die Pupille von dem Bild, ein Strichelchen mit dem Haarpinsel am Mundwinkel, und auf einmal schaut einem aus dem Bild der Mensch von drüben an, nicht wie er leer dasitzt und sich langweilt und womöglich durch die Nase gähnt, sondern wie er wirklich im Innersten ist und wie seine nächsten Freunde und Verwandten ihn kennen! Das sind halt die Künstler! Das sind die Begnadeten! Da müßte einer von denen bei, der sich auf Köpfe versteht und ihre Sprache lesen kann, um zu erkennen, was in den Safferstätts da unten vorgeht!«

»Wir haben ja einen im Schloß! Der Salvermoser ist ja Porträtmaler!«

»Herrgott! Der Franzl!«

»Das Pulver hat der Salvermoser ja nicht erfunden!« sagt' ich.

»...braucht sich auch nicht in der Kunst! Die mehrsten tun sich ohne das leichter! Der Instinkt gehört dazu, Katzel! Der sechste Sinn! Halt das Genie oder ein Stück davon!«

»Etwas davon hat er schon in sich! Denk' nur, wie er uns gemalt hat! Ich bin mir wahrhaftig vor meinem eigenen Konterfei über manches in mir erst klar geworden!«

Mein Mann überlegte. Dann war er entschlossen.

»Bei solch einer drohenden Gefahr gilt jetzt jedes Mittel!« sprach er dann. »Ich probier's in Gottes Namen! Ich geh' und hol' den Salvermoser her!«

Bericht des Kunstmalers Franz Salvermoser aus München

Mein Freund, der Rittmeister von Vogelschrey, hat mich an das Turmfenster auf der Wendeltreppe hingestellt und ernst den Finger gehoben und gesprochen:

»Franzl! Schau da hinunter, und dann sag' uns, der Centa und mir, was du gesehen hast. Denk' nicht: das ist nicht deine Sach'! – sondern sperr' deine Augen auf, deine Maleraugen! Vielleicht ahnst du mit ihnen, was wir nicht wissen können!«

Also gut! Ganz habe ich ihn nicht verstanden! Was ging mich schließlich der Herr Baron und die Frau Baronin da unten an? Wenn's noch der Graf Oetsch gewesen wär'! Ein z'widerer Kerl, aber doch einer, bei dem die Natur, als wäre sie der alte Rembrandt selber, alles in einem wunderlichen Helldunkel gehalten hat und warme Goldtöne von Abenteuerlichkeit und Geheimnis darüber. Aber zwei so respektable, hochwohlgeborene Herrschaften wie das Ehepaar Safferstätt – Aristokraten, wie halt Aristokraten sind – die gewiß keinen Feind im Leben haben, und die sicher noch niemandem im Leben etwas zuleid getan haben! Und überhaupt wahrscheinlich noch nie was getan haben! – Wenigstens er...

Wozu er auf der Welt war, das hat er gewiß noch keinem verraten und selber nicht gewußt. Er war halt da und konnte nichts dafür. Sein Gesicht war seine Entschuldigung. Eines von denen, die ein Maler schon wieder vergessen hat, eh' er noch wegschaut.

Aber sie – die süße kleine Frau mit dem aschblonden Nixenhaar und der lächelnden Schwermut in den bergseeblauen und bergseetiefen Augen und der sanften, leidenden Ergebung in der Art, wie sie den Nacken geneigt trug und die Füße voreinander setzte und einem die Kinderhand reichte – ein, zwei Dutzendmal hatt' ich seit gestern schon oben in meiner Stube das zarte Profil mit Bleistift aufs Papier geworfen und die Dreiviertel-Ansicht umrissen und von vorn den innigen, verschleierten Augenaufschlag unter der mädchenhaften Stirne und die krausen Löckchen um die Ohren – alles aus dem Gedächtnis, und hab' geglaubt, ich hab's, und wie ich sie jetzt da unten habe stehen sehen, habe ich gemerkt, daß die ganzen Skizzen verhauen waren, und daß der kleine, feine, vornehme Kopf mit den beweglichen Nasenflügeln und dem weichen, wechselnden Mienenspiel gar nicht so leicht zu fassen war.

Denn jetzt war die schöne junge Baronin wieder ganz verändert. So wie ich sie gestern nicht im Traum gesehen hab'! Da war sie bleich und leidend und abgespannt gewesen. Sie hatte ein paarmal in sich zusammengeschauert, als fröre sie oder habe Angst. Nun war da unten eine hingebende Wärme in ihrem Wesen. Das war nicht nur die Herbstsonne, die ihr weißes Kleid hell überfloß und aus ihrem vom Wind zerzausten Seidenhaar einen Strahlenkranz um ihren bloßen Blondkopf wob. Nein. Das Leuchten ist ihr von innen gekommen. Das war die Seele selber, die ihre Hände lenkte, wie sie sich in einer flehenden Innigkeit vorbeugte und ihre Hände ihrem Mann entgegenstreckte.

Er hat die Hände genommen, gedrückt, stumm an die Lippen gezogen, ergebungsvoll wieder sinken lassen und fest, fest in den seinen gehalten. Die beiden haben sich angeschaut, ernst, andächtig, so wie man vor Heiligenbildern steht, einer vor dem andern. Der Baron Safferstätt schien mir in dem Augenblick schön, so veredelte ein tiefer Schmerz oder eine Fügung in etwas Unabwendbares sein sonst so nichtssagendes, manchmal beinahe rohes Gesicht.

So haben sie gestanden, wie zwei Menschen, die im innigen Vertrauen zueinander ein Leib und eine Seele sind! Sie hat ihren Arm um seine Brust gelegt und er seinen Arm um ihre Schulter. So sind sie langsam, sich umschlungen haltend, aneinandergeschmiegt und einander unverwandt anblickend, in das Schloß getreten und in dem dunklen Ganggewölbe unten verschwunden.

Ich bin zurück zum Rittmeister von Vogelschrey und seiner Gemahlin. Die beiden lieben Menschen sind mir gespannt und aufgeregt bis an die Türe entgegengekommen. Die Augen der Frau Centa haben vor Unruhe geglänzt und gefiebert. Er hat geforscht:

»Franzl! Hast was gesehen??«

»Das glaubst!« sag' ich auf gut Münchnerisch.

»Was denn? Sprich!«

»Sagen Sie's halt, wie's is!« drängte die Frau von Vogelschrey.

»Das will ich gern!« sprech' ich da und lache. »Denn ich hab' keine Sünde nicht gesehen, sondern das gerade Gegenteil, woran Gott seine helle Freude hat!«

»Wieso?«

»Ja – weil der Herr und die Frau von Safferstätt Mann und Frau sind und die Ehe doch ein rechtes christliches Sakrament ist!«

»Was sind das für Sprüch'!«

»Keine Sprüch', mein Lieber, sondern die reine Wahrheit: Ich hab' schon viele Eheleute gesehen und schon viele Leut', die ineinander verliebt waren, ohne daß sie Eheleute waren! Aber zwei Eheleute, die so ineinander verliebt waren wie die beiden, hab' ich bis dato noch nicht gesehen!«

»Was?« schreit die Gnädige mit großen Augen. Ihr Mann packt mich am Arm.

»Franzl – bist narrisch geworden?«

»Ganz und gar net!« sag' ich arglos. »Freut's euch doch, daß sich der Herr Baron und die Frau Baronin so lieb haben! Das ist ein Gott wohlgefälliges Exempel in dera verderbten Zeit, tät' der Pfarrer sagen!«

»Du meinst, sie haben sich lieb?«

»Gefehlt! Ich mein' mehr! Liebhaben ist da ein armes Wort. Der Herr und die Frau von Safferstätt – die lieben sich, wie sich nur zwei Menschen auf unserer buckleten Welt lieben können!«

XI

Schreiben des k. k. Lieutenants Vinzenz Ignatius Prinz von Tettikon, von Hardegg-Kürassieren in Böhmen, an den Rittmeister von Vogelschrey auf Vogelöd d. d. 5. April 1852

...Also ich soll dem Herrn Rittmeister aufzeichnen, was ich bei dem Diner an selbigem Oktoberabend vor zwei Jahren in Ihrem Schloß im Kreis der bei Ihnen versammelten Kavaliere und schönen Damen gesehen und gehört habe? Aber bitte! Aber gern! Eine Feder wie der selige Herr von Gentz führe ich freilich nicht. Seit ich glücklich bei die Jesuiten in Feldkirch heraus bin, habe ich Tinte und Feder mehrstens nur für ärarische Protokolle – no – und 'mal für ein Billetdoux benützt! Also: Ich bitt' schön um Nachsicht!

In Ihrem Brief meinen Sie, Herr Rittmeister, ich sei just der Rechte, um den Verlauf desselbigen Diners zu schildern, weil die schon länger bei Ihnen einheimischen Gäste alle schon mehr oder minder stützig und verschrocken gewesen seien und keine so unbefangene Beobachter hätten abgeben können wie meine Wenigkeit, die so recht ahnungslos in die Situation hineingeschneit sei.

Also gut: Ich bin angekommen, habe mich bei dem Herrn Jagdherrn zur Stelle gemeldet, bin unten abends pünktlich zur Tafel angetreten, habe der Gnädigen die Hand geküßt und den Vorzug genossen, an ihrer rechten Seite sitzen zu dürfen, und habe mich gleich recht wohl unter Ihrem Dach gefühlt und wie zu Hause. Ich bin ja auch von Hause aus, wie der Herr Rittmeister wissen, nicht Österreicher, sondern Württemberger und Süddeutscher, und diene nur, wie die meisten meiner Familie, der besseren Fortüne halber in der k. k. Armee.

Die Gnädige war von einer bezaubernden Liebenswürdigkeit. Es war wirklich nicht nötig, daß sie ihre Gäste mit einem recht lieben Lächeln um Nachsicht gebeten hat, wenn sie wenig spräche und manchmal ein wenig zerstreut wäre. Aber sie litte heute recht unter ihrer Migräne. Wir haben die Gnädige herzlich bedauert, und sie hat auch recht blaß und angegriffen ausgesehen.

Gegenüber hat eine zweite schöne Dame gesessen, von einem süperben Blond und Augen: blau wie die Donau. Die schöne Frau war nicht blaß, sondern hatte eine Röte auf den Wangen, die bald kam und bald ging, und schaute hin und her, als erwarte sie etwas. Ich habe zu der Gnädigen neben mir leise gesagt: »Das ist ja ein Bild wie ein Engerl vom Himmel!« und habe von ihr gehört, daß es die Frau Baronin von Safferstätt, verwitwete Gräfin Oetsch, wäre. Gleich darauf hat die entzückende Baronin sich über den Tisch vorgebeugt und die Dame des Hauses halblaut, mit einem Zittern in der Stimme, gefragt: »Katzel! Noch keine Nachricht vom Pater Faramund, ob er kommt?« und die Gnädige hat mit dem Kopf geschüttelt: »Nein! Immer noch keine Nachricht, Mette!«

Die Damen haben so leise gesprochen, weil währenddessen einer von den Kavalieren die ganze Unterhaltung beherrscht hat. Er hat geredet, und die anderen haben zugehört, wie beim Pfarrer in der Kirche. Aber geistlich und gottesfürchtig war es beileib nicht, was er dahergeredet hat! Nach fünf Minuten hat sich einem wohlgezogenen Christenmenschen der Schädel um und um gedreht. Er hat einen langen Landsknechtsschnurrbart gehabt und graublaue Augen und ein sarkastisches Gesicht, als ob er uns alle frozzeln wollt', und dabei einen so tiefen Ernst, daß man hätte schwören mögen, er glaubt selber an den Unsinn, den er redet, und daß man es so zu guter Letzt leicht selber geglaubt hat.

»Sie fragen mich, ob es Geister gibt?« spricht er. »Ja – da können die Geister geradeso gut fragen, ob es Menschen gibt! Vielleicht sind wir Menschen gerade das Unwirkliche und ragen wie die Gespenster in die Wirklichkeit um uns hinein, die wir nicht sehen und die wir nur stören und verwirren! In den Trümmern der ›Throne der Welt‹ in Luxor in Oberägypten, des größten Bauwerks der Erde, gleich hinter dem vierten Pylon, in dem granitenen, kleinen Allerheiligsten des Oberpriesters des Osiris, das bis zum Ende des Römerreichs die letzten Geheimnisse der Welt barg, dort sah ich einmal bei Vollmondschein während der Bonaparteschen Expedition nach Ägypten...«

»Sie ...bitt' schön...,« frage ich meinen Nachbarn zur Rechten, einen Exzellenzherrn, »wer is denn der Sterngucker da unten?«

»Halt, der Oetsch!« sagt der gottergeben.

»Jesses, der Oetsch! Von dem hatte ich auch schon genug gehört! Dem sein Ruf ging weit! Also der! Jetzt habe ich ihn mir genau angeguckt, und der Graf Oetsch hat in der tiefen Stille gesagt, so als redete man von der morgigen Treibjagd:

»Von allen Seiten umgibt uns das Unerklärliche, weil wir es selber sind. Wir selber sind wahrscheinlich gar nicht vorhanden und lösen uns in nichts auf, in dem wir uns erkennen und die Welt dazu!«

»Jesses! Jesses!« stöhnte mir gegenüber ein dicker Herr und hielt sein Stück Rebhuhn auf der Gabel und rollte die Augen zum Himmel. Mein Oetsch aber immer unbekümmert weiter:

»Vermutlich ist das, was für uns sinnfällig geschieht, nur eine Störung der eigentlichen, uns verschlossenen Welt!«

»Ui Jeger! – red't der g'schwollen daher!« sag' ich. Und ein paar Stühle weiter ruft ein großer, graubärtiger Herr Landrichter außer Diensten:

»Das is mir zu hoch! Beweise!«

»Zum Beispiel, Herr von Söller,« sagt der Oetsch kaltblütig, »die Fensterscheibe da macht keinen Lärm und keinen Geruch und ist durchsichtig. Die ist nicht vorhanden. Erst wenn ich sie entzwei schlage, klirrt's, und sie ist wirklich da. Diese fortwährende Zerstörung der Dinge nennen wir das Leben, während das Leben doch erst nach dem Tode beginnt!«

»Is der Oetsch immer so?« erkundige ich mich besorgt. Und der Exzellenzherr: »Heut' is er besonders gut!«

Der Oetsch aber hat förmliche Gespensteraugen gemacht und trocken gesagt und sich dabei sein halbes Rebhuhn zerlegt: »Man darf von so Sachen nicht zu viel reden! Sonst kommen sie! Es wacht da um einen herum auf, und man ruft Dinge bei, die besser...«

Dabei legte er Messer und Gabel hin und winkte stirnrunzelnd nach beiden Seiten hin ab, obwohl um ihn herum lauter leere Luft war, und ich rief zu ihm hinunter:

»Meinen's, Graf, daß Sie damit Geister beschwören?«

Der Oetsch wurde plötzlich feierlich ernst.

»Im Gegenteil! Die Geister beschwören uns!« sagte er. »Sie rufen uns, wann sie wollen, und wir müssen kommen, wann sie wollen, und tun, was sie wollen, weil wir ja nur ihre Spiegelbilder sind, und das nennt man dann das menschliche Schicksal...«

»Ja – wo sind denn aber nachher die Geister?« schrie unten am Tisch ganz verzweiflungsvoll ein Herr, der kein Aristokrat war, sondern ein Kunstmaler aus München. Der Oetsch tat über die Frage ganz erstaunt:

»Überall sind sie, Herr Salvermoser! Rund um uns sind sie! Ich will gar nicht erst sagen, wer alles in diesem Augenblick ungesehen mit uns bei Tisch sitzt und zuhört! Die Damen könnten erschrecken!«

Die beiden Damen aber, die einzigen, die unter uns waren, haben gar nicht recht auf das z'widere Geplausch hingehorcht gehabt, sondern sich stumm und erwartungsvoll angeblickt, und die schöne, blonde Baronin Safferstätt hat wieder voll Unruhe gemeint:

»Ich begreif' nicht, daß der Pater Faramund noch nichts von sich hören läßt!«

Die Frau von Vogelschrey hat sie getröstet und geantwortet: »Er wird schon! Er wird schon, Mette! Hab' nur Geduld!«

Bald darauf, am Ende der Tafel, hat sie ihr ein Zeichen mit dem Kopf gegeben, und die beiden schönen Damen haben sich erhoben und die Herren unter sich gelassen. Wir waren alle aufgestanden und haben uns verbeugt und dann wieder hingesetzt. Nur ein Herr ist hinter den Damen mit hinaus, und der Exzellenzherr, der jetzt, weil wir zusammenrückten, neben mir zu sitzen kam, hat mir verraten, das sei der Baron Safferstätt, der Mann der schönen Frau, und das Ehepaar sei nicht aus Jagdpassion hier wie wir andern, sondern von wegen der Frömmigkeit, um sich mit einem Ordensvater aus Italien zu treffen, der heute abend noch erwartet würde, und das sei ein Vetter des Grafen Oetsch da drüben. Aber die beiden Oetsch machten von ihrer Verwandtschaft als die zwei Letzten ihres Namens keinen Gebrauch, und das läge an dem Johann Preisgott Oetsch. Der liefe immer, wenn sich die beiden irgendwo träfen, so rasch er könne, beiseite, weil er überhaupt keinem geweihten Priester ins Auge sehen könne und die hochwürdigen Herren hasse und meide. »...und das mag bei dem Oetsch ja wohl seine guten Gründe haben!« schloß der Exzellenzherr und zündete sich sehr nachdenklich seine Zigarre an. Das Weitere hat man sich selber ergänzen müssen, was er sich im stillen gedacht hat: »Geheuer ist's mit dem Oetsch nicht! Und dem sein schlechtes Gewissen gönn' ich dem linken Schächer!« Ich hätte mich bei dem Oetsch, wie ich ihn so jetzt hab' von Angesicht kennen gelernt, ja auch wahrhaftig jeder einzelnen von den sieben Todsünden versehen, und er schien es ja mit Fleiß darauf anzulegen, daß ihn ja niemand für besser hielt.

»Es gibt nichts Pedantischeres als Gespenster!« sagte er. »Ich war einmal aus meinen Reisen in einem Gasthof auf dem Lande, einem säkularisierten Kloster, und bat um das Spukzimmer, in dem jede Nacht ein fünfzig Jahre vorher verstorbener Mönch erschien. Gut. Schlag Mitternacht kam pünktlich der Mönch und ging durch das Zimmer. So weit war die Sache ja nun ganz natürlich und alltäglich und nicht der Rede wert...«

»Jesses ...Jesses!« hat der dicke Herr gegenüber wieder geseufzt.

»...Das Ungewöhnliche war nur, daß der Mönch sich in halber Höhe des Zimmers bewegte. Er schritt sehr rasch und sicher, die Kutte etwas schürzend, mitten durch die Luft. Das gab mir zu denken, während ich einschlief.«

»Und warum hat der Mönch das getan?«

»Weil er so gewissenhaft war, wie ein Geist sein soll!« sagte der Oetsch ruhig. »Ich habe mir am nächsten Morgen die Pläne des Hauses zeigen lassen. Richtig – so wie ich schon vermutete: das ehemalige Kloster war umgebaut und die Zwischendecke zwischen den übereinanderliegenden niederen Zellen beseitigt worden, so daß aus je zweien ein solch hoher Raum entstand wie der, in dem ich übernachtete. Der Mönch aber kehrte sich natürlich an diese modernen Neuerungen nicht. Er ging nach wie vor da, wo früher der Boden seiner Kammer gewesen war, quer durch den leeren Raum. Es war das einfachste Ding von der Welt!«

»Schließlich träumt man noch von dem Zeug!« meinte der Landrichter, der Herr von Söller. Der Oetsch verkündete ihm mit unverbrüchlichem Ernst:

»Wenn Sie träumen, wachen Sie! Jeder Traum ist ein Guckloch in die Wirklichkeit!«

»Johann Preisgott! Ist's wahr, daß du jedem Menschen ansiehst, wann er sterben muß?«

»Jedem!« sagte der Oetsch ruhig und blickte uns alle der Runde nach aus seinen sonderbaren, graublauen Augen an, daß einem unwillkürlich eine Gänsehaut über den Rücken lief. Jetzt aber legte sich der Schloßherr, der Herr Rittmeister von Vogelschrey, ins Mittel und sprach entschieden: »Johann Preisgott – jetzt ist's aber genug! Mache mir meine Gäste nicht kopfscheu und verdirb uns nicht die Jagd!«

»I tu' ja nix!« meinte der Oetsch gemütlich.

»Ich kenn' dich, du Schlankel! Du bist imstand und zeigst auf einmal auf einen unter uns, der bald sterben muß, und nennst ganz seelenruhig seinen Namen!«

»Das werd' ich auch!«

»Bist gleich still!«

»Einer von uns hier im Saal wird vielleicht schon in nächster Zeit sterben!«

»Hör' auf! Um Gottes willen!«

»Kann sein: schon heute nacht!«

»Schickt doch die Diener hinaus!«

»...Kann sein: morgen oder übermorgen...«

»Johann Preisgott! In allem Ernst: Jetzt bist du ruhig!«

»...und sein Name, andächtige Trauerversammlung, lautet...«

»So haltet ihm doch den Mund zu!«

Aber dem Oetsch und seiner furchtbaren Körperkraft wagte keiner nahe zu kommen. Die Kavaliere waren alle aufgestanden und hatten die Stühle zurückgerückt und standen ärgerlich und erregt um ihn im Kreis, die Jüngeren noch halb lachend und, je älter sie waren, mit desto mehr unsichern und abwehrenden Mienen, und der Herr von Vogelschrey versuchte es jetzt in Güte und sagte bittend:

»Johann Preisgott! Hab' doch ein Einsehen! Nenne keinen Namen! Du erschrickst ja denselbigen zu Tod!«

»Der erschrickt gar nicht, mein Lieber!« antwortete der Oetsch gleichmütig. Er allein war sitzen geblieben und hielt die Jagdpfeife schief unter dem langen Schnurrbart im Mund.

»...Woher willst denn das wissen?«

»...weil ich nicht so schreckhaft bin, Poldl!«

»Du?«

»Ja – freilich...« Der Oetsch paffte wie ein alter Förster und streckte seine langen Beine aus.

»Du meinst, daß du selber...«

»Kann leicht sein!«

»Und davon sprichst du so ruhig?«

»Ja – was ist denn weiter dabei?« erkundigt sich der Oetsch verwundert. »Ich bin schon oft gestorben. Ich kenn' das! Da feit si nix! Das ist nicht schlimm, mein Lieber! Das ist Gewohnheitssache!«

»Aber wie sollte denn das geschehen? Ein Bärenkerl wie du...«

Der Oetsch schaute gelassen zu ihm auf.

»Du denkst doch nicht im Ernst, Poldl, daß ich krank werden könnt'? Krankheiten sind für die alten Weiber. Ich hab' seit gut dreihundert Jahren keinen Schnupfen mehr gehabt!«

»Ja also gut, du narrischer Kerl! Wie kann dann also...«

Der Johann Preisgott Oetsch stand langsam auf, gähnte, reckte die Arme, schaute um sich. Es war eine Stille. »Wenn ich tot hier bei dir im Haus aufgefunden werde, Poldl,« sagte er, als spräche er davon, ob's morgen Regen gibt, »dann bin ich fei' ermordet worden!«

»Was!« schrie der Herr Rittmeister, und wir anderen haben dumme Gesichter gemacht vor Verblüffung.

»Ich sag' es dir nur vorher, Poldl, damit du's weißt und nicht etwa denkst, ich hätt' mich selber umgebracht! Dann tät's wieder heißen: Aha – da habt's ihr's! Das ist das böse Gewissen! Das Blut von vor drei Jahren in Pfaffenrod. Der geheimnisvolle Tod von meinem Bruder Peter-Paul. Die saudumme Nachrede mag ich nicht! Dazu hab' ich gar keinen Grund, mich ins Jenseits zu expedieren! Nein – wenn du mich tot findest – das is hernach schon ein Mord gewesen, mein Lieber...«

Nachdem der Oetsch so gesprochen, setzte er sich seelenruhig wieder hin und überließ uns unserem recht erstaunten und ratlosen Schweigen. Endlich begann der Rittmeister:

»Wer sollte dir denn nach dem Leben trachten?«

Der Oetsch wehrte mit der Hand ab und stützte dabei seinen Geisterseherkopf in die andere.

»Wer? ...Wer, lieber Poldl? ...Ich weiß es wohl. Aber ich sag' es nicht. Denn der Mord ist noch nicht geschehen, und ich gehör' nicht zu den Leuten, die andere eines Mordes beschuldigen, den sie niemals begangen haben, so wie's mir seit drei Jahren geht. Ihr müßt's schon abwarten, bis es so weit ist!«

Der Leibjäger des Schloßherrn war hereingetreten und hatte dem Herrn Rittmeister einen Brief überreicht. Dessen eben noch verstörte Mienen erhellten sich, wie er ihn aufbrach und las. Er frug den Büchsenspanner:

»Wer hat denn den Brief gebracht?«

»Ein Bauerbursch aus St. Benno in der Öd.«

»Wo sind denn die Damen?«

»Die gnä' Frau und die Frau Baronin sitzen zusammen im blauen Salon!«

»Dann gehst, Anderl, und bestellst, eben sei Post von Pater Faramund gekommen! Er hat unterwegs noch einen Weltpriester, den Bruder eines seiner Ordensbrüder, in St. Benno drüben besucht und jetzt den Stellwagen nach Höhenleiten genommen. Von dort ist er auf d' Nacht jedenfalls hier!«

Er rief den Büchsenspanner noch einmal zurück und gab ihm das Schreiben. »Tragst's besser gleich mit hinauf! Da kann's die Frau Baronin selber lesen, daß der Pater Faramund unterwegs ist!«

Der Oetsch war unterdem in seiner ganzen hageren Länge aufgestanden. Wie der Grünrock draußen war, hat er finster, man möchte sagen, drohend gefragt:

»Wer ist unterwegs? Ein Pfaff'?«

»Dein eigener Vetter! Der Pater Faramund!«

»Kutte is Kutte! Wer die trägt, is mir gleich zuwider!«

»Da kannst nix dagegen machen, Johann Preisgott!« sagte der Schloßherr. »Der Pater kommt, ob du magst oder nicht! 's ist doch oft den Tag über davon geredet worden! Hast denn nichts gehört?«

»Ich war den ganzen Tag droben auf der Wildalp,« sagt der Oetsch grantig wie ein ungezogener Bub, »und hab' nach den Gemsen ausgeschaut und bin eine halbe Stund' vor dem Nachtmahl saumüd' heimgekommen. Ich hab' nichts von meinem heiligen Herrn Vetter erfahren!«

»Also jetzt weißt's!«

Der Rittmeister schaute auf die Uhr.

»Der Bote hat sich auf dem Weg über die steilen Berge auch hart getan. Der Postwagen ist unterdessen jedenfalls schon in Höhenleiten durchpassiert. Es kommt darauf an, wie rasch der Pater den Weg von dort hierher zu Fuß geht. Kann leicht sein, daß er jeden Augenblick hier eintritt!«

»Ich hab' die Ehr'!« sprach der Oetsch brüsk, sich von uns verabschiedend.

»Kann auch sein, daß es noch ein paar Stunden dauert!«

»Mein Kompliment den Damen oben!«

»Bleib' doch noch so lange, Johann Preisgott!«

»Mit Weihrauch kannst mich jagen, mein Lieber! Schau, ich krieg' ja doch bloß Händel mit den Tonsurierten! Nachher is's dir auch wieder nicht recht!«

»Beileib nicht!«

»... und bald nach Mitternacht muß ich doch wieder aus den Federn und in die Berge. Da brauch ich mei' Ruh'!«

»Du hast recht!«

»Wünsch' alsdann allerseits geruhsame Nacht!« versetzte der Oetsch, verneigte sich rechts und links gemessen wie ein spanischer Grande und ging, den Kopf steif im Nacken, gravitätisch hinaus.

Wie er weg war, waren wir eigentlich alle heimlich froh, und es war doch eine sonderbare Leere im Zimmer. Der Herr Rittmeister hat sich entschuldigt und ist mal hinauf zu der Gnädigen. Von uns hat keiner viel geredet, und es wäre auch nicht viel Gescheites dabei herausgekommen. Ich hatte gedacht, ich komme hier in eine rechte Hetz' herein und ein Tanz abends und fesche Kavaliere und lustige Frauen. Statt dessen hat ein jeder dagesessen und seinen Gedanken nachgehangen. Schließlich war es uns nicht mehr recht heimlich in dem Saal. In dem hat man immer noch dem Oetsch seine Stimme zu hören geglaubt. Da sind wir alle aufgestanden und haben uns drüben in die große Halle gesetzt.

XII

Untertänigster Rapport des Vinzenz Rubesoier, Haushofmeisters in Schloß Vogelöd

Mein gnädiger Herr, der Herr Rittmeister von Vogelschrey, hatte mich wissen lassen, daß mutmaßlich auf den Abend ein hochwürdiger Herr vom Kreuzträger-Orden von Golgatha als Gast sich melden würde, und mir befohlen, für diesen Herrn Pater die gebührende Unterkunft zu schaffen.

Wir hatten das Schloß voller Gäste. Am Vormittag waren zwar Seine Exzellenz der Herr Reichsrat Graf von Meerwarth abgereist, aber in Hochdero Appartement war gleich wieder ein ebenso illustrer Bewohner, des Herrn k. k. Lieutenants Prinzen von Tettikon Durchlaucht, eingezogen. Des ferneren hatte uns der Herr Professor Dr. Langpointner verlassen. Sein Zimmer war zum Glück noch frei. Es lag zur ebenen Erde, und dies schickte sich recht wohl. Denn Herr Graf von Meerwarth, der den erwarteten Herrn Religiosen von Rom her kannte, geruhte, mir bei der Abfahrt zu wiederholen, was ich schon durch die gnädige Frau wußte, daß der geistliche Herr schon in vorgerückten Jahren und, infolge der strengen Ordensregel der Golgathianer, etwas schwächlich und beim Treppensteigen kurzatmig sei. Daß in dem Zimmer nebenan der Graf Johann Preisgott Oetsch wohnte, würde, so hoffte ich, den frommen Herrn nicht weiter inkommodieren. Denn der Herr Graf waren ja nie zu Hause, sondern in den Bergen und pflegten meist schon lange vor Tagesanbruch das Schloß zu verlassen. Aus diesem Grunde hatten auch Hochdieselben, als welche Ungebundenheit über alles schätzten, sich ein Zimmer zu ebener Erde ausgebeten. Der Herr Graf pflegten nämlich bei seinem frühen Aufstehen weder die Gäste zu stören noch die Dienerschaft zu bemühen. Seine gräflichen Gnaden sprangen vielmehr, die Büchse auf dem Rücken, ungefrühstückt durch das Fenster in den Park und gewannen, dessen Mauer drüben als geübter Turner überklimmend, das Freie. Anderen Herrschaften wäre dieses Unterfangen nicht wohl anzuraten gewesen, der großen Wachhunde wegen, welche nachts den Park durchstreiften und tagsüber an der Kette lagen. Dem Herrn Grafen jedoch war eine Macht über diese Tiere gegeben. Sie winselten freudig und sprangen an ihm empor, wenn sie seiner im Dunkeln ansichtig wurden.

Der Weisung des Herrn Rittmeisters zufolge beaufsichtigte ich also die Herrichtung des Zimmers für den Herrn Pater, sorgte, daß ein Weihwasserkessel angebracht und geziemend gefüllt würde und der Leib des Herrn in der Ecke an der Wand nicht fehlte, und ermahnte, als es dunkelte, den Pförtner, wohl aufzupassen. Denn ich wußte, daß der Hochwürdige nach Apostelweise zu Fuß von Höhenleiten hieher zu pilgern gedachte.

Gegen zehn Uhr nachts ging ich selbst nach dem Tor, trat in das Stübchen und frug den alten Martin, ob er noch nichts verspürt habe. Im selben Augenblick schellte laut und hart dicht an meinem Ohr die Glocke. Ich schaute hinaus. Wir hatten Vollmond und starken Bergwind, der zuweilen dicke Wolken vor die Mondscheibe trieb und weiterführte, so daß die Gegend sich abwechselnd rasch beschattete und erhellte. Jetzt eben war Mondschein. Es war so hell wie am Tage, nur in einem kalten, bläulichen Licht. In diesem Lichte stand eine lange schwarze Priestergestalt am Tor, einen breitrandigen, fremdartigen Hut auf dem Haupt, ein bescheidenes, altes Felleisen in der einen, einen Wanderstock in der anderen Hand.

Ich lief selbst hinaus, so rasch mich meine fünfundsechzigjährigen Beine trugen, öffnete das Tor und verbeugte mich und versetzte: »Gelobt sei Jesus Christus!« Der hochwürdige Herr erwiderte: »In Ewigkeit! Amen!« und blickte mich milde durch seine Brille an. Er war, wie dies der Herr Graf Meerwarth bereits verlautbart hatte, schon recht bei Jahren. Sein Haar war an den Schläfen grau. Man sah es den gelehrten und stillen, bartlosen Zügen des Herrn Paters an, daß Seine Hochwürden nicht zu einer Brüderschaft der Bettelmönche gehörte, als welche bei uns, terminierend, die Schloßverwaltung zuzeiten häufiger als nötig um Schmalz und Eier angehen, sondern zu einem vornehmen, der Beschaulichkeit und Wissenschaft ergebenen Orden.

»Ich bin der Pater Faramund!« sagte der Religiose, und ich antwortete: »Ich habe die Ehre, Euer Hochwürden guten Abend zu wünschen!«, nahm ihm seinen Mantel ab und führte den

Herrn selber auf sein Zimmer. Ich wählte den Seitentrakt durch die Spiegelgalerie, denn in der Halle saßen noch alle die Herren Kavaliere, und ich hörte sie, nachdem sie lange viel stiller als sonst gewesen, jetzt laut und aufgeregt miteinander sich unterhalten.

Ich frug den Herrn Pater respektvoll, ob ihm sein Gemach genehm sei. Er lächelte und erwiderte: »Mir ist alles recht, mein Freund!« Dann fuhr er fort:

»Bitte, richten Sie den Herrschaften des Schlosses meine geziemende Meldung von meiner Ankunft aus, und es läge mir ferne, die Herrschaften heute noch, zu so vorgeschrittener Abendstunde, durch meine Aufwartung zu inkommodieren!«

»Sehr wohl!« sagte ich ehrerbietig.

»Des weiteren aber bitte ich Sie, mein Herr Kastellan – denn dieser Titel kommt Ihnen ja wohl nach Ihrem würdigen Äußeren zu...«

Ich verneigte mich geschmeichelt und bejahte.

»...bitte ich Sie, mein Herr Kastellan, der Frau Baronin von Safferstätt auszurichten, ich sei da und stände, falls die gnädige Frau dies heute abend etwa noch wünscht, in einer Stunde etwa, wenn ich mich vom Reisestaub gesäubert und etwas ausgeruht habe, zu ihrer Verfügung!«

»Es wird pünktlich geschehen!« sagte ich. Ich wußte, daß sich die Frau Baronin noch oben bei der gnädigen Frau im blauen Salon befand. Ich stieg die Treppen hinauf, trat ein und bestellte meinen Auftrag.

XIII

Aufzeichnung von Centa von Vogelschrey

Die Feder zittert mir in der Hand, indem ich sie zur Niederschrift des Kommenden ansetze. Aber der Poldl, mein lieber Mann, will es nun einmal. Er möchte die Vorfälle jener Tage lückenlos wie Perlen an einer Schnur aufreihen, und wenn Perlen, wie man sagt, Tränen bedeuten, dann hat die alte Rede wahrlich recht.

Der Haushofmeister, unser alter, grundehrlicher Rubesoier, hatte sein Sprüchlein von der Ankunft des Paters Faramund aufgesagt und stand nun wartend da. Ich war allein mit der Mette Safferstätt im Zimmer. Sie saß neben mir in einem Armstuhl, die Hände auf den Lehnen, die zarte Gestalt wie durch innere Willenskraft aufrecht. In den Nacken hatte sie sich ein Kissen geschoben, das ich mir einmal aus einer alten Kirchenbaldachin-Decke gemacht habe. Das umflammte im gelben Lampenlicht feurig-purpurn ihr feines, weißes Gesicht und das überreiche, darüber hochgewellte, mattblonde Haar. Sie sagte, ohne eine Sekunde zu überlegen, ganz ruhig: »Bitte, melden Sie dem hochwürdigen Herrn, ich ließe ihm herzlich danken, daß er gekommen sei, und führen Sie ihn in einer Stunde, wenn er so weit ist, zu mir!«

Der Rubesoier ging, und die Mette tat, als sei weiter gar nichts Besonderes geschehen, und fing an, von allerhand gleichgültigem Zeug zu reden. Ich war so verdutzt, daß ich mir nichts dagegen zu sagen getraute. Ich bin nun einmal so, daß ich schwer gegen andere einen Willen aufbringe, wenn die nur fest auf ihrem Kopf bestehen. Ich bin zu weich von Natur. Ich bin recht froh und dankbar, daß ich so einen guten Mann habe, der meine Schwäche nicht mißbraucht, sondern mich im Leben stützt und hält.

Aber jetzt war er nicht da, und ich habe mich also der Mette, dem süßen, blonden Eigensinn, untergeordnet. Wie ein verführerisches Bild hat sie ausgesehen, im hellen Ausschnitt des Lampenlichts, die düsteren, schwarzen Schatten dahinter, unmittelbar über ihrem Haupt, und das sanfte, leidende Lächeln auf ihrem schmalen, lieben Gesichtel. Ich wundere mich nicht, daß sich alle in sie verlieben, nicht nur die Männer, sondern auch die Frauen. Ich auch. Gerade deswegen hätte ich ihr ja so gerne geholfen und hätte für mein Leben gern gewußt, was sie hinter der glatten, weißen, niederen Stirne für Rätsel mit sich herumträgt, und habe mich doch nicht unterstanden, zu fragen. Denn ich kenne meine Mette. Gerade die sanftesten Menschen sind oft in ihrer Sanftmut die hartnäckigsten. Wenn die Mette etwas nicht sagen will, dann kriegt man es auch nicht mit Gewalt aus ihr heraus. Dann zieht sie sich nur ganz in sich zurück und schaut einen unschuldig wie ein Kind aus ihren tiefen blauen Augen an, was man denn eigentlich von ihr wolle ...

Mir war's nicht geheuer zumute, wie ich der Mette in Gottes Namen den Gefallen getan und länger als eine halbe Stunde mit ihr von allem möglichen geschwatzt hab', was halt junge Frauen miteinander schwatzen, wenn sie beisammen sitzen und Handarbeiten machen. Wir haben zwischen Seidenflöckchen und Wollgarn von meinen Kindern geredet und von Verwandten, obwohl mir dabei die alten, ledernen Onkel und Tanten vor den Augen getanzt haben, und von unseren Dienstboten, ihrer verliebten Jungfer, der schwarzen Poletta, und ich glaube gar, schließlich vom Wetter und wie man einen alten Auerhahn nach einem Kloster-Rezept genießbar macht, und so war es bald ein Viertel vor elf, und die Mette ist rasch entschlossen aufgestanden und hat sich die Falten am Kleide gerade gestrichen.

»Jetzt darf ich aber schauen, daß ich zu mir hinüber geh'«, sagte sie. »Das wäre ja noch schöner, wenn der Pater Faramund kommt und ich bin nicht da!«

Von ihrem Mann, dem Gaudenz, hatte sie die ganze Zeit wieder kein Sterbenswörtchen geredet. Der war wieder versunken wie der Stein im Teich. Es schien ihr ganz gleich, wo er sich augenblicklich aufhielt, und ob er überhaupt auf der Welt war.

Ich begleitete sie zur Türe.

»Ja – geh nur!« sagte ich. »Und ich hieße den Pater Faramund herzlich bei mir willkommen, und ich freute mich, ihn morgen selber kennen zu lernen ...«

»Ich werd's ihm herbeten!« spricht sie geistesabwesend. Ihre Gedanken waren ganz wo anders.

»...und ich hoffte, ein so frommer Mann wie er brächte Glück und Segen in unser Haus!«
Die Mette lachte laut.

»Mette, was heißt denn das? Nimm dich doch zusammen! Du machst ja ein ganz leichtsinniges Gesicht. Das ist doch keine Vorbereitung für eine Zusammenkunft mit einem Klostervater.«

Sie hatte immer noch den verräterischen Zug um die zuckenden Lippen. Gefallen hat er mir nicht. Er machte sie ganz fremd. Es war ihr auch nicht ernst mit der Heiterkeit. Sie spielte nur mit sich und mit mir. Das merkte ich wohl. Ich sagte entrüstet:

»Mette! Schäme dich doch! Aber einen Pater zu lachen, der noch so gut ist und stundenweit zu dir herkommt!«

Darauf sie, betroffen:

»Über den Pater lach' ich doch nicht! Da sei Gott vor!«

Und sie bekreuzigt sich dabei rasch und unwillkürlich, wie um eine Sünde von sich abzustreifen.

»Ja – über was lachst du denn hernach?«

Jetzt wurde ihr Lächeln bitter, halb verzweifelt.

»Daß du noch von Glück und Segen sprichst«, sagt sie. »Du Tschaperl ... du...«

»Wir wollen hoffen und zum lieben Gott beten!«

Und die Mette, immer mit dem mitleidigen, hoffnungslosen Kopfschütteln gegen mich:

»Ach du liebe Zeit: Glück und Segen! ... Katzel ... Katzel ... wie schaut's bei dir noch aus...«

Mir wurde angst und bang. »Ich weiß ja bald selber nimmer,« sag' ich weinerlich, »bin ich nicht recht bei Trost oder ihr!« Und die Mette, die Hände auf meinen Schultern, mir starr ins Gesicht sehend, forschend, jählings in unterdrückter, wahnsinniger Angst, halblaut zwischen den Zähnen:

»Bist denn blind, Centa? Bist denn taub? Merkst denn nicht, daß das Unheil heraufzieht ... schnell ... reißend schnell wie eine Wetterwand?« »Jetzt ... wo der Pater Faramund jetzt endlich da ist...?«

»Gerade deshalb...«

»Was heißt denn das?«

»Hu ... Es donnert ja schon ... Es wird finster ... Es läuft einem kalt übern Leib...«

»Mette ... Mette ... komm zu dir...«

Ich hab' sie geschüttelt. Sie hat ganz große, vor Schrecken aufgerissene Augen gehabt. Ihre Lippen waren offen. Sie hat in sich geschaudert und am ganzen Körper gebebt. Ich habe gedacht, sie wird mir mitten im Zimmer ohnmächtig, und habe ihr den Arm um die Taille gelegt und wollte sie zum Sessel führen. Aber sie hat meine Hilfe ungeduldig zurückgestoßen und stand jetzt von selber ganz frei und aufrecht. Sie kam zu sich. Weiß war ihr Gesicht. Ganz steinern. Die Augen haben durch das Zimmer und die Türe und das Schloß irgend etwas in der Ferne gesehen. Das konnte ich nicht sehen. Nicht einmal ahnen. Ich stand ganz dumm und verschüchtert daneben und habe sie mit gefalteten Händen gebeten: »Mette – tu' mir die einzige Lieb' und beruhig' dich!«

»Ich bin ja sehr ruhig! Siehst ja, Katzel!«

»Du bist viel zu aufgeregt! – Da setz' dich her und trink ein Glas Wasser! Ich spring' unterdes hinüber...«

»Wohin?«

»Zum Pater Faramund! Du könntest heut' nicht mehr mit ihm reden! Morgen ist auch noch ein Tag! Au! ... Mette ... au ... du tust mir ja weh...«

Die Mette hatte mit einer Nervenkraft, als wäre sie der Johann Preisgott selber, meine Handknöchel mit ihren schmalen, weißen Fingern umklammert, um mich im Zimmer zurückzuhalten. Ich hatte Tränen in den Augen. »Mette! Ich schrei', wenn du mich jetzt nicht losläßt!«

»Nur, wenn du hier bleibst...«

»Ja ... ja...«

Jetzt war ich frei und blies mir auf das Handgelenk und schluckte Tränen, weniger vor Schmerz als vor Angst, und frug:

»Willst denn wirklich in der Verfassung mit ihm reden?«

Die Mette atmete feierlich aus tiefster Seele auf, wie ein erlöster Mensch.

»Ja. Endlich. Endlich!«

»Bist du so froh, daß der Pater da ist?«

»Ich küss' ihm die Hände!« spricht sie leidenschaftlich, mit verklärten Augen und sah wunderschön aus in dem Moment und breitet ergebungsvoll in einer herrlichen Bewegung ihre Arme aus, wie die Jungfrau Maria vor dem Engel des Herrn. »Ich knie nieder und küsse die Schwelle, über die er getreten ist. Er wird die Hand auf mein Haupt legen und mich segnen!«

»Das gebe Gott!« sprach ich, und es kam wieder ein klein bissel Ruhe in mein armes Gemüt und ein schwacher Hoffnungsstrahl: am End' wird doch noch alles gut! Und jetzt war ich es, die die Mette zur Türe hinausschieben wollte, damit nicht der Pater auf sie warten muß und sie am End' verstimmt empfängt, und wollt' ihr einen herzlichen Schwesternkuß auf den Weg mitgeben. Da hat die Mette sich plötzlich in der Türe umgedreht und mich selber umschlungen und geküßt, mit einer solchen Leidenschaft geküßt, daß ich gedacht hab', sie erstickt mich! Ich hab' mich gegen sie endlich wehren müssen, um nur zu Atem zu kommen! Ich hatte nicht im Traum geahnt, daß die sanfte, blonde Mette so wild und leidenschaftlich sein könnte! Das war mir ganz neu. Das hat mich geradezu erschreckt. Ich rang nach Luft. Da küßt sie mich noch einmal, mit heißen Lippen.

»Leb' wohl, Katzel! ... Leb' wohl!«

»Du reisest doch nicht ab, Mette!«

»Vielleicht doch! Weit! Weit! ... Noch diese Nacht!«

»Mette!« rief ich verzweifelt. »Was wär' denn das wieder! ... Jetzt laßt's mich doch schon aus! Das wird zu viel für meinen armen Kopf!«

Die Mette aber, ihr Gesicht dicht an meinem, daß ich ihren warmen, fliegenden Atem spürte, leise, jedes Wort betonend:

»Kann sein, Katzel, daß ich noch diese Nacht sterb'!«

Ich fahre zurück und schreie vor Schrecken:

»Mette! Mette! Bist bei Trost?«

Und sie nickt, traurig, aber jetzt schon eher ruhig:

»Ja, Katzel ... ja!«

»Du willst dich doch nicht umbringen?«

Große, vorwurfsvolle Augen drüben.

»Ich mich selber? Gott behüt' mich! Das wäre ja eine Todsünd'!«

»Ja aber dann ... I bitt' dich ...«

»Ich werde vielleicht umgebracht, Katzel!«

»Von wem – um Jesu willen – von wem?«

Die Mette schweigt.

»Es hat doch keine Räuber und Mörder im Schloß!«

Die Mette schweigt.

»Du armer Christenmensch hast doch keinem was zuleid getan?«

Die Mette schweigt. Ich fasse sie an den Schultern. »Mette! Wer sollte sich denn an dir, gerad' an dir, vergreifen?«

Die Mette schüttelt still den Kopf und macht mit der Hand ein abwehrendes Zeichen des Schweigens.

»Wenn mir was passiert, Katzel ...«

»Sei still! Sei still!«

»... dann tut's mir leid, daß du so viel Verdruß und Unruh davon hast ...«

»Was ist denn nur, bei allen Heiligen ..?«

»Aber ich kann nichts dagegen machen! Es geht alles seinen Gang ... dann sei mir nicht bös! Behalt' mich lieb! Gut' Nacht!«

Noch ein Kuß von der Mette. Dann ist sie, so rasch sie konnte, den halbdunklen Gang entlang und die Treppe hinunter und in ihr Zimmer, zu dem Pater Faramund.

XIV

Weitere Aufzeichnungen des Rittmeisters von Vogelschrey

Ich habe an diesem Abend allein in meinem Zimmer gesessen, als meine liebe Frau, die Centa, ganz aufgelöst und angstverwirrt zu mir hereingestürzt kam.

Eine Stunde vorher hatte ich noch zu ihr in den blauen Salon hineingeschaut gehabt. Da saß sie friedlich hinter ihrem Stickrahmen und die Mette Safferstätt neben ihr, und sie haben über dies und das miteinander geplauscht, über das kalte Wetter und die Babypflege, und wie leicht die Leut' im Dienst einem jetzt aufbegehrten und keck daherkämen, seit dem Malefizjahr achtundvierzig vor zwei Jahren, und ich habe die Damen nicht stören wollen und bin wieder hinunter zu den Gästen.

Der St. Hubertus hat sonst gewiß vom Himmel herunter an mir seine Freude! Aber jetzt hab' ich das ewige Gered' von der Jagd gar nicht mehr hören können. Ich hatte weiß Gott anderes im Kopf. Über den Filzenschuster, den verflixten Wilderer, haben die Herren unten gestritten, und daß der Anderl, mein Büchsenspanner, sich gerühmt hätte, ihm würde derselbige Bazi jetzt bald zeitig, und eines schönen Morgens brächte er ihn schon den Herrschaften vom Berg herunter zum Präsent, den Lump, den miserabligen, und ich hab' mich ja gefreut, daß mein Gschwendtner-Anderl so fleißig auf meinen Vorteil geschaut hat, schon bald hitziger, als es seine Pflicht war – denn der Anderl ist überhaupt ein heißer Mann – aber ich habe mir dabei doch gedacht: Mag der Filzenschuster mir in Gottes Namen meine Kapitalskerle von Hirschen und Gemsen zusammenknallen und womöglich noch irgendwo für die Füchse und Bergdohlen in einem Winkel verludern lassen, mir wäre es recht, wenn dafür hier unten, in meinen vier Pfählen, alles in der Reihe wäre!

So bin ich wieder in mein Schreibkabinett hinauf und hab' da recht besorgt nachgesonnen und geraucht, da fegt die Katzel herein – und schlingt die Arme um mich – ich hab' ihr armes Herzel Sturm schlagen hören – und die dicken Tränen laufen ihr über die Backen – und ihr Atem fliegt.

»Poldl! Poldl! Die Mette spricht, sie muß vielleicht heute nacht noch sterben!«

»Ah geh …«

»Ja … so spricht sie …!«

»Aber warum denn?«

»Das sagt sie nicht!«

»Katzel … Ist denn die ganze Welt narrisch geworden?«

Die Centa hat sich mir auf den Schoß gesetzt, ihr blasses Gesichtel an meine Schulter gelegt, und aus ihren braunen Augen zu mir aufgeschaut wie ein wundes Reh. »Denk dir nur, Poldl: Abschied hat die arme Mette von mir genommen! Für alle Fälle! Es schleicht etwas hinter ihr her! Es ist, als hebt sich von hinten ein tückischer Arm gegen sie! Das weiß sie! Sie sagt es ganz offen!«

»Sapperdibix: Wem gehört denn der Arm?«

»Ja – da fragst mich zu viel! Darauf gibt's bei ihr keine Antwort!«

»Herrgott! Ich halt' doch hier in Vogelöd keine Räuberhöhle! Ich werd' doch die Gäste unter meinem eigenen Dach zu schützen wissen!«

»Vor anderen schon, Poldl! Aber nicht gegeneinander!«

»Ja – was haben's denn gegeneinander vor?«

»Irgend etwas ist halt da! Es liegt in der Luft. Es weht kalt durchs Haus …«

Die Centa dämpfte ihre Stimme zu angstvollem Flüstern und fuhr mit großen Augen fort:

»Weißt, Poldl: es is halt immer wieder am End' der Geist vom seligen Peter-Paul! Der geht zwischen uns, die wir ihn alle so gut gekannt haben, herum und findet keine Ruh, bis etwas gesühnt ist, was irgendeiner hier im Haus auf der Seele mit sich herumträgt!«

Wir dachten beide an denselben Mann. An den Johann Preisgott, seinen Bruder. Wir guckten uns an und schwiegen. Draußen hat's geklopft.

Die Centa huscht von meinen Knien herunter. Herein! Wer steht in der Tür? Der Gaudenz Safferstätt! Ein bissel schläfrig wie immer, mit seinem gutmütigen, nichtssagenden Gesicht. Gedrückt war er. Das sah man ihm an. Mir hat der arme Depp in dem Augenblick leid getan. Wie ein Ausgestoßener hat er in dem dunklen Türrahmen gestanden.

»Darf ich ein wenig zu euch herein?« hat er halb bittend gefragt. »Aus meinem eigenen Zimmer haben's mich weggeschickt! Da ist jetzt der Pater Faramund bei meiner Frau! Das kann die längste Zeit dauern. So lange bin ich dort das fünfte Rad am Wagen!«

Er hat sich bei uns hingesetzt und ein wenig blöd, wie er halt ist, mit offenem Mund trübselig vor sich hingeschaut. Ich habe gesagt: »Eben, wie du kamst, haben wir von deiner Frau gesprochen!«

»Rechte Sorgen machen wir uns um sie!« hat die Centa hinzugefügt.

Mein Gaudenz hat sich umständlich eine Virginia am Strohhalm angezündet, ihn ausgeblasen, gepafft und dabei eine beschwichtigende Bewegung mit der Hand gemacht. »Regt's euch nicht zu sehr auf! Ich kenn' das bei der Mette! Das sind die Nerven!«

Mir fällt ein Stein vom Herzen. Der Gaudenz raucht und spricht in seiner immer schon ein bissel faden Art, echt pomadig: »Die Nerven! Da bildet sie sich immer was Neues ein! I bitt' euch: nehmt das net zu tragisch!«

»Meinst?«

»I werd' doch meine Frau Gemahlin kennen! Die sieht am hellen Tag Gespenster! 's is aber nix dahinter! Sie hat so ein versatiles Gemüt!«

»Na, Gott sei Dank!«

»Das, wenn ich gewußt hätt'!« Die Centa atmete dabei erleichtert auf und legte die Hand aufs Herz. »Einen schönen Schreck hat die Mette mir eingejagt mit ihren narrischen Cauchemars!«

»Nix dahinter!« wiederholt der Gaudenz fast stumpfsinnig, saugt an seiner Zigarre und glotzt vor sich hin. Ich weiß nicht: Er hat mir nicht recht gefallen. Aber ich war froh, daß die Centa wieder beruhigt war. Ich habe ihre kalte kleine Patsche zwischen meine beiden Hände genommen und ihr recht liebevoll zugeredet.

»Schau, Katzel: das war vorhin nur ein Schreckschuß. Die Mette weiß manchmal selber nicht, was sie daher redet...«

»Das glaubst...«, bestätigte aus einer Tabakwolke um seinen runden, glattgeschorenen Kopf herum der Safferstätt in schläfrigem Ton.

»...und hat dich unnütz aus der Contenance gebracht, du arm's Katzel! Am besten ist, du legst dich jetzt hin und verschläfst bis morgen die Angst! Elf Uhr abends ist's eh vorbei! Ich komm' auch bald zu dir hinüber.«

Wenn die Centa merkt, daß ich etwas gern möcht', dann tut sie's! Wir sind ein Herz und eine Seele. So eine Frau darf man lang suchen. Sie hat sich erhoben, dem Gaudenz die Hand gegeben, mir mit ihrem lieben Lächeln zugenickt und ist wie ein braves Kind hinüber schlafen gegangen.

Der Gaudenz Safferstätt hat noch eine Weile bei mir gehockt, hat geraucht und immer dieselbe Melodie vor sich hingesummt. Viel Gescheites hat man nie mit ihm reden können und heute schon gar nicht. Die Worte haben spärlich bei ihm getropft und wieder aufgehört, und er mußt', sozusagen, einen Rippenstoß kriegen, daß er mir in seiner Damischkeit nicht ganz einschlief. Ich hab' in der Stille meinem Schöpfer gedankt, wie er sich endlich entschlossen hat, aufzustehen und gute Nacht zu sagen. »I muß 'mal schauen, ob der Pfaff immer noch bei mir einheimisch is!« sprach er. Wenn's is, no dann prominier' ich eben bon gré, mal gré draußen auf der Terrasse! Schlaf gut, Poldl!«

Vor der Türe machte er noch einmal halt und wurde plötzlich lebhafter. Ein geisterbleicher Schein ging über sein Gesicht, so daß mir das verwandelt und fremdartig erschien.

»Nein – mit der Mette hat's keine Not!« sagte er geheimnisvoll. »Aber mit mir, Freunderl! Mit mir!«

»Herrgott im Himmel! Jetzt fangst du auch an!«

»Aber mit mir schon sehr. Kein Mensch weiß, wie lang er noch lebt. Und ich am wenigsten!«

»Gaudenz! Seit wann halt' ich denn hier einen Narrenturm in Vogelöd?«

»Kann leicht sein, daß mich's trifft!«

»Wo is denn die Gefahr ..? Kruzitürken! So redet's doch schon!«

»Überall!« spricht der Gaudenz und schaut scheu um sich herum, als ob schon einer hinter ihm stände. Dann, nach einer Pause, dumpf, hoffnungslos:

»Poldl: da kannst nix machen!«

»Freilich kann ich!« schrei' ich in hellem Zorn. »Wozu hab' ich denn meine Leut'? Wozu sind denn die königlichen Behörden da? Der Landrichter selber ist als Jagdgast im Schloß...«

»Lieber Gott: der Landrichter!« versetzte der Safferstätt mitleidig. Ganz weiß war er.

»Aber wenn ihr umeinandertappt wie die Geisterseher und 's Maul nicht auftut, dann bin ich wehrlos.«

»Nein. Da kannst nix machen!« bekräftigt der Gaudenz trübe.

»Ich will aber handeln! Ich bin doch Rittmeister. Ich fürcht' mich doch nicht! Wo sind die Schwerverbrecher? Her mit der Bagasch! Feuer geläutet! Ins Spritzenhaus mit ihnen! Die Bauern bei! Himmel, Blut, Sakra! Ich werd' doch noch in meinem Haus für Ordnung sorgen können!«

»Du bist ein recht ein Gewalttätiger!« sagte der Gaudenz, und ich hab' in meinem Zorn und meiner hellen Aufregung beinahe lachen müssen über den Tropf.

»Ich? Ich bin weiß Gott ein friedsamer Mensch! Ich möcht' nur mei' Ruh'! Ihr tragt der Katzel und mir die Unruh' ins Haus...«

»Freilich schon! 's tut mir selber leid ... Sterben müssen wir schließlich alle...«

»Gut, daß ich das endlich mal erfahr'!«

»...und wann? ...Poldl ...Poldl ...das ist uns verborgen!«

»War mir auch ganz neu!«

»...und ich mein' bald: der Gaudenz Safferstätt ...das bin i nämlich selber, Poldl...«
»Wirklich?«

»...der treibt's nimmer lang ...Vielleicht müßt's ihr euch schon in vierundzwanzig Stunden ohne mich behelfen...«

Gott verzeih' mir die Sünde: Es fuhr mir durch den Kopf: Tät' schon gehen! So groß wär' die Lücke nicht! Unersetzlich bist du gerad' nicht, mein Lieber! Aber ich hab' das für mich behalten und den armen Narren nur entschlossen gefragt: »Heraus mit der Sprache: wer trachtet dir nach dem Leben?«

Der Gaudenz hat nur laut geseufzt und dumpf vor sich hingeschaut. Ich hab' wieder denken müssen: Was hat denn einer davon, wenn er den harmlosen Gockel abkragelt? Ich habe beinahe drohend wiederholt: »Wer ist's? Mit dem Kerl, dem verdächtigen, red' ich auf gut Deutsch, und wenn's der Kaiser von China wär'!«

Wieder ein schweres Atemholen von dem Gaudenz, sehr hohl, als brächte er es tief von unten aus dem Schloßbrunnen herauf.

»Was hilft's denn, wenn ich dir den Namen nenn', Poldl? I dank' dir! Aber da kannst doch nix machen!«

Es war wie eine Lähmung auf seiner langsamen Zunge und in seinen schleppenden Worten. Willenlos hat er dagestanden, als wäre er verhext, und da sah ich im Geist wieder die kaltblütigen, starr durchdringenden Augen vor mir, mit denen der Johann Preisgott Oetsch die Menschen unter seine Macht zu bringen und förmlich vor sich tanzen zu lassen pflegt, wie die Schlangengaukler im Morgenland, von denen er so oft erzählte, ihr Gewürm.

Der Gaudenz hat mir kurz und krampfhaft die Hand gedrückt und ist dann langsam, mit gesenktem Kopf, den Gang entlang. Er ist dahingeschlichen wie ein Opfertier.

Ich fand mich in dem Zimmer allein und fürchtete mich förmlich vor dem Alleinsein und löschte die Lampe aus und ging hinüber ins Schlafgemach zu meiner lieben Frau. Sie lag schon im Bett, und ich hab' mich zu ihr an den Rand gesetzt und mir nicht helfen können und hab' ihr auch noch das neueste Rabengekrächze von dem Gaudenz Safferstätt erzählt, auf die Gefahr hin, daß die arme Katzel wieder ihre fliegenden Zufälle kriegt.

Aber sie war schon zu erschöpft, und daß ich bei ihr war, hat sie beruhigt, und sie hat still dagelegen und meine Hand in der ihren gehalten. Wie ich zu Ende war, hat sie genickt und gesagt:

»Ja, Poldl! ... Das ist jetzt alles sonnenklar!«

»Mir nicht!«

Die Katzel hat mich vom Bett aus mit einem langen, seelenvollen Blick gemessen und mitleidig die Achseln gezuckt darüber, daß sie an einen Mann von so kurzem Verstand geraten war. »Die Mette gesteht jetzt eben in der heiligen Beichte, daß der Johann Preisgott der Mörder seines Bruders ist!« sagte sie. »Der Mörder hat umsonst noch diesen Morgen alle seine Beschwörungsformeln aufgeboten, um sie davon abzubringen! Das war ihr Gespräch mit dem Oetsch im Park!«

»Meinst?«

»Die Mette ist aus dem Park gekommen und hat ihrem Mann offenbart, daß sie heute abend, nach schwerem Seelenkampf, den Oetsch in der Beichte preisgeben wird! Da hat ihr der Gaudenz ihre bisherige Liebe zu dem Oetsch verziehen, und sie waren ein Herz und eine Seele. Das war das Gespräch der beiden auf der Terrasse, das der Salvermoser beobachtet hat, wie die zwei in das Schloß zurückgetreten sind und sich dabei liebevoll umschlungen gehalten haben!«

»Und jetzt?«

»Jetzt beginnt für die Safferstätts die furchtbare Gefahr ... just in diesem Augenblick, wo die Mette in der heiligen Beichte den Mund auftut und redet! Jetzt setzen sie sich den Anschlägen aus, die ein ruchloser Mensch wie der Oetsch als eine Tat der Selbstverteidigung ansieht! Sicherlich hat er ihnen schon die ganze Zeit offen damit gedroht, um sie einzuschüchtern und im letzten Augenblick zurückzuhalten!«

»Möglich ist's!«

»Trotzdem haben sie sich dazu entschlossen! Die Safferstätts wissen, daß sie von dieser Stunde ab der Rache des Oetsch preisgegeben sind! Deswegen sind sie so furchtbar erregt und gedrückt!«

»Du meinst, daß der Oetsch sie aus Rache umbringen will?«

»Freilich, ja! Poldl, Poldl – sei doch ein bißchen gescheiter! Am meisten gefährdet ist der Gaudenz Safferstätt. Denn er ist ja die treibende Kraft gegen den Oetsch. Darum hat er dir vorhin von der Möglichkeit seines Todes in heutiger Nacht gesprochen und gemeint, seine Frau sei nicht so bedroht wie er!«

»So hat er geredet!«

»Aber wer steht denn dafür, wo der Oetsch in seiner Wut haltmacht? Der kann seine Wut ebensogut auch noch an der armen Mette kühlen! Deswegen hat sie mir, ehe sie mich verließ, gesagt, daß sie vielleicht diese Nacht nicht überleben wird!«

»Katzel ... das wäre ja gräßlich!«

»Deswegen haben die unglückseligen Safferstätts ihre Angst vor dem Tod erst überwinden müssen, ehe die Mette sich zu der Beichte entschloß! Nun ist's mit Gottes Hilfe geschehen, und das Schicksal im Gange!«

»... und wir müssen die Safferstätts vor dem Johann Preisgott schützen, Centa!«

»Mit allen Mitteln! Das ist unsere Christenpflicht!«

»Aber wie?«

Aber wie? Die Frage habe ich im Kopf herumgewälzt in langen Nachtstunden, in denen ich keinen Schlaf finden konnte und mit offenen Augen dalag und in das Dunkel vor mir schaute. Endlich hab' ich es nicht mehr ausgehalten und hab' meine Frau angerufen. Da fand sich's, daß es der Katzel geradeso ging wie mir und sie auch ganz wach war und sich nur recht still gehalten hatte, um mich nicht zu stören. Ich hab' die Kerze angezündet und gesagt:

»Du, Centa: wie erklärst du dir denn das, daß aber auch der Johann Preisgott selber wieder heute abend unten vor uns Herren allen laut und öffentlich erklärt hat, er sei hier im Schlosse in Lebensgefahr?«

»Das hat der gottlose Mensch getan, um sich von vornherein den Rücken zu decken, falls sein Anschlag gegen den Gaudenz mißglücken und Leute dazu kommen sollten! Dann will er sagen, er, der Oetsch, sei der Angegriffene gewesen!«

»Womit wollte er denn das erklären?«

»Mit dem Gaudenz seiner Eifersucht, weil dem seine Frau in ihn, den Oetsch, verliebt ist! Oh – ich schau' dem Oetsch schon in die Karten! Mich betrügt er nicht!«

Der Centa, der frommen Seele, war nicht beizukommen. Die hat sich die Geschichte nach allen Seiten ausgebaut und zurechtgelegt, und, frei gesagt, gescheiter wie ich war die Katzel schon. Denn mir ist überhaupt rein gar nix eingefallen. Ich hab' ihr einen Kuß gegeben und das Licht ausgeblasen und versucht, die Augen zuzumachen. Nach einer Viertelstunde habe ich mich leise geräuspert. »Katzerl? Schläfst?«

»Ach – wenn ich nur könnt'!«

»Du – wenn, wie du glaubst, die, die vom Tod des Peter-Paul wissen, in Lebensgefahr durch den Oetsch sind ...«

»Sie sagen's ja selbst ...«

»Dann ist es jetzt der Pater Faramund ja auch ...«

»Der weiß es seit einer Stunde auch, durch die Mette ...«

»Da wär' es ja beinahe denkbar, daß sich der Oetsch sogar am Pater Faramund vergreifen könnt', um einen neuen Mitwisser zu beseitigen!«

»Beim Oetsch ist nichts unmöglich, Poldl! Nicht einmal diese Todsünd'!«

Wieder eine Viertelstunde. Dann hat's mich nicht länger im Bett gelitten. Der Gedanke hat mir den letzten Rest von Schlaf genommen: Das fehlte noch, daß ein Ordensmann hier, in Vogelöd, als dein Gast an Leib und Leben beleidigt wird! Das Geschrei ginge ja bis Rom! Dein Haus wäre ja für jeden guten christkatholischen Menschen verflucht und geächtet, solang du lebst ...

Wieder Licht. In die Kleider. Ein paar Worte zur Centa.

»Katzel! Ich mach' lieber heut' nacht selber im Schloß die Rond' und Sentinelle, als daß was Unrechtes passiert! Ich geh' jetzt und spür' mal dem Johann Preisgott hinter seinen Schlichen her, ob er schläft, wie sich's gehört, oder was er treibt!«

Mein liebes, altes Schloß Vogelöd, das mir bei Tag in jedem Winkel und jedem Eckchen so warm und vertraut ist, dünkte mich nun ganz fremd in dem geisterhaft hellen Mondschein, der durch die Fenster in die leeren Säle und langen Korridore und breit flimmernden Treppen flutete. In der Totenstille haben meine Schritte an den Kreuzwölbungen widergehallt, als gingen neben mir, hinter mir, vor mir, überall unsichtbar andere Menschen. Die Ahnenbilder an den Wänden haben in dem bläulichen Dämmern veränderte Gesichter bekommen, mit einem Spiel um die Lippen, als lebten sie noch, und es ist mir eingefallen, wie wir als Buben manchmal solch einen gemalten Herrn Vorfahren so lange unverwandt angeschaut haben, bis seine Augäpfel anfingen, sich zu bewegen, und dann, so schnell wir konnten, davongerannt sind. Der alte, zehn Fuß hoch bis zur Decke reichende Stammbaum der Vogelschrey im Rittersaal ist wirklich unruhig geworden, wie ich hereingekommen bin, und hat gezittert und geraschelt. Jetzt das waren die Mäus', die hinter seinen gichtbrüchigen, pergamentenen Falten ihr Wesen getrieben haben. Die Gobelins haben leise geweht, weil ein Luftzug von irgendwoher ging, als ständ' einer hinter dem gewirkten Stoff und lauerte. Die aufrechtstehenden geharnischten Ritter am Eingang haben in dem grellen Mondschein pechschwarze Schatten hinter sich geworfen, dick und kurz wie die guten Ahnen selber, und ich hätt' mich wahrhaftig nicht gewundert, wenn hinter dem Visier ein menschliches Angesicht mit einem Paar weißer, rollender Augäpfel herausgeschaut hätte. Die Welt ist eben anders zwischen der Mitternacht und dem ersten Hahnenschrei. Das hab' ich da recht gemerkt und mein gemütliches Vogelöd gar nicht recht in seinem Geisterstunden-Kamisol wiedererkannt.

So bin ich vor dem Johann Preisgott sein Zimmer gekommen und hab' leise geklopft. Stärker. Von außen gefragt: »Du? ... Bist du daheim?« Keine Antwort. Ich habe die Türe aufgeklinkt. Sie war sorglos offen. Recht der Oetsch. Wegen dem können Mörder und Gespenster hereinspazieren, wie's halt mögen! Er schläft ruhig weiter. Er schlief aber nicht. Das Bett war gebraucht, aber leer. Das ganze Gemach. Alle Schränke und Schubfächer unverschlossen. Ich hab' mich umgesehen. Sein Kugelstutzen hing nicht am Haken. Der Rucksack nicht. Das Hütl mit dem Gamsbart nicht. Der Bergstock in der Ecke fehlte. Ebenso seine pfundschweren Genagelten. Das Fenster zur ebenen Erde stand weit offen. Die kalte Nachtluft strömte herein. Es war so hell, daß ich im Mondschein auf meine Taschenuhr sehen konnte. No ja: drei Uhr morgens! Da war der Oetsch schon über alle Berge! Nach seiner Gewohnheit durchs Fenster ins Freie und hinaus auf die Jagd.

Ich hab' recht aufgeatmet! Der Gast da war mir wahrhaftig draußen lieber als daheim. Vor dem frühen Vormittag kam der Oetsch jetzt nicht wieder, und für diese Nacht wenigstens war also jedes Unheil von Vogelöd abgewendet. Gott sei Dank! Ich habe recht zufrieden dem Johann Preisgott seine Räuberhöhle verlassen und bin auf den Korridor hinausgetreten und ihn zurückgegangen. Im Wittelsbacher-Saal, der ganz kalkweiß vom Mondlicht war, und in dem die lebensgroßen Ölbilder der Landesfürsten an den Wänden hingen, bin ich stehen geblieben.

Es dröhnte etwas gleichmäßig durch die tiefe Stille. Schwere, feste Schritte, die rasch näher kamen. Ein Licht flackerte am Ende des Ganges auf, der Farbenfleck einer Hand, die es trug, dahinter, von den gelben Kerzenreflexen und den bläulichen Mondstrahlen in ein wechselndes Spiel von wunderlicher Beleuchtung getaucht, ein italienisch dunkles Mädelgesicht mit blauschwarzem Kraushaar.

Das war die Poletta, die Safferstättsche Kammerjungfer. Sie leuchtete – obwohl es bei dem grellen Vollmond wahrhaftig nicht nötig war, sondern es geschah mehr ehrenhalber – und hinter ihr schritt, die Hände in den Kuttenärmeln ineinander geschlungen, die hohe Gestalt vornübergebeugt, der Pater Faramund.

Jetzt erst, gegen Morgen, kam er von der Mette Safferstätt. Mehr als vier Stunden hatte die geistliche Unterredung mit ihr gedauert, und die Ergriffenheit, als Folge ihrer Beichtgeständnisse, spiegelte sich in einer feierlichen Strenge auf seinen sonst stillen, bebrillten, bartlosen Gelehrtenzügen wider, aus denen von der Seite, wo ich im Schatten einer Säule stand, die gebogene Nase, das Erbteil der Oetsch seit Jahrhunderten, scharf vorsprang. Er trug ein Hauskäppchen auf der Tonsur. Das Schläfenhaar darunter war grau. Er hatte im Schreiten die Blicke in tiefstem Nachdenken auf den Parkettboden vor sich gesenkt und bemerkte mich nicht.

Mir schien es nicht geziemend, ihn in dieser nächtlichen Stunde, in der er wahrscheinlich, im Innern tief erschüttert, ein neues dunkles Beichtgeheimnis in seiner Brust verwahrte – mir schien es nicht geziemend, jetzt den Hochwürdigen, im Beisein der Jungfer, unversehens hinter der Säule vor mir mit einer Anrede zu überfallen und als Hausherr zu begrüßen. Ich ließ ihn stumm und ungesehen vorübergehen und hörte, wie er an seiner Türe freundlich sagte: »Ich danke Ihnen, liebes Kind!« und die Poletta mit einem Knicks: »Küss' die Hand, Euer Hochwürden! Ich hab' die Ehre, eine gute Nacht zu wünschen!« Gleich darauf ist sie, mit ausgeblasener Kerzen, wie besessen zurück und an mir vorbeigerannt und hat sich im Springen mit der linken Hand die Röcke geschürzt! Gefürchtet hat sie sich, das Madel, allein in der Nacht unter den Ahnenbildern in dem stillen Schloß! Ich kann's ihr nicht verdenken.

Wie ich wieder bei der Katzel war, habe ich aufgeatmet und gesagt: »So! Diese Nacht passiert nix mehr! Jetzt hat die arme Seele Ruh'! Jetzt kann man schlafen.«

Wir haben jetzt auch wirklich noch ein paar Stunden die Augen zugemacht, bis es Zeit zum Aufstehen und zur Jagd war. heute sollte ganz nahe vom Schloß am Hochgang getrieben werden. Die Reveille war nicht so früh wie sonst. Bis wir gefrühstückt hatten und alles beisammen war, da war es schon gegen acht Uhr morgens. Ich bin noch einmal nach dem Park hinaus und hab' nach dem Wetter geschaut. Das hat mir nicht recht gefallen wollen. Der Himmel war gar zu strahlend blau, und die Sonne meinte es in aller Herrgottsfrühe schon so gut mit der Wärme, und auf der Straße ließ ein leiser Föhnwind manchmal kleine Staubwirbel tanzen. Regen in Sicht. Regen.

»Mir scheint, wir kommen heute schon um Mittag heim!« sage ich gerade zu dem Königlichen Oberförster von Mengern, meinem Jagdgast, und schieb' das Perspektiv zusammen, da sehe ich zu meinem Mißvergnügen den Johann Preisgott Oetsch schon aus den Bergen zurückkehren und die Allee vom Parkeingang daherkommen. Mehr wie ein Wildschütz hat er dahergeschaut als wie ein Kavalier, der lange verwegene Kerl mit dem ebenso langen Schnurrbart, den nackten Knien, die graue Lodenjoppe über die Schulter gehängt, das Hemd über der Brust offen, vorn in dem breiten, mit Hirscherln und Rehlis bestickten ledernen Leibgurt das griffeste Messer, den Hut rauflustig im Genick.

»Wo kommst denn du schon her?« frag' ich, und der Oetsch, ohne sich um meine unangenehme Überraschung zu kümmern, geheimnisvoll und glückselig, indem er die weißen Zähne in dem hageren, braungebrannten Gesicht zeigt, und mit einem Wetterleuchten in den graublauen Augen: »Du, Poldl! ...Jetzt hab' ich ihn schon bald in der Hand!«

»Wen?«

Er war ganz erstaunt.

»Den Filzenschuster! Deinen Herrn Wilderer!«

Der Oetsch schob vertraulich seinen Arm in meinen und ging mit mir nach dem Schloß.

»Heut' früh – noch im Morgennebel hab' ich ihn beobachtet, wie er einen von deinen schönsten Hirschen derschossen hat, der Hallodri! Jetzt kenn' ich seinen Wechsel! Jetzt kommt mir der Spitzbub nicht mehr aus!«

»Fang ihn halt!« mein' ich zerstreut. Ich hatte andere Sorgen im Kopf. Aber der Johann Preisgott brannte vor Jagdgier nach menschlichem Wild.

»Auf den Abend gib's schlecht Wetter!« sagt er.

»Eher schon!«

»Die Nacht wird stockdunkel. Da denkt der Filzenschuster, er kann in aller G'rüebigkeit den Hirsch von heute früh, den er aufgebrochen und mit Latschenästen zugedeckt hat, sich holen! Freunderl: ich bin auch noch auf der Welt! Sowie's dämmrig genug ist, um sechs Uhr spätestens, marschier' ich aus und leg' mich auf die Lauer. Ein Satz vom Felsblock herunter, und ich hab' ihn, ehe er noch nach seiner Büchse greifen kann!«

»Und den Tag über bleibst hier?« forschte ich unbehaglich. Im Hof drüben sammelten sich meine Jagdgäste alle schon zum Auszug. Auch der Gaudenz war darunter.

»Jetzt schmeiß' ich mich mal erst aufs Bett und schlaf' bis zum Mittagessen!« verkündete der Oetsch. »Dann sei nur fei' stad und gib acht, daß du den geistlichen Herrn nebenan nicht inkommodierst, Johann Preisgott, mit deinem Die-Nagelschuh'-Umeinanderwerfen und Aufzwei-Fingern-nach-dem-Bedienten-Pfeifen!«

Der Oetsch hat eine Grimasse geschnitten, wie er was von dem Vetter und Schwarzrock gehört hat, und verächtlich und verbissen ins Gras gespuckt und ist in das Schloß hineingeschlenkert, lang und hager, der Fra Diavolo und Schlagtot in Person, und jetzt hatte ich das Unheil wieder unter meinem Dach ...

Ich hab' dagestanden wie der Ochs am Berg. Da war guter Rat teuer. Aber zum Glück ist er mir doch eingefallen, so sehr die Zeit auch gedrängt hat.

Ich bin zu meinen Gästen auf den Hof und hab' mir aus all den Herren und den Jagdgehilfen und Hunden meinen Freund Salvermoser herausgewinkt und denselbigen Kunstmaler beiseite genommen.

»Franzl!« hab' ich gesagt. »Jetzt ist deine Zeit gekommen! Jetzt darfst zeigen, daß du wirklich und wahrhaftig mein Freund bist!«

»Da feit si nix!«

»Ich weiß, was du für 'ne Jagdpassion hast! Trotzdem: Franzl – tu mir die Lieb! Bleib heut' daheim und hüte mir das Haus!«

»Ja – warum denn?« fragte der gute Franzl recht erstaunt.

»Nur heute! Das eine Mal! Es wird heut' doch nix Gescheit's mit der Jagd, Franzl! Den Malefizwind da kenn' ich! Der bringt den Regen aus Tirol herüber.«

»Ich tu' dir ja gern den Gefallen!« sagte die ehrliche Haut, so sauer es ihr auch ankam. »Ich seh' bloß net ein...« »Schau: der Oetsch ist, statt um Mittag oder später wie sonst, jetzt schon aus den Bergen heim und will dafür am Abend um sechs wieder hinaus! Du – ganz unter uns ... Verrat' es keiner Menschenseele: Ich trau' dem Oetsch alles Menschenmögliche zu...«

»Ich auch!« spricht der Salvermoser-Franz.

»Ich kann als Jagdherr nicht daheim bleiben, und ich vergeh' vor Unruhe, wenn wir alle aus dem Schloß weg sind und nur die beiden Damen und der Pater Faramund darin, und dazu der Oetsch! Ich kann dir das alles nicht so ausdeutschen, Franzl! Es sind auch nur Vermutungen und Befürchtungen, keine Tatsachen. Aber trotzdem ... es ist mir eine Beruhigung, wenn ich weiß: es ist wenigstens, außer der Dienerschaft, noch ein Mensch da, der ein Auge auf den Oetsch hat!«

»Was soll ich denn da aber tun?«

»Weiter nix als eben da sein! Ich weiß ja nicht, was der Oetsch vorhat und ob er was vorhat. Aber ich denk' mir, es hilft schon, wenn er weiß, daß immer ein Zeuge da ist für alles, was er etwa tut! Geh! sei lieb, Franzl, und bleib daheim! Es ist ja nur für den Vormittag! Zum Mittag sind wir wieder da und wahrscheinlich schon naß wie die gebadeten Katzen! Kannst ja mit der Centa plauschen oder, wenn d' magst, beim Pater Faramund beichten!«

Dabei lach' ich und er sagt:

»Ich brauch' keinen Beichtzettel nicht! Aber schön! ... Also, bis du heimkommst, mach' ich armer Kunstmaler den Schloßherrn! Weidmannsheil!«

»Weidmannnsdank!«

XV

Ein kurzes Aide-Memoire des Herrn Kunstmalers Franz Salvermoser aus München

Wenn ich jetzt, ein paar Jahre nach all den Begebnissen in Vogelöd, friedlich in meinem Studio an der glasgrünen Isar sitz' und mir die Geschicht' aus dem Gedächtnis aufzeichne, dann sind mir die gemalten Köpfe rings um mich auf den Staffeleien lieber wie ihre Urbilder, die wirklichen Menschen! Meine lieben Leut' auf der Leinwand sausen nicht wie die Gockeln aufeinander los und hadern bis aufs Blut, die sind fein artig und still, und ich geb' jedem und jeder noch extra einen freundlichen Zug im Gesicht mit meinem Pinsel hinaus ins Leben. Aber jetzt hab' ich mit den lebendigen Leuten von damals zu tun. Also gut: der Rittmeister von Vogelschrey ist mit Jagdgästen und Jägerei davon – gleich pfeilgerad' die Bergwand über dem Schloß hinauf, und ich habe ihnen schon ein wenig neidisch und bekümmert nachgeguckt. Dann habe ich mich aber meiner Pflicht erinnert, am hellen Tag den Nachtwächter auf Vogelöd zu spielen, und hab' geschaut, daß ich den Haushofmeister treff', wie er gerade mit wichtiger Miene dasteht und darauf achtet, daß seine Leute den Parkettboden im großen Saal recht schön spiegelglatt mit ihren Bürsten an den Füßen scheuern, damit man nur ja ausrutscht und hinpurzelt und sich gerad' unter dem Kronleuchter auf sein bestes Teil setzt, wie mir das voriges Jahr passiert ist, weil ich die damische Eisbahn von zu Haus her nicht gewöhnt bin wie die Aristokraten.

»Sie, Herr Rubesoier!« frag' ich. »Wissen's vielleicht zufällig gerade, was der Graf Oetsch jetzt macht?«

Schau: der Rubesoier war ein grundehrlicher, pflichttreuer alter Herr, der sich von der Pike auf durch vierzig Jahre im Schloß zu seiner jetzigen stolzen Würde emporgedient hat. Solche alte Hausmöbel leben mit ihrer Herrschaft. Die haben eine Witterung, was bei der vorgeht, ohne daß man es ihnen sagt, und halten wie treue Hofhunde von selber Wacht, und so ergab sich's, daß der Herr Kastellan Rubesoier auch schon von sich aus ein stillbesorgtes Auge auf den Grafen Oetsch geworfen hatte. »Ich hab' es mir angelegen sein lassen, persönlich hinter dem Lakaien, dem Baptist, hier nach dem rechten zu sehen!« sprach er gewichtig. »Dero gräfliche Gnaden haben sich in ihr Zimmer retiriert, auch das Frühstück dort angeschafft und, als der Baptist selbiges abgeräumt, gemessene Order erteilt, sie nicht vor Mittag zu wecken, da sie nach den gestrigen und heutigen stattgehabten Fatiguen eines guten Schlafes bedürften und abends um sechs wieder in die Berge wollten.«

»Und jetzt schnarcht er also?«

»Ob es zu den Gepflogenheiten des Herrn Grafen gehört, zu schnarchen, ist mir nicht bekannt,« versetzte Herr Rubesoier tadelnd, »und ein desfallsiges Horchen an den Türen möchte ich mir bei den mir unterstellten Burschen und Mägden verbeten haben. Sicher aber ist, daß Seine Hochgeboren zurzeit geruhsam schlafen!«

Wer schläft, sündigt nicht! dachte ich und rieb mir befriedigt die Hände. Franzl – jetzt bist du fein heraus und tust dir am heutigen Vormittag leicht!

Der Rittmeister von Vogelschrey hat recht behalten mit seiner Wetterprophezeiung. Schon vor zehn Uhr hat sich der Himmel bleigrau umzogen gehabt. Die Sonne hat sich empfohlen, aber es war schwül wie im Treibhaus. Vereinzelte schwere Windstöße sind vom Berg heruntergeheult und haben lange weiße Staubfahnen im Tal über die Straßen vor sich hergejagt und sind immer häufiger und wilder geworden, daß die alten Bäume im Park sich ächzend gebogen haben und das Wasser auf den Teichen weiß geschäumt hat und ihre Oberfläche und die ganze, trüb verfinsterte Luft voll war von abgerissenen und dahinstiebenden gelben, roten und braunen und violetten Spätherbstblättern.

Ich bin durchs Haus gegangen und habe mich rechtschaffen gelangweilt. Still ist es gewesen – still in dem Schloß wie im Dornröschenschlaf. In allen den weiten Gängen und Hallen und Treppen hat sich nichts gerührt. Besonders der Flügelanbau, da, wo drei Stockwerke übereinander die Gästezimmer lagen, da war Ruhe wie auf dem Kirchhof. Die Herren waren alle auf der Jagd. Es war da nur der Graf Oetsch und der Pater Faramund. Der eine hat geschlafen, und der andere hat wahrscheinlich gebetet. Also gut!

Gegen zehn Uhr, wie es Zeit war, daß man einer Dame seine Aufwartung machen konnte, bin ich zu der Frau von Vogelschrey hinauf, und sie war lieb und gütig wie immer, wenn auch blaß und angegriffen, und ich habe mich zu ihr setzen und mit ihr schwatzen dürfen, während sie sich noch mit ihren Kindern beschäftigt und deren Anzug nachgeschaut und das Fräulein ermahnt hat, die lodenen Kapuzenmäntelchen herauszuholen. Denn es würde bei dem Spaziergang im Park naß und kalt sein. Aber heraus mußten sie, wenigstens die Burgel und das ältere Buberl. Darauf hielt die Frau Mama. Bloß mein Freund, der Peperl, hat daheim bleiben dürfen und, ehe er weggetragen wurde, mich am Bart gezaust und »da ... da ... da...« gesagt. Mehr wußt' der kleine Mann noch nicht. Aber wir verstanden uns schon, ich und der Spitzbub!

Die Frau von Vogelschrey hat am Fenster gestanden und tief geseufzt und gesprochen:

»Lieber Salvermoser! Ihnen gilt's ja nicht! Sie sind mir hier immer recht. Sie find ein Mensch wie ein Kind. Sie bringen einem kein Unglück ins Haus...«

»Das möcht' ich hoffen, Gnädigste!« hab' ich respektvoll erwidert. Die hochgeborenen Herren – die machen mir nix mehr vor, und wenn's Grafen und Reichsräte sind. Dafür bin ich der Salvermoser! Der Kunstmaler. Der malt sich sein Wappen und Stammbaum aus eigener Kraft, daß die Leut' eine Achtung vor ihm haben. Aber bei den vornehmen Damen fühl' ich mich halt immer noch geniert. Da muß ich als noch daran denken, daß ich der jüngste Bub vom Moosbauer in Gölling im Winkel bin.

Die Frau von Vogelschrey hat fortgefahren:

»Nein. Ihnen gilt's wahrhaftig nicht, Salvermoser! Aber sonst wünschte ich, es wäre zwei Monats später zur Adventszeit und das ganze Schloß von Gästen leer, und draußen fielen die ersten Flocken, und ich wäre, wie wir's immer tun, über Weihnachten mit meinem Mann und den Kindern auf Urlaub aus München hier draußen und wir säßen friedlich beisammen und müßten nicht wie jetzt bei jedem Geräusch und jedem Anklopfen an die Türe, und wenn nur irgendein Stubenmadel hereintritt, zusammenfahren und uns einbilden: Jetzt ist ein Unglück passiert!«

Durchs Fenster hat die Frau von Vogelschrey ihren Kindern zugewinkt. Die sind mit der Bonne durch die breite Hauptallee im Park hinuntergegangen, an jeder Hand eines, und haben ihre Köpferln zurückgewendet und gelacht. Dann ist, von der Seite her, aus einem Gebüschweg ihnen eine hohe, schwarze, langsam wandelnde Gestalt in einem bei uns ungewöhnlichen breiten Hut und langem Priestergewand entgegengekommen, die ich hier noch nie gesehen hatte.

Ich tauschte einen fragenden Blick mit der Frau von Vogelschrey, und sie sagte:

»Das ist jedenfalls der Pater Faramund. Er hat vorhin, gerade ehe Sie kamen, bei mir anfragen lassen, ob er mir seinen Besuch machen dürfe. Aber ich habe ihn bitten lassen, es auf später zu verschieben. Ich fühlte mich noch zu angegriffen, habe ich ihm bestellen lassen, um mit der nötigen geistlichen Sammlung die Ehre seiner Visite zu empfangen! Ich wollte mich erst, wie sich's gehört, darauf vorbereiten und mein Gewissen erforschen, um seiner Unterredung würdig zu sein!«

Ich hab' mir im stillen gedacht: Wenn wir nicht Weltkinder wären, dann wäret ihr frommen Gugelmänner halt keine Heiligen! Ihr seid's durch den Unterschied zwischen uns und euch! Eines bedingt das andere! Eigentlich sind wir eure Wohltäter, und ihr solltet uns danken, daß wir allzumal Sünder sind, statt uns das liebe lange Jahr hindurch deswegen anzuraunzen! Aber diese sträflichen Gedanken habe ich fein bei mir behalten. Man darf unter der schwarzen Noblesse nicht alles herausfahren lassen, was einem auf der Zunge liegt, als stände man daheim am Platzl in München um den Banzen im Hofbräu. So viel Bauernschlauheit hat der Salvermoser-Franzl schon, und wenn er noch so treuherzig dareinguckt...

Der Pater Faramund unten hat im Auf- und Abwandeln im Freien mit andächtig gesenktem Haupt das Brevier gelesen, wie das die Hochwürdigen so an sich haben. Die beiden Kinder sind auf einen Wink des Fräuleins auf ihn zugesprungen und haben ihm die Hand geküßt, und er ist stehen geblieben und hat sich freundlich zu ihnen gebeugt und sie durch seine Brille angesehen und offenbar gefragt: »Ja, wer seid's ihr denn?« und ihnen dann die Köpfe gestreichelt. Die

Bonne hat im Vorbeigehen einen zurückhaltenden, gezierten, kleinen Knicks gemacht. Dann hat sie ihren Regenschirm aufgespannt und den Kindern zugerufen. Denn jetzt fing es schon an, stark zu tröpfeln.

Das hat auch der Herr Golgathianer-Mönch gemerkt, hat zum Himmel hinaufgeschaut, der immer griesgrämiger wurde, sein Brevier eingesteckt und ist, nicht mehr so feierlich langsam wie bisher, sondern rascher, unter seinem schwarzen, fegenden Weiberrock ausgreifend, in das Schloß zurück. »Er lebt in Italien«, sagte die Frau von Vogelschrey. »Solch kalter Herbstmorgen im Gebirge hier bei uns ist ihm ungewohnt. Das weiß er gottlob, daß er sich da auf den Tod erkälten könnte!«

Dann ist sie nach der Türe gegangen und hat mir die Hand gegeben: »Ich muß Sie jetzt beurlauben, lieber Meister! Ich will jetzt hinüber zu meiner Freundin, der Mette Safferstätt, und schauen, wie's der geht!«

Den Weg entlang habe ich sie noch begleiten dürfen. Es ist ja immer eine Reise in dem winkligen Schloß, von einem Flügel zum andern, treppauf, treppab. Die Vorfahren haben da umeinander gebaut, wie es gerade jedem nach seinem Gusto war, und unterwegs hat noch der Herr Rubesoier, der Haushofmeister, die Gnädige aufgehalten und gemeldet, er wolle lieber die Mittagstafel erst auf halb drei Uhr und dann für alle Gäste richten. Denn bis dahin kämen die Herrschaften heute sicher von der Jagd zurück. Die Frau von Vogelschrey war's zufrieden.

Eben betritt sie mit mir den langen Gang im zweiten Trakt, an dem die Wohnungen für die Ehrengäste liegen, da taucht aus dessen Mitte, von der Treppe, die da unmittelbar aus dem Freien vom Hof her hinaufführt, die lange, schwarze Gestalt im breiten Hut aus dem Park wieder auf, geht vor uns den dämmrigen Korridor hinunter, pocht an dessen unterem Ende mit leicht geneigtem Haupt leise an eine Türe, verhandelt durch den Spalt einen Augenblick mit dem öffnenden dienstbaren Geist und schlüpft dann wie ein Schatten in die Antichambre. Und wie wir hinkommen, steht die Poletta, die Jungfer der Baronin Safferstätt, noch davor und breitet förmlich die Arme ängstlich aus, um den Eingang zu beschützen, und meldet:

»Frau Baronin sind leider durch geistliche Exerzitien verhindert, jetzt jemanden zu empfangen! Frau Baronin haben drinnen bei sich den Besuch des hochwürdigen Herrn Pater Faramund!«

»Schon wieder?« sagt die Frau von Vogelschrey. »Mein Mann hat mir doch erzählt, sie hätte sich fast bis in den hellen Morgen heute nacht mit ihm ausgesprochen!«

»Zu dienen, gnä' Frau! ... Aber nachdem Herr Baron auf die Jagd gegangen waren, haben die Frau Baronin mich wieder zu dem hochwürdigen Herrn Pater hinübergeschickt und um dessen Besuch gebeten!«

»So ... so ...«, sagte die Frau von Vogelschrey und kehrte um. In der dunklen Ecke an der Treppe schimmerte etwas Weißes. Aber es war kein Gespenst, sondern der Koch lauerte ihr auf und hatte irgendein Anliegen. Ein Pläsier ist's schon nicht, in solch einem Schloß voller Gäst', mit Mann und kleinen Kindern und dem vielen Personal, und dann noch mit einer so nervösen Urschel wie ihrer Freundin, der schönen kleinen Baronin, auf dem Hals, die Hausfrau zu machen! Davon hat so ein Junggeselle, vier Treppen hoch mit seinem Atelier unterm Dach, wie ich, freilich keine rechte Ahnung. Es könnt' einen recht nachdenklich von wegen dem Heiraten stimmen!

Jedenfalls war ich jetzt da der Unnütz und bin solo weiter durch das Schloß gestrolcht, die Hände in den Taschen meiner zünftigen braunen Samtjoppe – die und die langen Haare – die gehören zu mir! Sonst glauben's mir in München nicht, daß ich ein gerechter Kunstmaler bin und ich verderb' mir selber die Preise – und ich hab' mir die Bilder mit Perücken und Reifröcken und Harnischen und Helmen an den Wänden angeguckt und hab' studiert, wie das die Herren Kollegen in früheren Jahrhunderten gemacht haben. Viel gekonnt haben's, frei gesagt, nicht! Aber wahrscheinlich sagen sie von uns nach ein paar Jahrhunderten das nämliche.

Draußen hat es nicht mehr sachte getröpfelt, sondern schon Bindfaden gezogen. Der richtige Gebirgs-Schnürlregen! Den kenn' ich! Der ist ärger als ein handfester Wolkenbruch. Der beißt sich in ein, zwei Stunden durch den dicksten Wettermantel durch. Da ist von Bleiben im Freien auf die Dauer keine Red'!

Mir war's lieb! Das totenstille Haus bewachen war fad. Passiert ist eh' nix! Was sollt' denn auch? Ich hab' mich in meiner Stube ans offene Fenster gesetzt und Baumschläge draußen skizziert. Da steckt bei mir noch ein Manko. Da heißt's fleißig sein, Franzl! Weil ich mich halt nur für die Menschenköpf' interessier' und für die Natur leider gar nicht, schaut's, wenn einer schon mal durchaus im Freien gemalt sein will, mit dem Hintergrund manchmal nicht gerad' sauber aus, und mein Kollege, der Akademie-Professor Grienast, der ekelhafte Kerl, hat neulich vor meiner Staffelei gefragt: »Salvermoser: sind das da hinten jetzt Bäum' oder geballte Wolken oder Rohrnudeln? I kenn' mi net aus!«

Während ich schraffiert hab' und ganz in meine Arbeit versunken war, ist der Regen immer ärger geworden. Gerade heruntergeschüttet hat's! Man hätt' keinen Hund vors Tor jagen mögen! Und jetzt höre ich draußen am Tor, das ich von meinem Fenster sehen konnte, Stimmen, und richtig: da kommen schon die ersten Jagdgäste zurück, triefend naß, und die Hunde, als hätte man sie in den Parkweiher geschmissen gehabt. Und ich krieg' einen Schrecken und fahr' auf und schau' auf die Uhr: Über zwei Uhr mittags! Mehr als drei Stunden hab' ich dagesessen gehabt und in Gottes Namen, um die Zeit auszunützen, ein Skizzenblatt nach dem andern vollgeschmiert und mich weiter um nichts gekümmert, was unterdessen im Schloß geschah...

Mir schlug doch das Herz. Ich hatte ein recht miserabliges Gewissen! Wenn nun inzwischen der Teufel uns irgendwo hier in die Suppe gespuckt hatte? Nachher war der Salvermoser schuld, der wieder mal gerad' in den Tag hineingeträumt hatte, statt seine Pflicht zu tun! Ich also, so rasch mich meine Beine tragen, durchs Schloß, noch ehe die Gäste hereinkamen, und in den großen Speisesaal zu dem Herrn Rubesoier, dem Haushofmeister. Der war schon hier die irdische Vorsehung. Der schmeckt' es mit Nas' und Augen durch zwei Wände hindurch, wenn irgendwo was Ungeschicktes geschah.

»Grüß Gott, Herr Kastellan!«

»Habe die Ehre, Herr Kunstmaler!«

Ich atemlos:

»Sie: Is am End' irgend was passiert?«

Was sollte denn passiert sein? Der Herr Rubesoier wußte von nichts und gab einem Küchenbub einen Katzenkopf, weil der Bazi ihm einen dreckigen Teller herbeigetragen hatte.

»Was macht die Frau Baronin Safferstätt?«

»Frau Baronin haben sich den ganzen Vormittag auf ihren Appartements gehalten und vorhin den Besuch der gnädigen Frau empfangen!«

»Nachher ist also der Pater nicht mehr bei ihr?«

»Beileib nicht, Herr Salvermoser! Der hochwürdige Herr hat die Frau Baronin schon vor zwei Stunden, kurz vor zwölf Uhr mittags, verlassen und sich auf sein Zimmer zurückgezogen!«

»Und der Graf Oetsch?«

»Hochdero rühren sich jetzt allewege und machen sich zur Tafel fertig. Ich hörte es, wie ich vorhin an seiner Türe vorbeiging!«

Gut is. Ich war froh. Da traten auch schon die Jäger drüben in die Halle, und der Rittmeister von Vogelschrey ließ draußen noch das Wasser aus der Krempe von seinem nassen Filzhütel wie aus einer Dachtraufen ablaufen, und ich bin in meiner Freude mit bloßem Kopf zu ihm hinaus in den Regen getreten und habe gemeldet:

»Du – dein Haus steht noch auf dem alten Fleck! ...Es is hier nix kriminalisch geworden ... unterdem ...«

Und weder ich in meinem hellen Unverstand und Leichtsinn, noch der arme Rittmeister, noch sonst jemand umher hat geahnt, daß das Unglück schon geschehen war...

Die Frau von Vogelschrey und die Baronin Safferstätt haben wie zwei Schwestern, eine brünette und eine blonde, nebeneinander Arm in Arm auf dem Treppenabsatz oben gestanden, um die Herren zu begrüßen. Um ihren Mann, der jetzt auch pudelnaß und verdrießlich von draußen hereinkam, hat sich die süße, kleine Frau Baronin wieder wie gewöhnlich gar nicht gekümmert.

Zugleich ist aus dem Gang zur ebenen Erde um die Ecke herum die lange, abenteuerliche Gestalt des Grafen Johann Preisgott Oetsch hervorgeschlenkert, und er hat laut gelacht, wie er die durchgeweichten St.-Hubertus-Herren gesehen hat, und gerufen:

»Ja – was wär' denn das? Warum kommt's ihr denn heim? Wegen dem bissel Regen? Schamt's euch! Wasser ist gesund! Bei dem Wetter geh' ich heut' um sechs Uhr auf die Nacht gerad' hinaus! Da darf's noch ganz anders herunterkommen!«

Und als ob er es berufen hätte, strömte draußen eine wahre Sintflut vom Himmel nieder, und die ganze Welt wurde dämmergrau.

XVI

Aufzeichnung des Laquaien Baptist Geißböck, im Dienst bei Herrn Rittmeister von Vogelschrey auf Vogelöd

Ich heiße Johannes-Baptista Geißböck, bin einundsechzig Jahre alt, in Vogelöd geboren und katholisch getauft, verheiratet und habe fünf Kinder. Der hochwürdige Herr Pfarrer Thurmbichler in Vogelöd hat mir geholfen, auf Befehl meiner Herrschaft meine näheren Umstände fleißig aufzuschreiben. Sonst hätte ich es nicht vermocht. Ich bin zu steif mit den Fingern, um recht sagen zu können, was ich meine.

Mein seliger Vater war schon in hohen Vogelschreyschen Diensten. Ich selbst war schon in jungen Jahren Kammerknecht bei dem alten Herrn von Vogelschrey, dem in Gott ruhenden Vater des Herrn Rittmeisters, dann Offiziersdiener bei ihm, bei den Kürassieren in München, endlich, nachdem der Herr bald den Königlichen Dienst quittiert hat, durch dreißig Jahre bis heute Laquai in Vogelöd.

Ich habe den unteren Fremdenflügel unter mir, wo meistens die einzelnen Herren wohnen. Die meisten der Herren bringen ihren Bedienten mit. Der Herr Graf Oetsch tat das nicht. Er hat mir aber trotzdem wenig Mühe mit der Aufwartung gemacht. Er hat sich oft mit hoher eigener Hand Schuhe und Kleider in seinem Zimmer gereinigt und es gar nicht gern gesehen, wenn man sich zuviel um ihn herum aufhielt und unnötig dienstfertig war. Er hat in seiner leutseligen Art, mit der er mit uns Niedergestellten zu sprechen pflegte, als seien wir seinesgleichen, mir des öfteren kundgetan, er habe bei seinen vielen abenteuerlichen Reisen, die ihn bis zum Großtürken und unter die Menschenfresser geführt, auch keinen Valet de Chambre mit sich genommen und es sich zur Regel und Ordnung gemacht, sich selbst zu helfen. Wenn aber der Herr Graf mich dergestalt wenig in Anspruch nahm, so war er doch mit häufigen Trinkgeldern gegen uns freigebiger als alle die anderen Herren. Der Herr Graf zeigten sich darin gegen uns verschwenderisch großmütig.

Es ist mir aufgegeben, das, was ich an diesem Tage in meinem Dienst als Laquai erlebt habe, der Reihe nach, ohne einige Zutat von mir, kurz und schlicht anzusagen. Das will ich mit besten Kräften versuchen, so gut ein einfacher Mann es kann.

Morgens hatte ich viel zu tun. Die Herren standen alle fast gleichzeitig auf und gingen zur Jagd.

Ungefähr um die gleiche Zeit kam Herr Graf Oetsch bereits allein heim, wie er denn immer allein ging. Frühstückte auf seinem Zimmer. War müde. Gähnte. Sagte, er wolle jetzt schlafen, und ich möge ihn eine Viertelstunde, ehe zum Mittagstisch gegangen würde, wecken. Ich habe nun mit dem Madel die Fremdenzimmer gemacht. Zuletzt das des Herrn Pater Faramund. Zu diesem hochwürdigen Herrn kam zwischen neun und zehn Uhr die Poletta, das Kammermensch der Frau Baronin Safferstätt, und bat ihn im Namen der Frau Baronin, er möge sie aufsuchen.

Der Herr Pater ist zuvor noch einige Zeit im Park gewandelt und hat sein Brevier gelesen. Ich habe es, während ich seine Stube aufräumte, durch das Fenster gesehen. Dann hat es zu regnen angefangen, und Seine Hochwürden ist in das Haus und zu der Frau Baronin hinaufgegangen.

Etwa um das Mittagläuten ist er zurückgekommen. Ich hatte von dem Herrn Haushofmeister den Befehl, den Hochwürdigen zu fragen, ob er das Mittagmahl im Kreise der Gäste im Saal oder aber allein auf seinem Zimmer einzunehmen belieben werde. Der Herr Pater Faramund hat geantwortet: »Ich bedarf vorerst nichts. Ich bin gewohnt, zweimal in der Woche tagsüber zu fasten. Heute abend gegen sieben Uhr erbitte ich mir, wenn es sein kann, hierher eine frugale Kollation.«

Die Stimme des Herrn Pater hat dabei merklich gezittert. Er unterdrückte ein heftiges Atmen der Erregung. Sein Gesicht war sehr bleich, als hätte er sich über etwas heftig erschrocken. Er sprach über diese weltlichen Dinge von Speise und Trank mit einem geistesabwesenden Blick durch die Brille. Er holte sich das Sacktuch heraus und trocknete sich den Schweiß von der Stirne, obwohl es doch ein rauher und kalter Herbsttag war. Er hat sich hingesetzt, als ob ihn die Beine nicht mehr tragen wollten, und vor sich hingestarrt und schwer geseufzt und ist so in seine Gedanken versunken gewesen, daß er nicht mehr daran gedacht hat, daß ich noch im Zimmer war, und hat immer wieder mühsam Luft geholt und die Hand aufs Herz gepreßt und beinahe gestöhnt, daß mir der geistliche Herr leid tat. Denn er war auch nicht mehr der Jüngste und das konnte ihm nicht heilsam sein, wenn ihm etwas so grausam das Herz beschwerte.

Ich wollte leise aus dem Zimmer gehen. Da hat der Herr Pater sich meiner erinnert und mich zurückgewinkt und, als ich vor ihm stand, mit einer leisen Stimme und einem leidenden Gesicht sich vernehmen lassen: »Noch eines, mein Freund: Ich fühle mich recht mitgenommen und erschöpft!«

»Man sieht es Euer Hochwürden an!« wagte ich zu bemerken.

»Ich bedarf der Ruhe!«

»Ich werde dafür sorgen, Hochwürden!«

»Ich kann jetzt niemanden sehen. Auch Ihre hochverehrliche Herrschaft nicht! Wollen Sie bitte dem Herrn Rittmeister und der Frau Gemahlin bestellen, ich gedächte den Nachmittag hier für mich auf meinem Zimmer einsam in Sammlung und Gebet zuzubringen, ehe ich mich in späterer Stunde, wie denn schon mit ihr verabredet, wieder zur Frau Baronin von Safferstätt begäbe!«

»Sehr wohl, Euer Hochwürden!«

»Und Sie, mein Freund, lassen es sich angelegen sein, daß ich bis zu der bestellten Kollation um sieben von niemandem aufgesucht und gestört werde. Ich habe Ernstes, sehr Ernstes in mir zu erwägen...«

So, als ob ich es nicht hören sollte, wie im Selbstgespräch, murmelte der Herr Pater fast lautlos zwischen den blassen Lippen vor sich hin: »Furchtbar Ernstes!«

»Hochwürden können sich auf mich verlassen! Niemand soll Euer Hochwürden Andacht in diesen Stunden stören!«

Der Herr Pater Faramund nickte mir dankbar zu. Damit war ich entlassen. Ich verbeugte mich und ging hinaus.

Die nächsten zwei Stunden ereignete sich nichts Besonderes. Kurz nach zwei Uhr kehrte ich, nachdem ich inzwischen im großen Saal drüben beim Tafeldecken geholfen, in meinen Gästeflügel zurück, klopfte, wie mir angeschafft war, an der Türe des Herrn Grafen von Oetsch und meldete ihm, daß um halb drei Uhr gespeist werden würde. Fast zugleich kehrten auch schon die ersten Herren von der Jagd heim. Bald darauf kam der Herr Graf aus seinem Zimmer und ging hinüber in die Halle, um die Herren zu begrüßen.

Ich habe bei Tisch mit bedient und dann abräumen geholfen. In der Küche sagte ich zu Herrn Rubesoier: »Ich will jetzt hinübergehn und schauen, daß der Pater auch wirklich seine Ruh’ hat!« und der Herr Rubesoier hat gesagt: »Ist schon recht! Tu das, Baptist!« und ich bin also hinübergegangen in den Gästeflügel.

Gerade vor mir ist aber der Herr Baron Gaudenz von Safferstätt gegangen. Er ist die Turmtreppe herunter gekommen und ist brav schnell gegangen. Ich habe kaum so schnell gehen können wie er und habe mir gedacht: Wo geht der Herr Baron wohl so aufgeregt und hitzig hin? Er immer weiter. Auf einmal ist er pfei’gerad’ vor der Türe vom Herrn Pater Faramund stehen geblieben und hat angeklopft – nicht so hat er angeklopft, wie man es bei geistlichen Herren tut, sondern schon recht grob, mit der geballten Faust. Gehämmert hat er schon, beim zweitenmal.

Ich habe einen schönen Schrecken gekriegt und bin gesprungen und habe vor der Türe außer Atem dem Herrn Baron gesagt: »Aber, Herr Baron! ...Was machen der Herr Baron denn da?«

»Das geht di an Schmarrn an!« hat der Herr Baron von Safferstätt heiß und grob geantwortet und hat wieder gepocht. Ich habe meinen Mut zusammengenommen und gesagt: »Der Herr Baron dürfen Seine Hochwürden jetzt bis zum Abend nicht stören!«

»Ob’s d’ gleich still bist!« hat er gesagt und wieder zweimal hintereinander an die Türe geschlagen, daß es durch den Gang geklungen hat, als würde frisch angezapft. Von drinnen hat niemand geantwortet, und ich habe gesagt: »Der Herr Baron müssen jetzt wieder gehen! Der Herr Baron sehen doch, daß der hochwürdige Herr Pater jetzt keinen Besuch leiden mag!«

»Nix seh' ich! Gleich bist fei' still, du alter Krauter – du damischer!« hat der Herr Baron gesagt und ganz wilde Augen gehabt und dunkelrote Backen und hat noch einmal geklopft und gespannt, ob sich drinnen was regt, und wie das nicht war, hat er zornig gelacht und nach der Klinken gegriffen.

Ich dazwischen! Mit dem Rücken vor die Tür! Die Arme ausgebreitet!

»Ich darf den Herrn Baron nicht hineinlassen!« habe ich gesagt. Da hat er mich schon am Livreekragen genommen und beiseite gestellt und hat die Türe aufgemacht, und die Türe war auch nicht von innen verschlossen, und er ist in das Zimmer hinein und ich in meiner Angst hinter ihm her.

Das Fenster gegenüber war offen. Der Wind ist draußen laut gegangen und hat uns kalt entgegengeweht und Papiere vom Schreibtisch auf den Boden geblasen.

An dem Schreibtisch hat niemand gesessen. Ich habe mich umgeschaut. Es war niemand im Zimmer.

Ich habe mich nochmals umgeschaut. Das Zimmer war nicht groß und hat nicht viele Möbel gehabt, und Gepäck hat der Herr Pater erst recht nicht viel mitgehabt. Man hätte Seine Hochwürden sehen müssen, wenn er dagewesen wäre. Aber er war halt nicht da!

»Wo ist er denn hin – he?« fragt der Baron finster, als wollte er gleich's Raufen anfangen.

Draußen hat der Regen geschüttet. Mit Kübeln hat es heruntergegossen. Ich habe nach dem Kleiderständer in der Ecke geschaut. Da hing der aufgebogene breite Hut des geistlichen Herrn und sein dunkler Ordensmantel, und darunter stand der große, baumwollene Regenschirm, der einen Griff und unten eine Eisenspitze gehabt hat, daß man sich beim Gehen wie auf einen Stock darauf hat stützen können. »Er muß irgendwo im Schloß sein!« sage ich nach einer Weile.

»Dann warte ich hier auf ihn!« sagt der Herr Baron.

»Vielleicht ist er bei der Frau Baronin!« sage ich wieder nach einer Zeit.

»Da ist er nicht!« schreit der Herr Baron und wird fuchtig. »Da komme ich doch her!«

»Ich werde in der Halle nachschauen!« sage ich und gehe. In der Halle haben alle die Herren beisammengesessen, und es war ein solcher Lärm, daß ein Mann Gottes da gewiß nicht darunter war. Alle haben sich um den Herrn Grafen Oetsch herumgedrängt, und er hat wundersame Zaubereien mit einem Billardqueue gemacht, das ihm zwei Herren nicht von der flachen Hand, auf der er es liegen hatte, wegnehmen konnten. Das läge am verrückten Schwerpunkt, hat er erklärt.

Ich bin zurück und habe unterwegs in die Bibliothek hineingeschaut. Da bei den Büchern war niemals jemand von den Jagdgästen. Aber auch der Herr Pater hat da nicht gesessen, wie ich gehofft habe.

In seinem Zimmer hat immer noch der Herr Baron gestanden und gewartet. Hartnäckig hat er dahergeschaut und recht herb und trotzig.

»Gleich schaffst mir den Pater bei!« hat er gerufen. Ich bin nach dem seitlings offenen Arkadengang neben der Gartenterrasse. Der lief neben der Mauer des Schlosses bis zum Eckpavillon hin, und der Regen hat durch die Bogenwölbungen nicht hereinhauen können. Da war meine stille Hoffnung, daß der Herr Pater umeinanderlaufen und sein Brevier lesen möchte.

Aber da war nichts.

Der Herr Baron ist, wie ich wiedergekommen bin, ungeduldig geworden und hat gesagt:

»Jetzt warte ich schon bald eine halbe Stunde. In die Erde kann der Pater doch nicht verschlupft sein! Wo is er denn, Kruzi Blut?«

Mir hat es bei den Flüchen gegraust. Ich bin zu der gnädigen Frau hinauf und habe gefragt. Die gnädige Frau hat von nichts gewußt, als daß Seine Hochwürden ihr hat durch mich bestellen lassen, er wolle den Nachmittag in geistlicher Sammlung verbringen.

Mir hat es angefangen, unheimlich zu werden. Wie ich wieder in das Zimmer des Paters gekommen bin, hat sich der Herr Baron da hingesetzt gehabt und mit den Fingern auf die Tischplatte getrommelt und gesagt:

»Ich geh' nicht von der Stell', bis er da ist! Ich muß ihn sprechen. Sofort!«

»Aber er ist nicht da!« habe ich voller Angst gesagt.

»Suchst ihn halt! Irgendwo im Schloß muß er doch sein! In dem Sauwetter da draußen läuft doch kein Christenmensch hinaus!«

Freilich nicht. Sein Hut war ja auch da. Ein hochwürdiger Herr versteckt sich doch nicht. Wo war er nur?

Ich bin von einem anderen Laquaien in den Saal hinübergeholt worden. Der Haushofmeister hat da einen Kopf gehabt wie ein Puterhahn. Es hat Silberzeug gefehlt! Fünf Messer! Wir haben alle suchen müssen. Nach gut einer halben Stunde haben wir es ganz hinten in einer Ecke gefunden. Der Herr Graf von Oetsch hat bei Tisch diese fünf Messer zu einem Kunststück gebraucht, das er mit ihnen gleichzeitig in der Luft gemacht hat, und sie dann, recht wie das so seine Art war, achtlos hinter sich geschmissen, während alles aufgestanden ist.

Jetzt war der Haushofmeister wieder besserer Laune. Aber ich habe mich ihm doch nicht zu melden getraut, daß der Pater Faramund seit mehr als einer Stunde abgängig war. Ich habe auf dem Rückweg nach seinem Zimmer ein Stoßgebet zu meinem heiligen Schutzpatron gesprochen, der Pater möchte jetzt dort sitzen. Aber der hl. Johannes der Täufer hat mich nicht erhört, und es war immer nur der Herr Baron Safferstätt vorhanden. Der hat sich nicht geregt und gerührt. Der war entschlossen, er geht nicht weg, bis der Pater Faramund kommt!

Durch das Fenster hätte der hochwürdige Herr nicht steigen können, wie das der Herr Graf von Oetsch früh vor der Jagd zu tun pflegten. Er hätte durch das Tor müssen, um hinauszukommen. Ich bin hin und habe den Pförtner gefragt. Der alte Martin hat von nichts gewußt. Er ist den ganzen Tag dagewesen. Wäre der geistliche Herr vorbeigekommen, hätte er es schon gesehen.

Es hat rasch angefangen zu dämmern. Der Abend ist an dem wüsten Regentag noch rascher gekommen als sonst, wenn im Herbst die Tage kürzer werden. Draußen wurde es ganz finster. Man hat nur noch das Rauschen vom Regen und den Sturm in den Bäumen gehört. In dem Zimmer vom Pater Faramund habe ich plötzlich Licht gesehen. Gottlob – jetzt ist er einheimisch! habe ich gedacht und bin hingelaufen. Aber es war nur der Herr Baron von Safferstätt, der sich die Kerze angezündet hat, weil er nichts mehr hat sehen können, und stocksteif wie ein Schildwache dagesessen ist.

Jetzt hat es nichts mehr geholfen. Ich bin vor den Haushofmeister hingetreten und habe geschluckt und gesagt:

»Bitt' schön! Möcht' dem Herrn Rubesoier melden, daß der Pater Faramund seit zwei Stunden abgängig ist!«

Der Rubesoier hat sich nicht schlecht erschrocken. An dem Ohrwaschel hat er mich gekriegt und gerufen:

»Und das sagst jetzt erst, du Depp! Wo der Herr Rittmeister so schon in Sorge waren und gewiß seine Gründe hatten und uns den Hochwürdigen eigens auf die Seele gebunden hat!«

»Er muß ja im Schloß sein! Er muß!« weimere ich.

»Suchen wir halt!«

Was unser Haushofmeister macht, das macht er gründlich. Treppauf, treppab bin ich mit ihm gestiegen, einen dreiteiligen Leuchter in der Hand. In alle großen und kleinen Säle haben wir geschaut. Im Kinderzimmer waren wir. Im blauen Salon. Nichts.

Dann hat der Rubesoier sich mit dem Zeigefinger auf die Stirne getippt.

»Der Herr Pater ist doch selbst von vornehmem, gräflichem Geblüt,« hat er gesprochen, »und sicher mit den meisten dasigen Kavalieren verwandt. Wahrscheinlich hat er einen anderen hochgeborenen Vetter getroffen und ist bei ihm auf dem Zimmer, und die hohen Herrschaften besprechen Familienangelegenheiten.«

Also haben wir alle Fremdenzimmer nachgeschaut. Der Haushofmeister hat geklopft und, wenn der Gast herinnen war, sich entschuldigt, er suche den Herrn Rittmeister, dem er etwas zu melden hätte, und sich dabei rasch in den vier Wänden umgesehen.

Aber nirgends war eine Spur vom Pater. Wir sind durch alle Zimmer durch.

Vor den Fenstern war es jetzt pechrabenschwarze Nacht. Sechs Uhr vorbei. Der Herr Rubesoier hatte noch einen Gedanken. »'leicht ist solch ein hochadeliger, frommer Ordensmann ein

Freund der Niedrigen,« sagte er, »und hat nicht verschmäht, unter dem Dach die Kammern der Domestiken aufzusuchen und sie jetzt, wo sie ein paar Stunden Freizeit haben, mit geistlichem Zuspruch zu erquicken.«

Wir sind hinaufgestiegen. Zu den Verheirateten und den Unverheirateten. Niemand hatte den Pater Faramund gesehen. Nun ist uns immer mehr der Verdacht gekommen, daß da ein Unglück passiert ist, so hart es uns auch angegangen ist, daran zu glauben.

Wir haben auf dem Gang im Fremdenflügel voll Angst beisammen gestanden, der Haushofmeister und ich. Die Türe zum Zimmer des Paters war weit offen. Innen hat der Herr Baron Safferstätt gesessen und sich nicht gerührt und geregt.

Wir draußen haben leise miteinander gesprochen. Wir haben Furcht gehabt. Vor allem jetzt erst vor dem Herrn Rittmeister. Was wird der gnädige Herr sagen, haben wir gedacht, daß in seinem Haus ein geweihter Priester auf einmal nicht mehr vorhanden ist!

»Herrgott – i Rindvieh – i hab' die Kapellen vergessen!« ruft der Haushofmeister und schlägt sich mit der flachen Hand an die Stirne, und wir sind beide hingerannt. Die Kapelle wurde nur selten benutzt, weil die Dorfkirche ganz nahe war, und war kalt und dunkel, wie wir hereingekommen sind. Wir haben uns gebückt und mit dem Licht auf die Betschemel geleuchtet. Da war in dem Staub nirgends ein Abdruck von einem Paar Knien.

Angst und bang ist uns allmählich geworden. Wir haben uns erschrocken angeschaut. Der Haushofmeister hat mir geschafft: »Baptist! Lauf hinüber zum hochwürdigen Herrn Pfarrer Thurmbichler ins Pfarrhaus, ob der Herr Pater vielleicht bei ihm zu Besuch ist. Oder in der Kirch'n. Das müßt' der Mesner wissen! Der schließt um sechs Uhr zu! Rühr' dich! Ich erwart' dich drüben im Gang!«

Ich bin in der Dunkelheit und dem grauslichen Regen hinüber und zurück. Nix! Rein gar nix!

Jetzt hat auch der Herr Rubesoier keinen Rat mehr gewußt. Wir sind verängstigt auf dem Korridor gestanden und haben dumme Gesichter gemacht. Es sind rasche Schritte den Gang heraufgekommen! Aber das haben wir schon gewußt: so schnell und fest, mit lauten Tritten, geht kein geistlicher Herr. Der Herr Graf von Oetsch ist es gewesen. Er hat sich unterwegs beeilt und auf die Uhr geschaut. Er hat mir schon am Morgen gesagt, er muß um sechs Uhr abends wieder hinaus und muß schauen, daß er in der wüsten Nacht oben in den Bergen über den Filzenschuster kommt, und jetzt war es schon zwanzig Minuten nach sechs, und Seine gräfliche Gnaden haben sich im Gespräch mit den Kavalieren – er hat ihnen Geistergeschichten erzählt, habe ich nachher gehört – verspätet gehabt.

Der Herr Graf ist mit langen Beinen den Flur entlang und an der offenen Türe des Herrn Pater vorbei. Das ist ihm aufgefallen, daß die so weit offen stand, und er ist stehen geblieben und hat neugierig und finster hineingeschaut. Denn mit den Geistlichen war der Herr Graf nicht gut Freund.

Innen hat der Herr Baron Safferstätt gesessen und den Herrn Grafen ebenso fest und finster angesehen wie der ihn. Gegrüßt haben sie sich nicht. Sie haben sich auch nicht zugenickt oder sich ein Wort im Vorübergehen zugerufen, wie es die gnädigen Herren sonst untereinander tun. Es war aber mir und auch den anderen Laquaien und auch dem Haushofmeister vom ersten Augenblick an aufgestoßen, daß diese beiden Herren Kavaliere miteinander spinnefeind waren und nie ein Wort gewechselt haben.

Der Herr Graf Oetsch hat die längste Zeit da hineingeschaut und ist dann in sein Zimmer nebenan gegangen und hat die Türe hinter sich zugeworfen, daß es krachte. Bald hat er nach mir geklingelt. Er war schon halb im Jagdanzug und hat sich von mir die Gamaschen zuknöpfen lassen und hat mich, wie ich am Boden gekniet habe, unwirsch gefragt: »Was macht denn der Herr von Safferstätt da nebenan?«

»Er wartet schon seit bald drei Stunden auf den hochwürdigen Pater Faramund!«

»Ja – wo steckt denn der?«

»Ach, wenn wir das nur wüßten, Herr Graf!« habe ich verzweifelt gesagt. »Er ist weg! Niemand weiß, wohin!«

»Seit wann?«

»Mindestens, seitdem Herr Baron von Safferstätt bei ihm angeklopft hat. Da war er schon nicht da. Das war um vier!«

»Und die ganze Zeit sitzt der Herr von Safferstätt und wartet?«

»Zu dienen!«

»Das sind ja narrische Geschichten, mein Lieber!«

»Ach – uns ist das Weinen näher als das Lachen! Ein geistlicher Herr, der plötzlich verschwindet...«

Der Herr Graf von Oetsch hat etwas vor sich hingemurmelt. Es hat fast geklungen: »Es hat sich ihrer eh’ genug!«

»Und ein Verwandter des Herrn Grafen...«

Den Herrn Grafen Oetsch hat das nicht sonderlich berührt. Er hat sich seine Jagdjoppe zugeknöpft. Ich habe gesagt: »Ich warte jetzt noch eine halbe Stunde. Gegen sieben Uhr hat sich der Herr Pater Faramund ein bescheidenes Abendbrot auf sein Zimmer bestellt. Nachher gedachte er, wie mir auch die Jungfer Poletta erzählt hat, wiederum sich hinauf zu Frau Baronin von Safferstätt zu begeben. Also um sieben muß er doch in seinem Zimmer sein!«

Dem Herrn Grafen Oetsch schien es gleich. Er hat sich seinen Lodenhut mit einem Sturmband unter dem Kinn fest gemacht. Draußen heulte es nur so in den Bergtälern. Ein furchtbares, langes, mexikanisches Messer hat er sich griffbereit unter dem Mantel in den Gürtel gesteckt. Ich habe gedacht: Ich möchte ihm draußen nicht begegnen. Ich habe in der Angst meines Herzens gesagt:

»Bis sieben Uhr warten wir noch, der Haushofmeister und ich. Wenn dann noch der Pater Faramund nicht wieder gekommen ist und kein Lebenszeichen von ihm, dann kannst nix machen: dann wird es dem Herrn Rittmeister gemeldet und das ganze Haus alarmiert!«

Der Herr Graf hat mich nicht mehr gebraucht. Er war kurz angebunden. Anders als sonst. Der Rubesoier und ich haben im Gang unter der großen Wanduhr gewartet und immer wieder auf den Zeiger geschaut. Der ist fleißig seinen Weg gegangen. Über halb sieben war er schon. Auf dreiviertel ist er geruckt. Nichts vom Pater Faramund. Fünf Minuten vor voll hat er gestanden. Kein Pater zu spüren. Voll hat’s geschlagen. Ja – wo wär’ denn jetzt nur der Herr? Noch fünf Minuten haben wir dareingegeben – noch zehn – der Pater Faramund ist unsichtbar geblieben. Nur sein Hut und sein Mantel haben da gehangen, und am Tisch hat der Herr von Sasserstätt gesessen, und nebenan der Herr Graf Oetsch gepfiffen und sich jagdfertig gemacht, und ich habe gehört, wie er das Lederfutteral um die Läufe von seinem Kugelstutzen geschnallt hat, damit sie draußen nicht naß werden.

»Alsdann ...Los ...zum Herrn Rittmeister!« hat der Rubesoier entschlossen gesagt, und ich habe gesagt:

»Der reißt uns den Kopf ab, Herr Haushofmeister – so gut wie der gnädige Herr sonst ist!«

»Verdient haben wir’s!« hat der Rubesoier gesprochen. »Denn mir und dir war die Sorge um den Pater ans Herz gelegt!«

Ich habe widersprochen:

»Uns nicht allein! Wie der Herr Rittmeister heute morgen auf die Jagd ist, hat er justament den Kunstmaler, den Salvermoser, gebeten, er möchte daheim bleiben und Sorge für das Haus haben!«

»Hast das selbst gehört, Baptist?«

»Ich hab’ gerade daneben im Hof die Furage gepackt. Ich hab’ gute Ohren. Ich sag’s gerad’ so, wie’s is!«

Da hat die Miene des Herrn Rubesoier sich aufgehellt.

»Stecken wir uns also in Gottes Namen hinter den Salvermoser!« hat er gemeint.

»Ja, aber wir können ihn doch nicht beim gnä’ Herrn angeben! Der jagt uns fei’ außi, Herr Haushofmeister!«

»Nein, du Bazi, du g’scherter!« hat er gesagt. »Ich geh’ jetzt selber zum Salvermoser! Der mag dem Herrn Rittmeister die schreckliche Geschicht’ melden und zuerst ausbaden!«

XVII

Bericht des Rittmeisters von Vogelschrey

Es war halb acht Uhr abends. Meine Gäste hatten sich im Rittersaal versammelt. Ich stand unter ihnen und wartete, daß der Haushofmeister melden würde, es sei angerichtet, da stürzt der Salvermoser, der Kunstmaler, herein. Ganz außer sich ist er, der Franzl!

»Gar is's mit mir!« schreit er. »Schlagt's mich nur gleich tot! Ich verdien's…«

»Aber Franzl!«

»Zeitig bin i geworden zu Straf' und Buße …ich Zigeuner …ich elendiger!«

»Was hast denn?«

Er guckt mich verwirrt an und streicht sich die langen Haare aus der Stirn.

»Hast du mir nicht aufgetragen, ich soll die Augen aufsperren, heute vormittag?« fragt er.

»Freilich!«

»Und was hab' ich statt dem gemacht?« jammert er los. »In meinem Zimmer hab' ich gesessen! Baumschläge hab' ich schraffiert! Um nix hab' ich mich gekümmert, ich Trottel, ich verdächtiger! Jetzt haben wir's. Jetzt haben's unterdes den Pater Faramund verräumt!«

»Was?«

»Um zwölf ist er in sein Zimmer gegangen. Seitdem hat ihn niemand mehr gesehen! Fort ist er …fort!«

Der Salvermoser hat so laut und jammervoll geredet, daß jeder es hat hören müssen. Ich hab' meinen Ohren nicht getraut. Ich hab' mich an die Gäste gewendet, die vollzählig da waren. »Ich bitt' schön: Weiß keiner von euch was von dem Pater Faramund?«

Keiner. Allgemeines Schweigen. Jetzt habe ich es mit dem Schrecken bekommen. Ich bin hinüber in den Gästeflügel. Da hat in dem offenen Zimmer der Gaudenz Safferstätt am Tisch gesessen. »Ich wart' auf den Pater!« sagt er verbissen auf meine Frage hin, was er da macht. »Aber, er kommt nicht!«

»Ja, aber wo steckt er denn nur?«

»Seit mindestens vier Stunden ist er wie von der Erden verschluckt!« spricht der Haushofmeister. »Vielleicht gar schon seit Mittag um zwölf! Jesses! Jesses! Der Hochwürdige!«

Die Centa war mir gefolgt. Mit angstvollen Augen in ihrem blassen Kindergesichtel. Ich hab' sie gebeten:

»Katzel: schau, daß die Gäst' ihre Suppe kriegen! Sei tapfer! Nehm' dich zusammen! Mach' die Hausfrau!«

»Ach du liebe Zeit!« sagt sie verstört und ringt die Hände.

»Hilft nichts! Entschuldig' mich drüben bei den Herren und schick' mir gleich mal den Rentamtmann und den Inspektor und den Wappolt, den Forstmeister! Das sind meine tüchtigen Herren Beamten! Mit denen ihrer Hilfe kommen wir schon hinter die Sach'!«

Die Centa lief atemlos davon. Bis meine Angestellten kamen, habe ich noch einmal schnell ein Verhör mit dem Baptist, dem Laquaien, angestellt. Der blieb bei seinen Angaben: Um zwölf war der Pater noch da. Um vier war er nicht mehr da. Wer war inzwischen hier in der Nähe seines Zimmers und in dem Erdgeschoß des Schloßflügels gewesen? Von zwei Uhr ab, wo wir wie die nassen Mäus' vom Berg herunter gekommen sind, viele Menschen: Jagdgäste, ihre Diener mit nassen Mänteln und Schuhen hin und her, mein eigenes Personal. Das war ein Treiben und Durcheinander gewesen wie auf den neumodischen Eisenbahnhöfen zwischen Salzburg und München. Aber vorher? Zwischen zwölf und zwei? Da hatte in dem ganzen Gästeanbau, nachdem alles seit acht Uhr auf der Jagd war und die Zimmer seit zehn Uhr aufgeräumt waren, eine Totenstille geherrscht. Keine Menschenseele hatte sich gerührt. Am wenigsten hatte sich der verflixte Salvermoser blicken lassen! Na ja: Ein Kunstmaler! Das ist schon das Rechte, so einen als Aufpasser hinzustellen! Die sind nicht von dieser Welt! Große Kinder sind's – die Herren Maler! Mir soll's eine Lehre sein!

»War denn wirklich, aufs Sakrament gesagt, zwischen zehn und zwölf kein Mensch in der Nähe?« forsche ich den alten Baptist ungeduldig aus. Der wackelt mit seinen halb zahnlosen Kiefern und stottert:

»Nur der Herr Graf Oetsch nebenan!«

Freilich: der Oetsch! Das war's ja! An den hatte ich ja schon die ganze Zeit mit Schrecken gedacht.

»Aber der Herr Graf,« schlottert der Laquai weiter, »haben bis gegen zwei Uhr fest geschlafen, haben sich dann angekleidet und sind hinüber in die Halle zu den anderen Gästen!«

»Und jetzt steigt er irgendwo im Gebirg bei Nacht und Nebel hinter dem Filzenschuster her!« ruf' ich zornig, »statt daß man ihn fragen könnt', und er tät' Red' und Antwort geben!«

Der Haushofmeister, der Rubesoier, räuspert sich und bemerkt halblaut: »Der Herr Graf sind noch nicht fort!«

»Woher wissen Sie's?«

»Ich hab' ihn eben da drinnen in seinem Zimmer gehen gehört!«

Gottlob! Ich klopfe. Trete ein. Jawohl: da steht der Oetsch am offenen Fenster, lang und dürr wie eine Zaunlatte vor der schwarzen Nacht, den Jagdhut schon auf dem Kopf, die Büchse umgehängt, dreht mir den Rücken zu und schaut in das Dunkel hinaus. Wie er mich hört, wendet er sich zu mir um und sagt, als wäre nichts geschehen: »Du! 's ist doch g'scheit, daß ich eine Stund' gewartet hab'! Das Wetter wird besser!«

»Hör', Johann Preisgott...«

»Da schau: der Regen hört auf...«

Es rieselte nur noch leise draußen. Der Himmel blieb verschleiert von Dunst und Gewölk. Der Vollmond drang nicht durch. Aber es kam doch ein bläuliches, unbestimmtes Dämmern vom Himmel!

»Das Zwielicht mag ich gern!« versetzt der Oetsch. »Da sieht man selber gerad' genug und wird nicht gesehen. Jetzt darf ich aber schauen, daß ich weiter komm'! Sonst bringt mir ein anderer den Kapitalkerl, den Filzenschuster, zur Strecke! Dein Büchsenspanner, der Anderl, ist auch jede Nacht hinter ihm her!«

Dabei macht er sich zum Gehen fertig. Ich halte ihn zurück.

»Du, Johann Preisgott: Weißt du, was passiert ist?«

»Ihr sucht's, scheint mir, den Pfaffen nebenan?« sagt er mit großer Gemütsruhe.

»Ja. Und er ist weg!«

Den Oetsch schien das blutwenig zu interessieren. Das war für ihn, als wäre ein Maikäfer davongeflogen. Höchstens lächelte er bei meiner Bestürzung schadenfroh über sein langes, hageres Gesicht.

»Mit den Pfaffen kannst mich jagen!« sprach er, und das war mir nicht neu. Dabei ging er zur Türe. »Der Stier mag's rote Tuch nicht leiden und ich nicht das schwarze!«

»Es ist doch dein Vetter!«

»Ich hab' ihn mir nicht ausgesucht. Ich leg' keinen Wert auf die geistliche Verwandtschaft. Hab's nie getan!«

Das war schon wahr. Ich habe mich entschlossen und gefragt: »Johann Preisgott: Heute vormittag warst du doch bis zwei in deinem Zimmer?«

»Geschlafen hab' ich.«

»Hast du gar nichts Verdächtiges hier im Haus unter der Zeit bemerkt?«

»...Wenn ich doch geschlafen hab', Poldl!«

»Du hast doch oft gesagt, du schläfst wie der Hase mit offenen Augen und hörst im Traum alles, was um dich vorgeht!«

Der Oetsch blieb zerstreut an der Tür stehen.

»Ja – daß ich nicht lüg'!« sprach er. »Ich hab' so mal in der Zeit nebenan eine Frauenstimme gehört!«

»Wer war's?«

»Weiß ich's? Ich war zu müd', um mich um die Weiber zu kümmern! Sie hat auch nur ganz kurze Zeit geredt! Ganz schnell und leise!«

»Und dann?«

»Dann hab' ich so dunkel in der Erinnerung, daß nebenan etwas rumort hat ... geschäftig ... weißt ... und Schritte hin und her ... und dann ein Fall ... oder Sprung ... draußen ... aufs Dumpfe ... Ich hab' noch im Schlaf lachen müssen und gedacht: Jetzt hupft der Pfaff' auch schon durchs Fenster, wie ich, wenn ich morgens früh auf die Jagd geh! Dann hab' ich wieder fest geschlafen, bis mich der Diener geweckt hat!«

»Und das erzählst du jetzt erst?«

»Was geht's denn mich an?« sagt der Oetsch und gähnt. »Ich bin nicht so neugierig!«

»Aber andere sind's!«

»Dann springt's halt hinter dem Pfaffen her! Nur laßt's mich damit aus – verstehst?«

Jetzt bin ich sehr ernst geworden.

»Das kann ich nicht, Johann Preisgott! Ich bin als Schloßherr für das Verschwinden des Paters vor Gott und der Welt verantwortlich. Da muß mir jeder helfen, der's gut mit mir meint. Und du vor allem! Ich will nicht mehr sagen. Aber gerade du – schon damit die Leut' nichts reden – du sollst darauf schauen ...«

Der Oetsch hat laut gelacht. Es hat sich gar nicht geschickt für die Stunde, in der wir waren.

»... daß der Wolf im Schafpelz wieder beikommt, Poldl! Oder das Schaf im Wolfspelz – kannst leicht auch sagen!«

»Johann Preisgott ... das verbitt' ich mir schon höflich! So redet man nicht von einem hochwürdigen Herrn wie dem Pater Faramund!«

Wieder hat der Oetsch unter dem langen Schnurrbart seine weißen Zähne gezeigt. »Red' ich denn vom Pater Faramund?« fragt er recht unschuldig und scheinheilig erstaunt, wie das seine zweispältige Manier ist.

»Von wem denn als von dem Pater Faramund da nebenan?«

Er beguckt mich von Kopf bis zu den Füßen, als wollte er sagen: »Herrgott, ist der Poldl Vogelschrey aber arg dumm«, und schüttelt seinen abenteuerlichen Landsknechtschädel.

»Ihr seid's doch alle wie die Waisenbuben!« spricht er mitleidig und spöttisch.

»Wieso?«

»Ja – wer sagt euch denn, daß das da nebenan der Pater Faramund ist? Mein Lieber: Da kann doch jeder daherkommen und das sagen!«

»Bist still! Um Gottes willen!«

»Es kennt ihn ja keiner von euch! Nur der alte Franz Assisi Meerwarth und ich. Der Meerwarth ist schon am Morgen abgereist, ehe der Pater gekommen ist, und ich habe den sogenannten Herrn Vetter überhaupt nicht zu Gesicht gekriegt. Er hat sich ja immer auf seinem Zimmer gehalten und ist nur mal schnell und heimlich zu meiner lieben Frau Exschwägerin, der Mette, hinaufgestiegen und wie ein Dieb in der Nacht wieder herunter!«

»Jetzt hör' auf ...«

»Das ist keine Hochwürden, Poldl! Zu dem darfst schon Seine Nichtswürden sagen, wenn du ihn wieder fangst! Aber ich glaub', der ist schon seit Mittag über alle Berge! Den kriegt ihr nimmer!«

»Ja, träum ich jetzt oder wach ich?«

»Ich hab's nicht geträumt, sondern deutlich im Schlaf gehört, wie die Mette nebenan ins Zimmer gekommen ist und rasch ein paar Worte geflüstert und wieder weg. Gleich darauf hat sich mein Pater fertig gemacht und hopla – zum Fenster hinaus! Seinen Muschelhut und seinen Mantel hat er dir zur Erinnerung dagelassen! Was er sich statt dessen über die Kutte gezogen und auf den Kopf gesetzt hat, das weiß ich nicht. Da fragst mich zu viel!«

Ich griff mir an die Stirne. »Johann Preisgott – bist denn ganz von Gott verlassen? Das hätt' doch die Mette merken müssen, daß das nicht der Pater ist!«

»Das braucht sie auch gar nicht zu merken, die blonde Frau Schwägerin. Das hat sie doch gewußt!«

»Was?« schrei' ich auf.

»Deswegen hat sie ihn sich doch kommen lassen! Anderswo wäre es wahrscheinlich nicht so unauffällig gegangen. Da war ihr dein Schloß als Stelldichein gerad' recht! Ihr seid ja viel zu harmlose Menschen, du und die Katzel, um irgend was zu merken! Das weiß die süße Unschuld oben schon! Die weiß ja, daß ihr sie anbetet und für eine goldige kleine Heilige haltet – die liebe Frau Schwägerin! Ist's aber beileib' net, Poldl!«

»Jetzt steht mir der Verstand still!« sag' ich und setze mich, und der Oetsch meint gelassen:

»Dann hast wenigstens noch einen! Ich hätt' es bald nicht mehr geglaubt!«

Ich springe in meiner Aufregung wieder vom Stuhl.

»Wen hätte sich denn die Mette heimlich hierher bestellt?« rufe ich. »He!«

Der Oetsch zieht die Augenbrauen hoch und zuckt die Schultern.

»Halt ihren Liebhaber!« spricht er trocken.

»Wen?«

»Nach dem Namen fragst mich zu viel, mein Lieber! Wird schon irgendwie mit der Ermordung ihres ersten Mannes zusammenhängen! Schade, daß mein Bruder Peter-Paul nicht mehr reden kann. Der sagt es dir gleich!«

»Jesus Maria!« stöhn' ich. »Und das redst du so frei heraus?«

»Wenn du dich von meiner guten Frau Schwägerin gerad' zum Narren halten läßt, samt der armen Centa, und der Mette dein Haus für ihr gotteslästerliches Stelldichein mit ihrem Liebhaber herleihst, der wahrscheinlich mehr vom Tod des Peter-Paul weiß als wir alle …«

»Das mußt du jetzt beweisen!« sage ich mit zitternder Stimme und trockener Kehle. »Das mußt du mir beweisen! Eher kommst du mir nicht aus dem Zimmer!«

»Was willst denn wissen?« fragt der Oetsch förmlich gutmütig, als müsse er meiner Schwäche und Unerfahrenheit zu Hilfe kommen.

»Wenn das alles so wär', wie du daherredest – warum gibt denn der nebenan plötzlich heute mittag das Spiel verloren und deckt gerad' seine Karten auf und läßt alles liegen und stehen und sogar seine Verkleidung drüben da am Nagel hängen und macht, daß er Hals über Kopf davonkommt?«

»Eh' der Mette ihr Mann, der Gaudenz, über ihn kommt!« spricht der Oetsch mit großer Seelenruhe. »Der ist den beiden hinter ihre Schliche gekommen, so dumm wie er ist! Wahrscheinlich haben's seine Dummheit halt doch überschätzt und sich nicht genug in acht genommen!«

»Was sagst …«

»Hübsch langsam geht's heut' bei dir mit dem Denken, Poldl! Nicht viel vor zwei ist der Herr nebenan zum Fenster außigefahr'n, und kaum anderthalb Stunden später ist doch schon der Gaudenz Safferstätt mit einer Visage wie ein Wilder hier erschienen – der Laquai, der Baptist, hat's doch erzählt – und hat mit der Faust gegen die Türe nebenan getrommelt und ist ohne Herein ins Zimmer und hat sich mit zusammengebissenen Zähnen hingesetzt und gewartet. Und da sitzt er jetzt, nach geschlagenen fünf Stunden immer noch und rollt die Augen und lauert in einem weg, daß er dem Hochwürden gleich an die Gurgel kann, wenn er wieder ins Zimmer einsteigt. Aber ich glaub', der kommt nicht! Der war gerad noch rechtzeitig von der Mette gewarnt und hat Fersengeld gegeben! Darfst froh sein, Poldl! Sonst hätt' es zwischen dem und dem Gaudenz noch Mord und Totschlag gesetzt!«

Und plötzlich wurde der Johann Preisgott Oetsch wieder ganz verdreht und sagte, sich seine Pfeife anzündend, um nun wirklich auf die Jagd zu gehen, beiläufig: »Im achtzehnten Jahrhundert habe ich übrigens in Rom einen ähnlichen Fall erlebt. Im Karneval. Der Karneval in Rom, mußt du wissen, war damals der fidele Blocksberg für ganz Europa. Ich glaub' auch, daß die blonde Monna Ginetta, gegen die damals die heilige Inquisition einschritt, jetzt meine Schwägerin Mette ist. Die Art Weiber kommt immer wieder! Damals war der Liebhaber ein Florentiner und nannte sich …«

Ich habe mir die Ohren zugehalten, um den Wahnsinn nicht zu hören, und dabei laut gerufen:

»Kannst denn wirklich jetzt von hier weg und hinter dem Wilderer herlaufen?«

Der Oetsch hat genickt und so stark gesagt, daß ich es habe hören müssen, und dabei auf einmal sehr feierlich ausgesehen:

»Ich geh'! Mein Gewissen ist rein! Ich weiß von alledem nichts, vom Tod vom Peter-Paul bis heute! Frag' lieber den Gaudenz Safferstätt nebenan! Mir scheint, der hat heute mehr darüber erfahren, als ihm lieb ist!«

Der Oetsch ist grimmig hinausgestapft. Seine Miene war furchtbar ernst und düster. In dieser Sekunde hätte ich die Hand dafür ins Feuer legen mögen, daß der wilde Mensch unschuldig sei an dem Verdacht, der auf ihm lastete. Man hat seine Schritte draußen im Park vernommen. Dann wurde es still. Der Regen hatte ganz aufgehört.

Ich bin in das Nebenzimmer zu dem Gaudenz, habe die Türe geschlossen, mich an seine Seite gesetzt, ihm fest in seine wasserblauen Augen geschaut, die so matt und nichtssagend waren wie immer, und ihn leise gefragt: »Gaudenz! Wen hab' ich denn da unter meinem Dach gehabt?«

Er hat mich begriffsstutzig angeblickt und nicht gewußt, was ich meine.

»Hier in dem Zimmer, Gaudenz? Wer war denn das, der hier gewohnt hat? Du weißt's doch?«

»No – der Pater Faramund!« sagte er erstaunt.

»So hat er sich genannt...«

»Mit seinem Klosternamen! Daß er von Herkunft ein Oetsch ist, das ist uns doch bekannt, Poldl!«

»Aber er war es doch nicht wirklich!«

Jetzt hat der Gaudenz nichts weniger wie geistreich dahergeschaut, nur maßlos betroffen.

»Ich bitt' dich, Poldl! Wer soll's denn sonst gewesen sein?«

»Du meinst: das war doch der Pater in eigener Person?«

»Da ist doch gar kein Zweifel! ...Auf was für Ideen du auch kommst, Poldl ...Schon merkwürdig...«

»Aber was hast du denn nachher gegen ihn, daß du den ganzen Nachmittag wie anpetschiert dahockst und auf ihn wartest?«

Jetzt wird mein Gaudenz wieder verdrossen, finster und drohend. »Mores will ich ihn lehren!« sagt er mit unterdrücktem Zorn. »Meine Ruh' will ich vor ihm haben! Er soll mir meine Frau nicht narrisch machen! Die Mette ist schon nervös genug! Was braucht er denn die halbe Nacht und den halben Tag bei ihr zu sitzen und ihr die Beichte abzuhören? Meine Frau hat keine Todsünden zu beichten! Wo käm' denn das her?«

»Da hast schon recht!«

»Da geht so ein Zelot bei und setzt ihr Mucken in den Kopf und droht mit Fegfeuer und Höllenstraf'! Schließlich kommt's dann auf einen milden Pfennig für sein Kloster hinaus! Den kann er haben! Ich bin reich genug! Aber zweimal täglich sich zwischen Mann und Frau drängen und in meine Ehe hineinhorchen – das verbitt' ich mir! Und das werd' ich ihm sagen! Fangt's ihn nur, den Pfaffen! Bringt's ihn her! Ich red' deutsch mit dem hochwürdigen Herrn!«

Der Gaudenz sprang wild auf und ging mit geballten Fäusten im Zimmer hin und her und hat erbittert gelacht. Er war ein ganz anderer Mensch wie der harmlose dumme Kerl, der er sonst war. Es war nicht gut mit ihm Kirschen essen. Es ist schon schrecklich, sobald einer keinen Verstand hat und ihn dann auch noch verliert...

Ich bin hinaus und hab' dem Diener angeschafft:

»Ich bitte die Herren Gutsbeamten, wenn sie kommen, hier auf mich zu warten! Und der Anderl soll auch bei, mein Büchsenspanner!«

Dann schaute ich, daß ich zu meiner lieben Frau kam. Ich hatte das Vorgefühl: Jetzt gibt's Weiberarbeit! Zart und mit feinen, spitzen Fingern! Es zog sich mir allmählich immer mehr alles um die Mette oben zusammen.

XVIII

Neuerliche gewissenhafte Aufzeichnung von mir, Centa von Vogelschrey

Ich habe allein, ohne meinen guten Mann, der drüben nach dem Pater Faramund suchte, mit den Gästen bei Tisch gesessen und mich recht unglücklich und verlassen gefühlt und nur mit Mühe Konversation gemacht. Da und dort waren an der Tafel Stühle leer. Der Gaudenz Safferstätt hat sich entschuldigen lassen, er hätte Geschäfte. Die Mette, seine Frau, ist wegen Kopfschmerzen auf ihrem Zimmer geblieben. Der Oetsch war auf der Jagd.

Die leeren Plätze haben unheimlich gegähnt. Das war anders, als wenn sonst ein paar Leute fehlen. Das waren gerade die drei, um die sich heimlich alle Gedanken gedreht haben. Ausgesprochen hat die Gedanken keiner. Dazu waren die Herren zu wohlerzogen, um über Abwesende zu reden. Sie haben sich über die Jagd und das Wetter und die Wilddiebe unterhalten. Aber es war gezwungen. Jeder hat es gefühlt. Es war, als säßen Gespenster auf den leeren Stühlen zwischen uns.

Der Haushofmeister war auch nicht da, um die Bedienung zu überwachen, und die Laquaien haben sich ohne ihn recht bäurisch angestellt und meine Zeichen nicht bemerkt. Ich war steinunglücklich.

Da endlich kommt der Rubesoier. Aber nur, um sich von hinten über meinen Stuhl zu beugen und zu flüstern, der gnädige Herr müsse mich unbedingt sofort sprechen. Auch das noch! Wirklich nett: Die Gäste ohne Hausherrn und Hausfrau bei Tisch und die Bedienung halb verwildert! Also so geht's jetzt her in Vogelöd! werden die denken, wenn sie weg sind. Aber da war nichts zu machen. Ich hab' die Herren um Verzeihung gebeten, daß ich auch noch unter dem Essen weglauf', und bin hinaus zum Poldl.

Der hat mir in Eile alles von drüben erzählt und geschlossen: »Wir gehen jetzt beide hinauf zur Mette! Sie muß uns die Wahrheit sagen!«

Die Mette Safferstätt ist uns in der Türe entgegengekommen, die aschblonde Haarkrone unordentlich und zerdrückt vom Liegen auf dem Sofa, die Lippen in dem feinen, zarten Gesicht blaß und vor Unruhe und Angst halb offen, und hat gleich gefragt: »Gott sei gelobt, daß ihr kommt! Ja – was ist denn das: der Pater Faramund wär' mit einemmal verschwunden?«

»'s ist schon wahr, Mette!«

»... und ich sitz' hier und wart' auf ihn – um acht Uhr wollt' er kommen – und bete einen Rosenkranz hinter dem anderen ...«

Das klang so ungeheuchelt und so rein in Unschuld, und der Ton ihrer Stimme war so mädchenhaft, daß mein Mann und ich uns stumm angeschaut haben und gar nicht mehr gewußt haben, was wir denken sollen. Mette aber ist in ihrem weichen, weißen, fließenden Hauskleid immer über den Teppich im Zimmer auf und ab geschritten und hat die Hände gerungen und verzweifelt zum Himmel geblickt und in einem fort gebarmt: »Ja – wo ist er denn hin? Wo ist er denn hin? Ich brauch' ihn doch! Er weiß es! Warum kommt er nicht? Warum läßt er mich im Stich?«

So konnte sich gar kein Mensch verstellen. Zum Weinen kann sich der abgebrühteste Komödiant nicht zwingen, und ihr sind die dicken Angsttränen über die bleichen Wangen gelaufen, und sie wurde nicht müde, zu wiederholen: »Das darf der Pater Faramund gar nicht! Das geht gegen seine geistliche Pflicht – mitten in der Beichte! ... Ohne Schluß und ohne Absolution. Es geht doch um meine lebendige Seele! Die hab' ich ihm doch in Gott anvertraut! Christi Blut ist mein Unterpfand! ...«

»Mette ...«

»Der Pater Faramund hat meine sündige Seele in der Hand! Die Seele hat er mit sich genommen! Die muß er mir zurückgeben, sauber und heil! ... Ich bin ja jetzt ganz leer innewendig, wie eine Tote!«

»Mette ... hör' zu ...«

»Der Pater Faramund muß wiederkommen! Ich muß ihn haben! Der kann doch nicht mit meinem Beichtgeheimnis in die Welt hinaus, und ich sitz' da unter Gottes Zorn!«

»Mette!« habe ich zum drittenmal gesagt. »Du weißt, du hast keine Leute auf der Welt, die dich lieber haben als der Poldl und ich!«

Sie hat genickt und lauter geweint und mit tränenüberströmtem Gesicht unsere Hände ergriffen.

»Ja. Ihr seid gut! Helft's mir – gelt? Bringt mir den Pater Faramund! Ich bin ganz außer mir!«

»Mette … hast du Vertrauen zu uns?«

»Mehr als zu mir selber!« spricht sie aufrichtig wie ein Kind, und ihre schönen, tiefblauen Augen haben in Wasser geschwommen, und sie hat am ganzen Leib gezittert wie ein Blatt an einer wilden Pappel.

»Dann mußt du uns aber auch dein Vertrauen zeigen, Mette!«

Sie hat mich geküßt und ihren Arm um mich geschlungen und sich zart an mich geschmiegt und andächtig zu mir aufgeschaut – ein bißchen größer wie sie bin ich schon – und gehorsam gefragt: »Was soll ich tun, Katzel?«

»Mette! Hier vor meinem Mann: Gib Gott und der Wahrheit die Ehre …«

»Das tu' ich immer, Centa!«

»Dann tu es jetzt besonders! Willst du mir schwören, mir die reine Wahrheit auf das zu sagen, was ich dich fragen will …«

»Wenn ich kann – heilig und gewiß!«

»Du kannst es leicht! Aber die volle Wahrheit – gerad' wie sie ist – ohne Hinterhalt …«

»Ja – Katzel – ja!«

»… und wir dürfen dir unbedingt glauben?«

Die Mette Safferstätt hat auf dem Tischchen neben der Chaiselongue ein kleines, elfenbeinernes Kruzifix liegen gehabt. Das habe ich gekannt. Das war ein uraltes Familienerbstück, und sie hat es seit unserer Schulzeit bei den Englischen Fräulein überall mit sich geführt. Auf den Korpus Christi hat sie die linke Hand gelegt und zwei Finger der rechten zum Schwur gehoben und ruhig gesagt: »Du hörst von mir die Wahrheit! So wahr mir Gott helfe und die Jungfrau Maria!« »Mette: wer ist der Mann, der sich für den Pater Faramund ausgibt, in Wirklichkeit?«

Niemals in meinem Leben habe ich ein so erstauntes Menschenantlitz gesehen. Die Mette hat Zeit gebraucht, um sich meine Frage überhaupt klar zu machen, und sie auch dann noch nicht begriffen.

»Es ist der, für den er sich ausgibt!« sagt sie mit großen Augen. »Eben der Pater Faramund!«

»Aber doch nicht er selber?«

»Ja – wer denn sonst? … Katzel … sei mir nicht bös'. Aber ich weiß gar nicht, was ihr wollt!«

»Du glaubst, daß er es ist?«

»Ihr seid aber merkwürdig …«, spricht sie langsam und schüttelt immer noch verständnislos den Kopf. »Daran kann doch gar kein Zweifel sein! Da gibt es doch gar keine andere Möglichkeit …«

»… außer, daß jemand unter seinem Namen auch dich betrügt, wie uns alle!«

»Das wird es sein!« bekräftigte mein Mann. Aber sehr sicher klang es nicht.

Die Mette kam allmählich aus ihrer Fassungslosigkeit zu sich. »Wie seid ihr denn nur darauf gekommen?« sagte sie. »Ihr erschreckt einen ja ohne Not. Und euch selber dazu! Ihr seht ja ganz verstört aus …«

»Kein Wunder!« sagt der Poldl schon mit schwankender Stimme. »Wenn einem der liebe Gott solch einen rätselhaften Menschen ins Haus schickt!«

»Der liebe Gott hat euch einen frommen Mönch vom Orden der Golgathianer ins Haus geschickt!« spricht die Mette sanft und traurig. »Vielleicht habt ihr ihn verkannt! Mein Mann haßt ihn ja auch, weil ich ihm kindlich mein Herz ausschütte …«

»Ja, Mette – hassen tut ihn der Gaudenz schon!«

»Vielleicht habt ihr ihn beleidigt und vertrieben, statt dankbar zu sein, daß der gottselige Mann da ist!«

»Niemand hat ihm ein Haar gekrümmt!«

»Warum kommt er dann nicht zu mir?« schreit sie angstvoll auf. Mein Mann sagte: »Mette: wir glauben's dir ja, daß du glaubst, daß er's ist! Aber hast du denn irgendeinen Beweis, daß er's ist?«

Die Mette Safferstätt lief zu einem kleinen ledernen Reisekästchen und schloß es auf. Innen lag ihr Schmuck. Mit einem Fingerdruck öffnete sie einen geheimen zweiten Boden und holte einen Packen Schriftstücke heraus.

»Da sind seine Briefe!« sagte sie einfach. »Ich habe doch schon seit Monaten mit ihm in Briefwechsel gestanden, um das Zusammentreffen hier vorzubereiten, wenn er nach Deutschland käme. Da – der erste ist aus Siena. Der zweite und dritte aus Rom. Sie stecken noch in ihren Umschlägen ...«

Und auf den Außenseiten, die als Umschläge dienten, waren die gestempelten Postdrucke. Ich überzeugte mich. Der Poldl auch.

»Da ist sein vierter Brief – vor ungefähr vierzehn Tagen – schon aus dem Kloster Maria Stern, von wo er jetzt gekommen ist – mit dem Inhalt, er wolle mich hier zur verabredeten Zeit aufsuchen, wie er es ja auch pünktlich getan hat! Da seht selbst!«

Es war eine gleichmäßige, klare Handschrift mit lateinischen Buchstaben, wie sie sich deutsche Priester, die viele Jahre in Rom verbringen, leicht angewöhnen. Danach schien alles sonnenklar. Aber ich meinte:

»Mette: es könnte doch auch jemand anderes diese Briefe geschrieben haben!«

Jetzt schaute mich die Mette schon beinahe mitleidig, mit gefalteten Händen an, ob ich denn wirklich so dumm sei. »Ich habe ihm doch immer auf die Briefe geantwortet!« versetzte sie. »An seinen Aufenthaltsort in den drei Klöstern in Siena und Rom und Maria Stern. Dort kann doch nicht überall ein immer verschiedener Dritter gewesen sein, der meine Briefe etwa unter dem Namen des Paters Faramund in Empfang genommen hat. Denn seine Ordensbrüder werden doch wahrhaftig den Pater Faramund kennen!«

»Nein. Das ist unmöglich!« sagte mein Poldl.

»Also sind meine Briefe in die Hände des Paters Faramund gekommen, und seine Briefe sind immer die Antwort darauf, von ihm selbst, die er auch noch ganz genau im Kopf hatte, als wir uns jetzt sprachen, bis zum letzten aus Maria Stern, auf dem Weg, wohin ihn der Graf Meerwarth ja noch vor kurzem in München persönlich gesehen und gesprochen hat!«

Mein Mann war tief bewegt. »Die Briefe sprechen Bände!« sagte er. »Der Pater Faramund hat deine Briefe unbedingt erhalten. Also hat er sie auch unbedingt beantwortet. Also ist er es auch selbst, der hierher kam!«

»Da ist leibhaftigen Gottes kein Zweifel mehr!« versetzte auch ich, und der Poldl meint:

»... und wir haben den wirklichen Pater Faramund im Haus!«

»Wir hatten ihn!« rufe ich entsetzt. »Wo ist er?«

Und die Mette, die Arme ausbreitend, in leidenschaftlicher Angst und Sehnsucht, mit irren Augen, ihn durch die Wände und Nacht durch suchend:

»Wo ist er? Was habt ihr mit ihm gemacht?«

»Wenn es der Pater Faramund selber ist,« sagt mein Mann mit bebender Stimme, »dann ist es undenkbar, daß sich solch ein hochwürdiger und hochgeborener Herr ohne jede Rücksicht auf Brauch und Sitte plötzlich heimlich ohne Abschied und Entschuldigung entfernt ...«

»Er hat sich ja noch das Nachtessen bestellt!« rufe ich dazwischen.

»... und vor allem ist es ganz unmöglich, daß er die Mette da mitten in ihrer Beichte sitzen läßt.«

Die Mette Safferstätt richtet ihre zarte Gestalt jäh auf und spricht in einer unheimlichen, starren Ruhe das aus, was uns auch schon aus den Lippen lag:

»Nein. Er ist nicht von selber weg! Sie haben ihm bei euch ein Leids angetan!«

»Mette!«

»Wahrscheinlich heute mittag schon, wie er von mir wegging und ihr alle auf der Jagd wart und das ganze Haus leer war!«

»...und der Salvermoser verträumt in seinem Zimmer gehockt hat und Kohle und Papier verschmiert, statt aufzupassen!« stöhnt der arme Poldl.

»Da ist's geschehen!« sagt die Mette heiser und hart.

»Von wem?«

Sie zuckte die Achsel, als ob sie's wüßte, aber nicht sagen wollte, weil es sich bei einigem Nachdenken jeder ja doch selbst sagen muß.

Es ist ja auch niemand im Hause gewesen als nebenan der Oetsch! Die Domestiken kamen nicht in Frage. Der Salvermoser-Franzl schon gar nicht. Mir ist ein eisiger Schauer über den Rücken gelaufen. Ich hab' gestammelt: »Mette – wie könnte sich denn einer an einem geweihten Priester vergreifen?«

Mein Mann macht ein Gesicht, das heißt: »Gott, der Oetsch! Bei seinem krankhaften Haß gegen alles, was Tonsur trägt!« Die Mette spricht, den Blick ganz in der Ferne: »Gerade am Priester!«

»Weswegen?«

Da schreit sie auf: »...weil er mein Beichtgeheimnis mit sich getragen hat und sie nicht gewollt haben, daß noch ein anderer Mensch das Geheimnis weiß, und wenn es ein Priester ist!... Deswegen haben sie heute mittag den Pater Faramund ermordet!«

Wir waren lange still.

Dann hat mein Mann gesagt: »Der Verdacht des Mords liegt vor! Die Nacht draußen wird heller. Der Mond kommt heraus. Ich lasse jetzt gleich das ganze Schloß und die ganze Umgebung durchsuchen!«

XIX

Rapport des Herrn Josef Wappolt, Forstmeisters des Schloßguts Vogelöd

Mein Herr Chef, der Herr Rittmeister von Vogelöd, ließ mir an dem obenbemerkten Oktoberabend sagen, ich möge mich ehestens aus meiner Dienstwohnung hinüber in das Schloß, und zwar in dessen Gästeflügel, verfügen. Ich hatte schon etwas davon läuten hören, daß es dort nicht ganz geheuer war, und zwar durch meine Frau, die gern die Nase in alle Suppenschüsseln steckt. Ich saß gerade mit ihr beim Nachtessen, als die Bestellung kam. Ich hängte meine Büchse um und nahm für alle Fälle meinen besten Spürhund, den Teifi, mit.

Diesen Hund hatte einmal ein englischer Lord mitgebracht und zum Dank dafür, daß er ein paar Gemsen hatte schießen dürfen, die es bei ihm in England nicht gibt, uns zurückgelassen. Dieser Lord hat mir durch die gnädige Frau, die Englisch kann, dolmetschen lassen, es sei ein schottischer Hund, wie ihn dort die Schäfer brauchten. Mittelgroß war der Hund, mit langen Beinen und spitzen Ohren und einem spitzen Fuchskopf. Eine Nase hat er gehabt! So einen Hund find'st nicht wieder. Seinen englischen Namen haben wir nicht aussprechen können. Da haben wir ihn, weil er gar so vif war, den »Teifi« genannt. Außerdem habe ich mir noch zwei Jagdburschen geholt, die Schneid genug gehabt haben, und den deutschen Vorstehhund, die Diana, und den kleinen Schweißteckel den Waldl, und wir sind los.

Im Korridor vom Schloß habe ich meine Kollegen von der Schloßverwaltung getroffen, den Herrn Ökonomiedirektor Stadelhofer und den Herrn Rentamtmann Mitterhuber, die auch zuverlässige Leute mitgehabt haben.

Das Zimmer des hochwürdigen Herrn stand offen. Der Herr Baron Safferstätt hat darin gesessen. Wie sich immer mehr Leute draußen ansammelten, ist er aufgestanden, hat finster vor sich hingebrummt: »Jetzt kommt der Pfaff doch net mehr!«, hat uns kurz gegrüßt und ist gegangen.

In der Ecke hat der Mantel des Herrn Pater Faramund gehangen. Den habe ich auf alle Fälle gleich dem Teifi und den anderen Hunden gewiesen, damit sie eine rechte Witterung kriegen, und hab' den Mantel, obwohl es vielleicht nicht gottesfürchtig war, auf dem Boden ausgebreitet und dem Teifi geheißen: »Da kusch dich!« und der Teifi hat wohl fünf Minuten auf dem Mantel gelegen und so seine Nasen recht voll von dem hochwürdigen Dunstkreis des Herrn Pater gesogen. Der Mantel hat auch einen recht strengen Klostergeruch an sich gehabt. Eine Spur Weihrauch war darin. Sogar ein Mensch hat es gemerkt. Der Herr Rittmeister ist gekommen. Er war sehr aufgeregt. Ich habe ihm zuerst gemeldet, daß der Büchsenspanner, der Anderl G'schwendtner, nach dem er auch geschickt hatte, nicht vorhanden war. Der Anderl hatte vermeint, daß der Herr ihn bei einfallender Nacht nicht mehr brauchen würde, und war in die Berge gestiegen. Das war der Ehrgeiz vom Anderl. Er wollte dort oben dem Herrn Grafen Oetsch zuvorkommen und dem Filzenschuster endlich einmal sein Wildererhandwerk legen.

Auf diesen Bericht von mir hat der Herr Rittmeister nur zerstreut genickt und dann schwer Atem geholt und gesprochen: »Meine Herren! Es ist furchtbar: ein Priester ist in meinem Hause verschwunden! Ich vermute nach Lage der Dinge einen Unglücksfall oder ein Verbrechen! Wir müssen sofort uns auf die Suche begeben!«

»Da ist jede Stunde heilig!« habe ich gesagt und auf die Hunde gesehen. Die waren, seitdem sie die Witterung von dem Mantel hatten, merkwürdig unruhig, der Teifi an der Spitze. Der hat fortwährend, mit dem Kopf nach oben, leise gewinselt, ist durch das Zimmer gelaufen und hat um sich geschaut.

Jetzt, in dem Zimmer selber war nichts. Das war einmal sicher. Der Herr Rittmeister hat gesagt: »Die Nacht ist jetzt ganz hell geworden! Der Mond ist heraus! Suchen wir erst einmal im Park nach etwaigen Spuren!«

Das war nach dem langen Platzregen keine Kleinigkeit, sogar für dem Teifi seinen sechsten Sinn. Aber ein Gutes hat die Nässe doch wieder gehabt: der Boden war so aufgeweicht, daß man jeden Eindruck eines Fußes darin sehen mußte. Denn vor dem Schloßflügel war nicht Gras, sondern zuerst eine breite Kiesfläche. Aber auch im hohen Gras weiterhin hätten die herunter-getretenen Halme gezeigt, wo jemand gegangen war. Wir haben den ganzen Park durchstreift, der nicht groß ist, weil das enge Bergtal nicht viel Platz bietet, und haben rein nichts gefunden. Niemand war tagsüber da irgendwo gewesen, und das war bei dem Sauwetter auch gar nicht anders denkbar.

Wir sind rund um den Weiher herum. Das Schilf an den Ufern war unberührt. Der Teifi hat immer heim wollen. Er hat leise gewinselt, erst nach dem Schloß geguckt und dann mit seinen klugen, glänzenden Augen auf uns und hat sich schließlich wohl gedacht: Die Sach' is gar! Ihr seid's zu dumm! Und hat sich hingelegt, die rote Zunge aus dem Maul hängen lassen und gelangweilt geblinzelt. Der Herr Rittmeister hat geseufzt und eine gute Zeit geschwiegen. Dann hat er gefragt:

»Was is hernach Ihre Meinung, Herr Wappolt?«

Ich habe mich gerad' hingestellt und mit allem Nachdruck geantwortet: »Herr Rittmeister! Wenn etwas hier draußen zu finden wäre, dann hätte es der Teifi finden müssen! Sogar wir hätten die Spur am Boden sehen müssen! Der Herr Pater Faramund hat das Schloß seit heute mittag mit keinem Fuß verlassen!«

Meine Herren Kollegen haben genickt, und die niederen Bediensteten auch, und der Rent-amtmann hat feierlich gesagt: »Das ist wahr und gewiß!«

»Dann wäre der Pater Faramund also noch im Schloß?«

»Er muß noch im Schloß sein, Herr Rittmeister!«

Es war, als ob der Teifi das verstanden hätte, so ungeduldig ist er aufgesprungen und in langen Sätzen nach dem Schloß zurück, die Wand entlang gerannt und, hast du nicht gesehen, wieder ohne Besinnen durch das offene Fenster in das Zimmer des hochwürdigen Herrn hinein!

Wie wir auf dem gewöhnlichen Weg nachgekommen sind, ist er schon wieder im Schloß un-ten aufgeregt herumgelaufen, hat die Nase in alle Ecken gesteckt und leise, aber durchdringend und unaufhörlich gewinselt. Die beiden anderen Viecher hat er damit angesteckt. Die haben's ebenso gemacht. Wir haben dagestanden und die Herren Hunde betrachtet und waren ratlos, weil wir ihnen nicht helfen konnten. Denn sowohl das Zimmer selbst als der Gang draußen, in dem sie sich halblaut in ihrer Sprache unterhielten und Beobachtungen und Befürchtungen miteinander austauschten, boten für menschliche Augen und Nasen nicht das geringste, was auffallend gewesen wäre.

Der Herr Rittmeister faßte einen Entschluß und sagte flüsternd: »Meine Herren! Es ist mir furchtbar peinlich, in die Räume meiner Gäste einzudringen! Aber irgend etwas ist hier, wo wir stehen, oder in der Nähe nicht in Ordnung! Die Hunde geben zu untrügliche Zeichen.«

»Sicherlich!«

»Wir müssen in dem Nebenzimmer des Pater Faramund nachforschen, ob wir da etwas Ver-dächtiges finden!«

Das Gemach des Pater Faramund war auf der einen Seite durch die Brandmauer des Schloßflü-gels abgeschlossen. Es besaß nur auf der anderen Seite Nachbarschaft, und zwar das Zimmer des Grafen Oetsch. Das hatte der Herr Graf beim Weggehen ruhig offengelassen. Innen lag, als wir hereintraten, allerhand an Kleidungsstücken und Stiefeln, noch so wie er sich zur Jagd angezogen hatte, wie Kraut und Rüben durcheinander. Er hatte die Flügeltüren des Schrankes nicht zugemacht. Die Schubladen der Kommode standen halb offen. Sogar den Koffer in der Ecke hatte er nicht der Mühe wert gefunden, zuzuklappen. Der Herr Graf war eine leichtlebige und unbekümmerte Natur. Das sah man schon daran, daß im ganzen Zimmer, im strengsten Sinn, kein Gewahrsam war, in das nicht der aufräumende Domestik in seiner Neugier hätte hineingucken können. Von dem Pater Faramund war da unter solchen Umständen natürlich kein Lebenszeichen und keine Spur.

Die Hunde beschnupperten das alles denn auch sehr gleichgültig. Der Teifi drängte wieder hinaus. An die nächsten Gästezimmer mochte er gar nicht erst heran, sondern kehrte um. Es wäre ja auch lächerlich gewesen. Da wohnten Herrschaften wie der Herr Kämmerer von Höll-ring und der Königliche Landrichter Ritter von Söller, die man im hitzigsten Fieber nicht mit dem Verschwinden des Paters in Verbindung bringen konnte, ganz abgesehen davon, daß sie in der fraglichen Zeit zwischen zwölf und zwei ja, ebenso wie der Herr Baron von Safferstätt oben, mit den anderen Herren auf der Jagd gewesen waren.

Eine Stunde nach der anderen war vergangen. Es war schon sehr spät. Der Teifi spitzte die Ohren, setzte sich vor uns und sah uns aufmunternd und geschäftig an. Seine vierbeinigen Kollegen hinter ihm machten besorgte Gesichter.

»Man sagt, die Hunde können Gespenster sehen!« bemerkte der Ökonomiedirektor Stadelhofer.

Der Rentamtmann zuckte die Achseln. Ich faßte Mut und sprach fest:

»Herr Rittmeister! Hier irgendwo im Schloß, in der Nähe, befindet sich der Pater Faramund! Tot oder lebendig! Ich möchte die Hand dafür ins Feuer legen!«

Es war nun schon, nach dem langen, vergeblichen Suchen, tief in der Nacht. Am die Ecke des Ganges tönten Schritte. Eine lange hagere Gestalt, den Kragen des Lodenmantels hochgeschlagen, die Büchse über dem Rücken, bog um die Säule. Ein Jagdgehilfe hob unwillkürlich, als sie sich näherte, die Laterne und leuchtete dem Fremden ins Gesicht. In dem grellen, gelben Lichtstrahl erkannten wir an dem langen Schnurrbart alle zugleich, daß es der Herr Graf von Oetsch war. Er schaute übellaunig aus. Der Herr Rittmeister musterte ihn schweigend. Gerade in diesem Augenblick schlug die Wanduhr drüben aus der Halle durch die tiefe Stille die dritte Nachtstunde. So lange hatten wir schon nach dem Pater Faramund gefahndet, und die Gäste waren längst alle schlafen gegangen. Endlich frug der Herr Rittmeister:

»Warum kommst denn jetzt schon heim, Johann Preisgott? Ich denk', du willst mir heut' nacht den Filzenschuster fangen?«

Der Herr Graf Oetsch hat mit der Hand durch das Gangfenster auf die helle Nacht draußen hinausgewiesen.

»Der Vollmond is wieder ausgeschlupft, der sakrische!« sagte er und gähnte. »Ich hab' auf eine schwarze Nacht gerechnet! Bei solchem Büchsenlicht läßt sich der Filzenschuster nicht schauen! So leicht läuft einem der Schlankel nicht vors Gewehr! Das ist ganz ein Schlauer!«

Er hat wieder gegähnt, »gut' Nacht, Poldl!« gesagt und ist weitergegangen. Während er stand und sprach, hat sich der Teifi ihm ganz leise von hinten genähert, ihn sorgfältig berochen und dann alles Interesse an ihm verloren und in der Art, wie er wieder auf seinen vier Beinen achtlos von ihm weggetrollt ist, deutlich zu verstehen gegeben: Schau, daß d' weiter kommst! Du hast mit meiner Sach' nix zu tun!

Aber die klugen Hundeaugen haben geglänzt und uns stumm gebeten: Ich glaub', jetzt hab' ich's! Folgt's mir nur getrost! Unsere Herzen haben geklopft. Wir sind, während der Graf Oetsch in sein Zimmer trat, dem Teifi gefolgt. Er hat uns, die Nase auf den Steinstufen, aus der Halle die große Schloßtreppe hinaufgeführt. Ein Stockwerk. Das zweite. Unmittelbar zu den Appartements der bevorzugten Gäste, und hat befriedigt vor der Türe der Freiherrlich von Safferstättschen Herrschaft haltgemacht, und der Herr Rittmeister hat sich mit der flachen Hand vor die Stirne geschlagen und leise, um niemanden zu wecken, gesagt:

»Das hätte ich mir doch selber denken können, ich Esel ich!«

»Was meinen Herr Rittmeister!«

»Der Hund hat uns einfach den Weg geführt, auf dem vorigen Mittag um zwölf der Pater Faramund, von der Baronin Safferstätt kommend, in sein Zimmer zurückgekehrt ist! Das letzte Mal, daß man ihn leibhaftig gesehen hat! Das hilft uns kein Jota weiter!«

Das war leider wahr! Der Teifi hat auch selbst jetzt wieder den Weg zurück nach unten gewollt. Dort war, nach seiner Ansicht, die Lösung des Rätsels. Ich habe mich von dem Herrn Rittmeister, der zu seiner Frau Gemahlin ging, und den anderen Herren verabschiedet und bin noch einmal mit dem Tier hinunter. Da hat es sich in dem hellen Mondenschein, der in dem leeren Zimmer des Paters Faramund lag, wieder genau so ängstlich und warnend verhalten wie vorher. Aber deutsch hat der Hund halt nicht gekonnt – ein Schotte war er zudem noch – und sein unterdrücktes Winseln habe ich nicht verstanden, sondern im Gegenteil befürchten müssen, daß es bei nachtschlafender Zeit dem Herrn Grafen Oetsch nebenan, der gewiß von der Jagd rechtschaffen müde war, und den andern Gästen beschwerlich fallen würde.

So ist mir schließlich nichts anderes übrig geblieben, als mit dem Teifi heimzugehen und zu befolgen, was der Herr Rittmeister angeordnet hat: wir wollten uns am nächsten Morgen, in ein paar Stunden, wieder treffen und schauen, ob die Sonne etwas an den Tag bringt!

XX
Vom Rittmeister von Vogelschrey niedergeschrieben

Ich habe, nachdem ich mich um drei Uhr nachts vom Forstmeister Wappolt und meinen anderen Herren Herrschaftsbeamten verabschiedet hatte und zu meiner lieben Frau hinübergegangen war, in den wenigen Stunden bis Tagesanbruch keine Ruhe finden können. Der kommende Tag war ein Sonntag, und es gab also keine Jagd. Ich ging in die heilige Frühmesse, die der Pfarrer Thurmbichler vor dem versammelten Schloßpersonal in der Kapelle gelesen hat. Die Gäste besuchten erst die zweite Messe drüben in der Kirche. Ich sah jetzt keinen von allen den weidgerechten Herren, und das war mir lieb. Ich war jetzt nicht in der Stimmung. Weiß Gott nicht!

So sagte ich denn auch zu meinem Leibjäger, dem G'schwendtner, wie ich aus der Messe kam und sich der bei mir in meinen Gemächern meldete: »Anderl! Laß mich heut' bloß mit den Hirschen aus! Wegen mir mag der Filzenschuster einen Vierzehn-Ender schießen...«

»Dasselbige hat er, fürcht' ich, auch schon besorgt, gnä' Herr!« spricht der Anderl mit grimmigen schwarzen Augen, und es zuckt ihm unter dem schwarzen, aufgedrehten Schnurrbärtchen. »Heute nacht! Ich mein' als, da hat's dem Platzhirsch an der Stachelwand gegolten! Dem Stolz vom ganzen Revier! Ich hab' den Knall gehört und bin ihm nachgestiegen! ...Der Lump, der sakrische, gottverfluchte, war aber schon fort. Es ist ihm zu hell geworden, wie der Mond vorgekommen ist. Aber heut' nacht kommt er wieder, und wär' es auch nur, um sich das Prachtgeweih zu holen. Ich sitz' ihm auf! Diesmal derwisch' ich ihn, gnä' Herr!«

Ich hatte kaum mit halbem Ohr hingehört.

»Tu, was d' magst!« sagte ich und entließ den G'schwendtner-Anderl und hab' dann zu meiner Frau gesprochen: »Katzel – was nun?«

»Wann sie den armen Pater wirklich umgebracht und verräumt haben,« versetzt die Centa mit bangen Augen, »dann darfst du's nicht lange hinziehn! Dann mußt du's dem Landgericht anzeigen!« »Ach du lieber Gott. Die Polizei in meinem guten, alten Schloß Vogelöd! Haussuchungen in den Zimmern! Verhör der Dienerschaft! Behelligung der Gäste! Die reisen ab! Die ganze Herbstjagd geht vor die Hund'! Es kommt in die Zeitungen! In den Wirtshäusern zerreißen sie sich's Mäu': ›Wißt's schon: Beim Rittmeister Vogelschrey – da schlachten's die Pfaffen ab! ... Der ist ein Freimaurer – derselbige!‹ Mit Dreschflegeln und Daxenhauern kommen mir ja die Bauern vors Schloß geruckt!«

»Was du dir gleich einbildest...«, sprach die Centa. Aber ihre sanften braunen Rehaugen waren voll Wasser.

»Ich kann den Leut' ihre Dreckschleuder nicht zubinden!« schrei ich erbost. Ich bin sonst ein guter Kerl. Aber daß ich, als katholischer Christ, auf einmal dastehen soll wie der Hausvater von einer Mördergrube, das war mir zu viel! Ich habe ruhiger fortgefahren: »Und was hilft's denn, Katzel? Dem Landrichter sagen unsere Gäste und Domestiken auch nicht mehr als uns, eher weniger! Und der Teifi verrät ihm auch nicht mehr, als er durch sein Winseln verraten will! Und besser als meine Jägerei und Hund' Spuren im Gras und auf der Erden lesen kann das hochweise Gericht auch nicht! Also – was kommt denn vorderhand dabei anderes heraus als neue Aufregung und Wirrwarr? Wo man doch gar nix sicher weiß! Möglich ist doch immer, daß der Pater vor Schrecken über das, was er in der Beichte hat hören müssen und nicht hat absolvieren können, auf und davon ist!«

»Einen Beichtvater wundert nix!« spricht die Centa. »Und seinen Hut und Mantel hätte er bei der Sintflut, die gestern vom Himmel heruntergekommen ist, ganz gewiß nicht beim Weggehen im Zimmer hängen lassen! Und der alte Martin hätte ihn sehen müssen, wie er zum Tor hinaus ist! Aber wenn er auf und davon wär', dann wär' er doch sicher in das Kloster Maria Stern zurück, von wo er gekommen ist, und ist jetzt dort!«

»Ja«, sag' ich. Viel gelernt hat die Katzel in ihrem frommen Mädcheninstitut nicht. Aber eine gescheite Frau ist sie trotzdem. Oder vielleicht gerade deshalb...

»Alsdann, Poldl, mußt du dich, wenn wir auch weiter nichts finden, eben hinsetzen und einen Brief schreiben und in das Kloster hinüber schicken und in Gottes Namen berichten, wir wüßten nicht, was aus dem Pater Faramund geworden wäre!«

»Da werden die Patres einen schönen Schrecken kriegen!«

»Die hochwürdigen Väter, Poldl, werden uns beraten, was zu tun ist! Verlaß dich auf die! Dann brauchst du die Verantwortung nicht zu tragen!«

Ich habe der Centa einen Kuß gegeben und habe geseufzt und gesagt: »Wirst schon recht haben! Hart geht's mir an, dem Abt in Maria Stern solch eine Hiobspost zu schicken! Aber einmal muß es geschehen! Jetzt haben wir frühen Morgen. Ich will dem Schicksal noch bis heute nachmittag Gelegenheit geben, daß es sich eines Besseren besinnt! Wissen wir bis dahin noch nichts Gewisses vom Pater Faramund, dann soll ein zuverlässiger Mann anspannen und mit einem Brief von mir hinüber zum hochwürdigen Abt von Maria Stern fahren!«

»Die Antwort kann dann aber nicht vor dem nächsten Morgen da sein!« wandte die Centa ein.

»Unterdessen müssen wir halt die Augen offen halten!«

»Gegen wen?«

»Schließlich kommt immer nur einer in Betracht!« Ich bin verstummt. Aber die Centa hat das Wort förmlich auf meinen Lippen gelesen. Da habe ich es ausgesprochen.

»Der Oetsch!«

Sie hat nichts erwidert. Sie hat nur blaß und entsetzt genickt. Ich habe hinzugesetzt:

»Die anderen waren ja auch alle auf der Jagd!«

Nach einer Weile habe ich gefragt:

»Warst du heut' früh schon bei der Mette?«

»Vorhin hab' ich auf einen Sprung nach ihr geschaut!...«

»Was ist denn mit ihr?«

»Ganz auseinander ist sie! ... Sie läuft weiß wie eine Leiche in ihrem weißen Morgenrock und mit unordentlichem Haar im Zimmer herum und bleibt an der Türe stehen und faltet die Hände ineinander und horcht, ob der Pater Faramund noch nicht kommt! So dürfe er doch nicht wegbleiben! ...Mit der halben Beichte in der Brust und noch ohne Vergebung! Das sei doch unchristlich! Das sei noch nie dagewesen, seit die Menschen an Gott glauben!«

»Was hast du ihr denn geantwortet?«

»Ja – was soll man ihr denn antworten? Man tappt ja selbst im Dunkeln! Die Mette hätte auch gar nicht zugehört! Sie hat sich hingesetzt, die Hände krampfhaft zwischen den Knien, die Lippen zusammengebissen, und mit einem Satz wieder auf und ans Fenster und verzweifelt nach dem Pater ausgeschaut und dann die Hände vors Gesicht geschlagen und wild und leidenschaftlich vor Ungeduld geweint! Poldl: Gott verzeih mir die Sünd'! Aber ich hab' Angst vor ihr gekriegt und bin leise weggegangen, ohne daß sie darauf geachtet hat! Die Mette wird uns noch hier nicht mehr richtig im Kopf, wenn das so weiter geht!«

»Mußt dafür du den Kopf oben behalten, Katzel!« sag' ich, und die Centa lehnt sich an mich und schluchzt:

»Poldl, wodurch haben wir beide nur das verdient?«

»Vielleicht sind wir zu selbstgerecht gewesen, Centa, und haben uns zu vollkommen gedünkt, weil es uns Zweien zu gut geht in diesem irdischen Jammertal, und wir meinen, das sei die Belohnung für unsere Tugendhaftigkeit! Da hat uns der liebe Gott einen rechten Stupfer in die Seite gegeben, damit daß wir merken, daß wir nur unsere Pflicht tun und nichts mehr, wenn wir gut zu den Menschen sind! Sei dankbar, daß Er es gnädig macht und das Unwetter nur neben uns niedersausen läßt und nicht auf uns und unsere Kinder selber!«

Mit dem Trost habe ich meine liebe Frau verlassen und bin in den Park gegangen, um da unter freiem Himmel und in frischer Luft ein wenig klarer im Kopf zu werden. Aber in dem Kopf hat mir's alleweil gebrummt, und das Herz war mir schwer, wie ich allein auf den feuchten Waldwegen dahingegangen bin, auf die von den Bäumen fortwährend die letzten scheckigen Herbstblätter herunterraschelten und sich was vom Sterben des Sommers und dem Ende aller bunten Herrlichkeiten erzählten.

Dann hörte ich Stimmen. Hundegebell. Fußtritte auf krachendem dürren Geäst. Meine Leute haben noch einmal bei Tag den ganzen Park nach dem Pater Faramund durchsucht, hätten gerad' so gut nach dem Großmogul von Delhi suchen können oder nach dem Großtürken. Der wäre geradeso leicht hinter einer Eiche hervorgetreten wie der Pater.

Auf dem Weiher waren die Kähne losgemacht und fuhren herum. Die Schwäne sind weggerudert und die Enten unter zuwiderem Geschrei aufgeflogen und ins Schilf am Ufer geplatscht. Auch das Schilf hat sich bewegt von Männern, die da in Wasserstiefeln gewatet sind, und von schwimmenden Hühnerhunden. Auf der freien Wasserfläche hat der Fischmeister mit langen Stangen auf den Grund hinuntergestoßen und Netze ausgeworfen und hinter dem Nachen hergezogen. Baumwurzeln hat er genug gefangen und einen längst versunkenen Kahn und alte Stiefel und Schlamm. Aber vom Pater Faramund nichts. Er hat es mir berichtet, wie er ans Land gestiegen ist.

Am Ufer stand da ein einzelner von meinen Gästen, der Landrichter a.D. Ritter von Söller. Den hab' ich gern gehabt und jedes Jahr zur Jagd eingeladen. Der hat uns in dem Jahr 48 den Bezirk brav zusammengehalten gehabt und ist hinter allem selber hergewesen und ist den Bauern anders gekommen, wenn einer von den Rammeln gar zu hartgesotten und büffelig war oder sonst irgend ein Früchtel ausgeartet ist. Der hat Land und Volk gekannt wie keiner. War auch schon zehn Jahre da. Nicht mehr der jüngste. Ein Mann, der sakrisch Schneid gehabt hat. Ende der Fünfzig, mit grauem Vollbart. Breit und stark wie ein Bräuknecht.

Er war so in den Anblick der Suche nach dem Pater versunken, daß er mich erst bemerkt hat, wie meine Hand auf seiner Schulter lag. »Grüß Gott, Herr von Söller!« habe ich bekümmert gesagt. »Interessiert Sie die heillose Geschicht' so brennend?«

»Ja!« spricht er. »Alles, was dunkel ist und ein bissel nach einem Verbrechen schmeckt, das zieht mich unheimlich an.«

»Das haben's doch gar nicht mehr nötig!« »...weil ich im Ruhestand bin, meinen's – in der herrlichen Neuzeit? Gerad' deswegen! Ein alter Kater läßt das Mausen net! I bin für derlei auf der Welt! Als ob's jetzt besser geworden war' mit den neumodischen Schwurgerichten und all dem Kram!«

Ganz wehmütig hat er ausgeschaut in der Erinnerung an die gute, alte Zeit bis vor drei Jahren, wo der Herr Landrichter wie er ein kleiner Herrgott in Person war und allmächtig in seinem Bezirk und bald hat selber Todesurteile fällen dürfen, die Wage der Justiz in der einen Hand und in der anderen zugleich den Gänsekiel der Verwaltung, und hat die Leute einsperren können, wie er gemögt hat. Fuchtig ist er geworden, weil die goldenen Tage für die Herren königlichen Offiziale vorbei waren, seit 1847 die Lola Montez ins Land gekommen war, und hat gesprochen: »Wie's mir in dem narrischen März am Nachmittag frevelhaft zwei Fenster von meiner Amtsstuben eingeschmissen haben und eine hochverräterische schwarz-rot-goldene Fahne davor gehängt, da hab' ich gleich gewußt, daß meine alten Freunde, die Haberer, dahinter gesteckt sind!«

Hinter den Haberern war er Zeit seines Amtes höllisch fleißig her gewesen und hat dabei gerad' so viel erreicht wie die anderen amtlichen Organe, nämlich nichts. Der geheime, über das ganze Hochland hin verzweigte, nächtliche Bauernbund hat auch ihm nichts von seinen uralten Satzungen und seinen Mitgliederverzeichnissen verraten, in denen alle möglichen berühmten Leute, von Kaiser Karl dem Großen ab, vertreten waren, und die, ehe der Spektakel losging, nachts bei Fackelschein von dem vermummten Habererkönig mit schallender Stimme verlesen wurden.

»Bei Ihnen haben's doch auch einmal Haberfeld getrieben?« sag' ich. Er antwortet erbost:

»Freilich! Schon 1845! An die zweihundert Maskerer um Mitternacht! Und ein Schießen und Spektakel und Lärmen auf Blechkesseln und Herdpfannen vor meinem Haus, daß das Vieh in den Ställen wild geworden ist und man hat meinen können, es kommt das Jüngste Gericht und nicht bloß die Kerle mit ihren geschwärzten Gesichtern! Sprücheln haben's in den Pausen hergebetet – Sie – sauber waren die net! Eine höllische Nacht war's! Die Nacht hab' ich mir gemerkt! Ich wäre noch hinter das Haberer-Geheimnis gekommen! Da haben's mich, wie ich nahe daran war, 48 ausgeschmiert! Aber ich lass' nicht aus! Ich spür' noch als Pensionist nach!«

Fangst aber nix, denk' ich. Und der Söller, eifrig:

»Wissen's, Rittmeister: das ist dasselbe wie die Jagdpassion – daß man hinter einer heimlichen Spur herschleicht! Ich begreife den Grafen Oetsch und den Jager-Anderl wohl, daß die auf den Filzenschuster her sind wie der Teufel hinter der armen Seele!«

»Fangt's ihn nur!« sag' ich und seufze. Mir wäre es lieber gewesen, sie hätten mir den Pater beigebracht.

»Mit dem Filzenschuster, dem Wildererkönig, befasse ich mich seit ein paar Tagen auch schon auf meine Weise!« meint der Söller vertraulich. »Ich habe noch aus meiner Amtszeit her meine Verbindung mit den Münchener hohen Behörden. Dort laufen die Fäden der Untersuchungen zusammen. Von dort bekomme ich, wenn ich anfrage, Winke genug für meine private und geheime Inquisitionstätigkeit ...«

»Daß Ihnen das so viel Spaß macht ...« sag' ich.

»Es ist die Würze meines Lebens! Wär' ja sonst zu fad! Wo ich einen Zipfel lupfen und in unterirdische Zusammenhänge hineingucken kann, da tu' ich's!«

»Für die Haderer können's bei mir gerad' schon einen Zipfel zu fassen kriegen!« mein' ich halb zerstreut.

»Wo?« fragt er gleich begierig.

»Die Baronin Safferstätt hat vorgestern abend, gleich wie sie kam, beiläufig meiner Frau erzählt, daß ihre Jungfer es zu ihrem Kummer mit einem zünftigen Haberer hält! Losgelassen haben's denselbigen auch noch, wegen mangelnder Beweise, neulich in München, den Lackl – gerade den allein!«

»Dann ist's der Gaisbichler, der Fröschel von Hub!« ruft er.

»Woher wissen's denn das?«

»Ich kenn' all die Namen! Ich muß die Jungfer doch mal fragen! Wie heißt sie denn?«

»Auf den Namen Poletta geht das Madel! Ist aber freiweg aus Wasserburg! Wenn Sie so ein Kammermensch sehen mit ganz weißem Gefries und mit Haaren schwarz wie 'ne Pechpfanne – dieselbige ist's!«

»Dank schön!« sagt der Bezirksamtmann befriedigt und ist mit mir nach dem Schloß zurückgekehrt.

Auf der Terrasse davor haben jetzt, nach der Kirche, die meisten Jagdgäste beisammengestanden und sich aufgeregt über das Verschwinden des Paters Faramund unterhalten. Auch der Gaudenz Safferstätt war unter ihnen, stumpf, die Hände in den Taschen, eine Zigarre im Mund, so wie immer, nur daß er aber bei dieser ernsten Gelegenheit nicht gelacht hat und sorglos fidel war, was ihn sonst erst genießbar macht! Und dem Oetsch seine abenteuerliche Erscheinung hat über die Köpfe der meisten anderen hinweggeragt. Es war immer um ihn so ein gewisser leerer Kreis. Gar zu dicht neben ihn hat sich keiner gern gestellt. Aber das hat ihn blutwenig gekümmert. Er hat, nach seiner Art, das große Wort geführt und mit unverbrüchlichem Ernst seinen geheimnisvollen Unsinn geredet.

»Töten kann man einen Menschen überhaupt nicht,« sagte er laut, kaltblütig und bestimmt, »sondern nur seine Gestalt verwandeln, denn nichts Lebendes geht verloren. In der neuen Gestalt leben die Toten weiter, und wir erkennen sie nur nicht, bis sie einmal eines schönen Tages den Mantel auseinanderschlagen und uns fragen: Weißt du nicht, wer ich bin?«

»Und dann?« erkundigte sich der Prinz Tettikon, der von der ganzen Kabbala und Rosenkreuzerei keine Bohne begriff. Ich übrigens auch nicht.

»Dann«, meinte der Oetsch leichthin, »merken wir gewöhnlich, daß wir es selber sind oder waren, und erinnern uns an unser früheres Leben und unsere Schicksale damals und im Zusammenhang damit auch an die Schicksale anderer Leute. Ich erinnere mich ziemlich deutlich bis zu den Kreuzzügen zurück. Ich entsinne mich, wenn auch mein Gedächtnis im letzten Jahrhundert etwas nachgelassen hat, von den meisten von Ihnen hier genau, was Sie seit einem halben Jahrtausend waren!«

Die Herren haben gelacht und über den närrischen Patron die Köpfe geschüttelt. Der Salvermoser-Franzl, der als Kunstmaler immer am leichtgläubigsten und recht ein großes Kind ist, also mein Franzl hat trotz seiner Zerknirschung und Reue wegen des Paters Faramund doch gleich neugierig dahergefragt:

»Was war ich denn nachher?«

»Sie waren, wie ich Sie im fünfzehnten Jahrhundert getroffen hab', schon ein hübsch alter, beschaulicher Klosterbruder drüben in Maria Stern. Recht friedlich haben Sie am offenen Fenster gesessen und bildsaubere farbige Inkunabeln in die Psalter-Abschrift für die hochselige Frau Herzogin Adelheidis gemalt!«

Wenn man den guten Salvermoser so ansah, konnte es schon stimmen. Der Kämmerer von Höllring erkundigte sich, was denn mit ihm losgewesen sei.

»Sie waren damals, kurz vor dem Dreißigjährigen Krieg, auch schon ein seiner, seidener, knebelbärtiger Herr im Heidelberger Schloß am Hof des armen Kerls, des Winterkönigs von Böhmen! Sie, Prinz – erinnern Sie sich, wie Sie auf den Süptitzer Höhen bei Torgau im Siebenjährigen Krieg fielen? Ich sah Sie noch liegen, blutjung, ein Kornett vom Korps Lascy.«

Nein. Seine Durchlaucht entsann sich nicht und verneinte verlegen. Der Oetsch versetzte gelassen, mit dem Blick auf meinen Forstmeister, der heute, am Sonntag, auch zu Tische geladen war: »Der treffliche Herr Wappolt hatte, wie ich ihn damals auf dem Schloß Mindelsheim bei meinem Freund, dem Jörg Frundsberg, als Landsknechtshauptmann traf, nur einen Fehler: Er fluchte ganz entsetzlich. Aber sonst stand er seinen Mann!«

Das tat er jetzt noch. Der Oetsch fuhr fort: »Sie, Herr von Söller, starben zur Zeit der Fuggerblüte gottselig als Ratsherr in Augsburg. Gedenkt es Ihnen noch, Herr Rentamtmann, daß Sie vor ein paar hundert Jahren auf der Rückkehr von einer Pilgerfahrt ins gelobte Land in Taranto das Zeitliche segneten?«

Was hat er nur? denke ich unruhig. Denn der Oetsch war unberechenbar, und umsonst tat er nichts. Er zündete sich eine Zigarre an und sagte zwischen den ersten Zügen in gleichgültigem Ton und schaute dabei rauchend über die Herren hin:

»Es gibt ja auch tragischere Schicksalsverknüpfungen! Der Herr Baron von Safferstätt da zum Beispiel...«

»Mich lassen's gefälligst aus – ja?« unterbricht der ihn gereizt.

Es war das erstemal, daß die beiden, seitdem sie zusammen unter meinem Dach waren, miteinander redeten und überhaupt voneinander Notiz nahmen. Durch die Herren ging eine unheimliche Bewegung. Auch ich fühlte nichts Gutes kommen.

Der Oetsch ließ sich nicht beirren. Er hub wieder an:

»Sie können ja jetzt nix dafür, Baron Safferstätt ... Aber damals, vor zweihundert Jahren...«

»Ich hab' Ihnen schon gesagt, Graf Oetsch, daß ich nichts wissen will!« versetzt der Gaudenz laut und zornig. Der Oetsch ergänzt:

»...da wurden Sie öffentlich unter gewaltigem Zulauf einer schaulustigen Menge mit dem Schwert vom Leben zum Tod gerichtet!«

»Gleich bist still!« ruf ich dem Johann Preisgott zu. Der Salvermoser-Franzl fragt erschrocken in seiner Einfalt dazwischen:

»Jessas na! Ja warum denn?«

»Wegen Mords an einem Standesgenossen!« sagt der Oetsch langsam und gleichgültig und schaut dabei dem Gaudenz Safferstätt fest in dem seine nichtssagenden Augen.

Aber jetzt bekamen die einen wilden Ausdruck. Der Gaudenz trat mit drei großen Schritten auf den Oetsch zu.

»Was haben's da gesagt, Graf?« frug er grob und drohend. Der Johann Preisgott bestätigt kalt:

»Von einem Mord hab' ich gesprochen!«

»...den ich begangen haben soll!«

»Freilich!«

»Um Gottes willen! Hebt's den Herrn Baron!« schrie der Ökonomiedirektor Stadelhofer. Der königliche Kämmerer von Höllring sprang mit ausgebreiteten Armen dazwischen. Der Prinz

Tettikon kriegte den Gaudenz von hinten mit beiden Händen zu fassen und hielt ihn fest. Der sträubte sich und rang nach rückwärts, um freizukommen, und schnaubte nach vorn dem Oetsch ins Gesicht: »Das wagen Sie, mir zu sagen! ...Justament Sie!...«

Der Oetsch blieb ungerührt, zuckte die Achseln und meinte trocken zu den andern Herren: »'s ist halt so! Ich weiß nicht, warum sich der Baron so aufregt!«

»Dafür geben Sie mir Genugtuung!« schreit der atemlos, und ich falte in Gedanken die Hände und denke mir: Bravo! Das hat noch gefehlt! Jetzt schießen's noch aufeinander in meinem friedlichen Park, und ich darf dabeistehen und die Pistolen laden und zuschauen, daß die Leichen abgefahren werden! Der Oetsch läßt in so etwas nicht mit sich spaßen!

Richtig: er macht eine Verbeugung, leichthin, aber gravitätisch wie ein alter Spanier aus der Filibustierzeit. Aber dann sagt er mit einer kühlen Ironie: »Gern! Nur müssen Sie sich natürlich in Tracht und äußerem Menschen in die Zeit versetzen, in der der Mord geschah.«

»Was?«

»Ich sagte doch, daß es vor zweihundert Jahren etwa war! Sie müssen als der Mensch antreten, der Sie damals waren! Ich auch! Ich hatte im Dreißigjährigen Krieg seinerzeit nach der Vergiftung Bernhards des Großen von Sachsen-Weimar durch die Franzosen das Heerlager bei Neu-Breisach verlassen...«

»Er spinnt!« rief der Salvermoser beschwörend. Der Oetsch scheuchte ihn mit einer ungeduldigen Handbewegung zur Ruhe und fuhr fort: »Und Sie, Baron, waren, wie Sie doch noch wissen müssen, abgedankter Kapitän in Kaiserlich-Habsburgischen Diensten! Ich schlage Ihnen also vor, wir turnieren der edlen Sitte der Wallensteinzeit gemäß hoch zu Pferd mit langen Reiterpistolen. Der Poldl leiht uns schon dazu zwei von seinen Rössern, auf die Gefahr hin, daß eines von den Viechern auch eine Kugel in den Leib kriegt!«

Der Gaudenz strich sich über die Augen. Grimmig wie ein Bulle war er immer noch – ich hab' gar nicht gewußt, daß so viel Gift und Hitze in dem faden Kerl drin kochen kann – aber dabei unsicher, so wie ein Herdstier, der sich den vermeintlichen Angreifer hat aus den Augen entwischen lassen und jetzt das Weiße rollt und blöd herumglotzt...

»Sie haben behauptet, ich hätte einen Mord begangen!« wiederholt er finster.

»Ja, neulich! Im Dreißigjährigen Krieg!« belehrt ihn der Oetsch hochmütig und wendet sich zu uns anderen. »Meine Herren! Ich ruf' euch zu Zeugen auf, ob ich mit einem Wort von der Gegenwart und einem Mord in der Gegenwart gesprochen habe!«

»Das gewiß net!« bekräftigt der Forstmeister, und ich ergreife mit Freuden die Gelegenheit und lege mich ins Mittel und besänftige den Safferstätt, der sich erbost die Stirne mit seinem Sacktuch wischt.

»Gaudenz! Du kennst den Grafen nicht so wie wir! Dem seine Sprüch' darfst nicht auf die Goldwage legen! Das will er auch gar nicht. Er red't halt so daher!«

»Ausgezeichnet!« sagt der Gaudenz Safferstätt und reckt sich und kriegt Mut. »So hab' ich's gern! Der Herr Graf Oetsch, der vom Mord redet! Daß ich nicht lach'!«

Das war ein neuer Tusch! Diesmal gegen den Johann Preisgott! Das zielte jetzt wieder auf das Verschwinden von dem seinem Stubennachbarn, dem Pater Faramund! Die beiden Kerle warfen sich die Leichen gegenseitig durch die Luft zu wie meine Kinder ihren Fangball. Grausen konnte es einen. Sonderbarerweise und zu meiner Erleichterung blieb der Oetsch ironisch ruhig und versetzte wie ein Gedankenleser:

»Der Pater Faramund wird schon wieder zum Vorschein kommen! Und wenn nicht: Ich bin nicht fürs Abkrageln von Menschen, bloß weil sie einem zuwider sind! Ich hab' die Ehre!«

Das »Ich« hat er nachdrücklich betont und dabei den Gaudenz Safferstätt aus seinen geheimnisvollen, graublauen Augen durchdringend angeschaut, so als wollte er seinen toten Bruder, den Peter-Paul, dem andern so recht im hellen Tageslicht vor allen Leuten gerade vors Gesicht stellen. Dann hat er sich umgedreht und ist langsam und aufrecht davongegangen, und die Herren sind in düsterem Schweigen zurückgeblieben.

Mir war's genug! Ich bin hinauf zu meiner Frau, hab' mich in den Fauteuil fallen lassen und gesprochen:

»Katzel! Jetzt geht der Tanz in Vogelöd erst los! Der Oetsch sucht Händel mit dem Safferstätt, und dem Safferstätt ist's gerade recht! Wie die Kampfgockel hacken sie aufeinander!«

»Ja – was haben's denn?« erkundigte sich die Centa bang.

»Der Oetsch hat angefangen und den Gaudenz eines Mords beschuldigt. Der hat ihm den Mord mit der Retourkutsche wieder zugeschickt! Und das unter christlichen Edelleuten und vor meinen pflichttreuen, ehrenfesten Herren Beamten! Was sollen die sich denn denken, wen ich mir da aufles' und ins Schloß einlad'? Ein Gottesglück, daß kein Domestik in der Nähe war!«

»Ich weiß immer noch nicht recht, was passiert ist!«

»Da fragst mich auch zu viel! Mir dreht sich der Kopf! Soll, wie die beiden sich gegenseitig drohend zu verstehen geben, der Gaudenz den Peter-Paul umgebracht haben und der Oetsch den Pater Faramund oder der Oetsch alle zwei oder der Oetsch nur seinen Bruder, und der Pater Faramund lebt noch, wie er behauptet...«

»Ja – sind die denn von Gott verlassen?« stöhnt die Centa.

»Freilich sind sie's!« schrei' ich. »Der Oetsch schon längst. Wie's mit dem Gaudenz steht, da muß ein Gescheiterer her als ich, um das zu ergründen. Vorderhand hab' ich sie auseinander gebracht. Aber bei der nächsten Gelegenheit fangen sie womöglich das Geraufe um die Toten wieder an!«

»Das mußt du verhindern!« hat die Katzel strenger gesagt, als sonst ihre weiche Art ist. »Wozu bist du denn Herr im Haus?«

Recht hat sie gehabt. Ich bin gegangen und habe mir zwei vernünftige Männer ausgesucht: den Landrichter a.D. von Söller und den Kämmerer von Höllring, und habe sie zu den beiden Kampfhähnen hingeschickt, – den Söller, der sich gerade von der Kammerjungfer Poletta alles Nähere über ihren Habererliebsten hat erzählen lassen, zum Gaudenz, und den andern zum Oetsch, und habe die dringende Erwartung aussprechen lassen, daß die obgemeldeten Herren sich hinfort mäßigen, von Feurio, Illuminaten-Weissagungen, Tusch und der Hand am Hahn unweigerlich Abstand nehmen und sich als zu Gast befindliche Kavaliere geziemend aufführen möchten, andernfalls ich es dann freilich lieber sehen würde, wenn sie recht impressiert sich von hier beurlauben und ihre Diskrepanzen lieber bei des Teufels Großmutter austragen wollten, statt mir und den Meinen und allen unter meinem Dach dies widrige Spektakel zu gewähren.

Der Herr von Söller kam bald wieder. Meldete: der Safferstätt wollte bloß seine Ruhe haben! Der Oetsch möge sich für seine Geisterbeschwörungen und Narrenkram einen anderen aussuchen als ihn! Hernach sei er, der Gaudenz, schon stad! Gut!

Anders natürlich wieder der Oetsch. Der hat dem Kämmerer gegenüber erstaunt getan und gesagt:

»Kann ich dafür, daß der Baron so damisch ist und alles aus sich bezieht, was ich red', auch wenn es vor zweihundert Jahren geschehen ist? Belehrt's ihn halt! Ich lass' mir von ihm das Maul nicht verbieten!«

Dann hat er hinzugefügt: »Der arme Rittmeister soll nur noch ein bissel Geduld haben! Morgen früh ist er mich los. Da reis' ich ab. Ich hab' ein paar Geschäfte in Abessinien zu erledigen!«

Das war mir lieb, und lieber noch wäre es mir gewesen, ich hätte den Oetsch jetzt schon im Pfefferland gewußt. Denn die Luft war mit Elektrizität geladen, als wir uns zur Mittagtafel setzten – meine Frau als einzige Dame. Die Mette kam nicht zum Vorschein. Die wartete oben immer noch verzweifelt auf ihren Pater.

Der Oetsch kam absichtlich erst hinterher, nachdem der Pfarrer Thurmbichler das Tischgebet gesprochen hatte. Das Vaterunser wirkt auf den wie auf uns das Hexen-Einmaleins. Ich hatte dem Haushofmeister befohlen, ihn und den Safferstätt unauffällig so weit entfernt voneinander wie möglich zu placieren. Aber unglücklicherweise war der Stuhl von der Mette frei und auf den setzt sich ohne weiteres der Oetsch hin, ihrem Mann just schräg gegenüber, so daß sie leicht miteinander über den Tisch weg sprechen konnten. Zu hindern vermochte ich es nicht mehr. Eingreifen konnte ich auch nicht. Denn ich saß an einem Schmalende der langen Tafel, die Centa auf dem anderen. Wir tauschten besorgte Blicke. Eine Weile ging alles gut.

Es lag eine gedrückte Stimmung über dem Tisch, und keinem war zum Reden zumut. Aber schließlich haben sie als Leute von Welt doch angefangen, und das Gespräch ist, man mochte tun, was man wollte, so wie die Bleikugel auf den tiefsten Punkt der Schüssel, auf die dunkle Frage des Tages immer wieder zurückgerollt: Was ist mit dem Pater Faramund geschehen?

Und wie ich gefürchtet habe, höre ich nach kurzem die laute, befehlerische, nachlässige Stimme des Oetsch, und, wie die anderen schon gewohnt sind und es kaum mehr anders wissen, verstummen sie nach kurzer Zeit und hören ihm alle zu, und er spricht allein:

»Es ist durchaus nicht so leicht, einen Menschen umzubringen, wie man gewöhnlich glaubt!« verkündete er. »Auch schwächliche und alte Leute sind zäh! Daß es nur des geeigneten Werkzeugs und frischen Willens zum Mord bedarf – glaubt's einem Mann wie mir, meine Herren! – das ist ein Ammenmärchen!«

»Es gehört wohl vor allem Übung dazu?« erkundigte sich der Landrichter von Söller, der seine angeborene Neigung zur Verbrecherjagd heute, am Sonntag, so wenig zügeln konnte wie unter der Woche seine Jagdpassion für die Hirsche.

»Im Gegenteil!« sagt der Oetsch kaltblütig. »Übung ist schädlich! Wiederholung mißlingt! Man muß ein blutiger Neuling sein, um mit dem Blut Glück zu haben!«

»Ja – was wär' denn das?«

»Ist es Ihnen noch nie eingefallen, daß bei einem Zweikampf der ganz unerfahrene Fechter einen merkwürdigen und erfolgreichen Vorteil hat, weil er mit seinen unberechenbaren Hieben den zünftigen Gegner aus dem Konzept bringt? Die Gunst des Glücks haftet rätselhaft an allem Ersten! Wer sich zum erstenmal an den Spieltisch setzt, gewinnt immer! Wie oft hast du's erlebt, Poldl, daß ein Jagdgast, dem man noch hat die Büchse laden und in die Hand geben müssen, so unerfahren war er – mit dem ersten Schuß sein Stück aufs Blatt getroffen hat und hinterher nie wieder?«

»Etwas ist schon wahr daran!« sagte ich nachdenklich. Der Forstmeister frug:

»Woran hängt denn das, Herr Graf?«

»An der Blindheit!« sprach der Oetsch. »An der gesegneten Blindheit! Der Anfänger sieht noch gar nicht alle die Möglichkeiten und Gefahren, die dem Gewitzigten den Blick verwirren! Der Erfahrene möchte überall Löcher zustopfen, Funken austreten, Spuren abwaschen, und schließlich bleibt doch ein Hosenknopf übrig und wird zum Generalprokureur gegen ihn, oder sein alter baumwollener Regenschirm führt ihn aufs Schafott, den er in der Eile hat stehen lassen, oder ein Tintenklecks, den er nicht sauber genug abgeleckt hat, wird sein Todesurteil!«

»Und der Anfänger...?«

»Der geht gerad' aus und kümmert sich um nichts und zwingt damit die Dinge, daß sie ihm dienen! Alle großen und rätselhaften Verbrechen werden nur ein einziges Mal von einem Menschen begangen!«

Die Augen des Johann Preisgott Oetsch wurden geisterhaft groß und weit. Sie ruhten lähmend auf der Tafelrunde. Durch die rieselte ein Schauer. Jetzt kam wirklich, was ich, noch ungläubig, doch heimlich befürchtet hatte: Der Oetsch sprach offen und laut von dem Tod seines Bruders, des Grafen Peter-Paul auf Pfaffenrod ..

»Nehmen wir zum Beispiel die bis heute unaufgeklärte Ermordung des Peter-Paul vor drei Jahren!« sagte er. »Er wurde, schon am hellen Morgen, in seinem eigenen Park, mitten auf dem Weg, ganz nahe von seinem Haus, nicht fern von Landleuten, die schon zur Arbeit gingen, von einem unbekannten erschossen. Niemand hat den Schuß gehört. Niemand kam zufällig dazu. Keine Fußspur wurde gefunden. Kein fremder Gegenstand blieb am Tatort zurück. Keine verdächtige Gestalt wurde in dessen Umkreis gesehen. Selbst bei der Pistole, die abgefeuert neben der Leiche lag, ließ sich nicht mit Sicherheit feststellen, ob sie nicht aus der reichhaltigen Waffensammlung des Schlosses stammte, so daß, wenigstens in der Theorie, die Möglichkeit eines Selbstmordes offen blieb...«

Der Johann Preisgott Oetsch unterbrach sich, leerte sein Weinglas auf einen Zug, wischte sich den langen Schnurrbart und schloß:

»So viel Glück kann nur der ganz Ahnungslose haben! Ich glaube nicht, daß der, der den Peter-Paul ermordet hat, besonders gescheit war. Ich glaube eher, er war dumm. Er hat sich gar keine möglichen Folgen klar gemacht. Sonst hätte er vor ihnen erschrecken müssen, und eben darum sind sie nicht eingetreten, und er geht frei und unentdeckt umher. Das weiß ich ganz gewiß: Der Mörder des Peter-Paul hat zum erstenmal in seinem Leben gemordet und früher niemals an so etwas gedacht und tut's auch in seinem Leben nicht wieder. Denn er hat's nicht mehr nötig! Er hat erreicht, was er wollte!«

Der Oetsch hatte, während er sprach, mit keinem Auge den Gaudenz Safferstätt drüben angeblickt. Aber jeder an der lautlosen Tafel fühlte, daß er den und keinen anderen meinte. Nun setzte er noch in einem sonderbaren, leisen, wie warnenden Ton hinzu:

»Das Schlimme für solch einen Glückspilz ist nur, daß die Toten leben, gerade wenn man sie umgebracht hat! Dann sind sie lebendiger als vorher. Es liegt eine tiefe Weisheit im Volksglauben an die Wiedergänger. Die Toten kommen wieder und suchen sich ihren Mann und wissen ihn schließlich schon zu finden! Die haben einen Spürsinn, Poldl! – da ist dein Hund, der Teifi, ein Waisenbub dagegen!«

Jetzt raffte sich der Gaudenz Safferstätt auf. Er hatte wohl das Gefühl, daß einer, der nur stumm dasitzt und von drüben über den Tisch her die vergifteten Pfeile wehrlos auf sich schnellen läßt, schließlich seinem scheinbar absichtslosen Ankläger recht gibt. Er sagte laut und mit einer höhnischen und herausfordernden Geringschätzung:

»Da müßt' man doch irgendwo merken, wo die armen Seelen um uns herumfliegen täten oder von uns ihre Ruh' begehren! Aber ich gespür' nix von ihnen, zeitlebens net, und die anderen Herren ebensowenig! Sie sind der einzige hier im Saal, der sich vor den Toten fürchtet, Graf! Sonst gibt's hier keinen Geisterseher!«

Der Oetsch starrte jetzt den anderen an. Den Blick von ihm vertrugen die wenigsten. Auch der Gaudenz Safferstatt wurde unruhig. Funkelnd boshaft. Streitsüchtig, als hätte er zu viel getrunken. Ich glaube, es ging nicht nur mir, sondern auch anderen so, daß wir auf seinen Zügen, die sonst Unbildung, aber Gutmütigkeit verrieten, eine heimliche, schlafende Roheit deutlich durchschimmern sahen.

»Geisterseher?« sprach der Johann Preisgott Oetsch leise in der beklommenen Stille. »Muß man Geister denn sehen? Oder hören? Oder als einen kalten Hauch fühlen? Warum denn? Die Geister sind trotzdem da, auch wenn unsere paar armseligen Sinne versagen! Die Geister haben ihre eigenen Reiche. Diese Reiche sind vom Raum, in dem wir leben, mit umschlossen. Nur vermögen wir diese zweite Welt inmitten unserer eigenen nicht zu erkennen. Die Geister sehen uns, aber wir nicht sie. Wir sind nicht Geisterseher, wie Sie behaupten, Baron, sondern die Geister sind Menschenseher und mitten unter uns!«

Er brach ab und setzte nach einer Weile kaltblütig hinzu: »Mein toter Bruder Peter-Paul zum Beispiel ist in diesem Augenblick hier im Saal!«

Der Safferstätt bekam einen roten Kopf.

»Wo?« frug er rauh.

Alle Blicke folgten den durchdringenden graublauen Augen des Oetsch, die den einzigen leeren Stuhl in der Tafelrunde suchten. er sagte ganz leise, zwischen den Zähnen, bestimmt, ruhig: »Dort! Zufällig gerade auf dem Platz Ihrer Frau Gemahlin!«

Mir lief ein Rieseln über den Rücken. Alles schwieg. Die Laquaien standen mit offenem Munde und wagten nicht, weiter zu servieren. Der Gaudenz Safferstätt frug heiser: »Warum gerade dort?«

»Weil es der einzige freie Sessel ist!« antwortete der Oetsch leichthin, in seiner spöttischen Art. »Der Peter-Paul kann sich doch nicht einem von uns auf den Schoß setzen! Das wäre Ihnen wahrscheinlich doch auch gar nicht sehr angenehm, Baron Safferstätt!«

Die beiden maßen sich über die Tafel hin mit den Blicken wie zwei Florettkämpfer, die einander, wenn sie recht geübt sind, auch nicht auf die Spitze des Degens, sondern auf das Auge des Gegners schauen. Der Gaudenz verzog seine bleichen, nichtssagenden Züge zu einem spöttischen Lachen. In dem war nicht die frühere harmlose Heiterkeit. Es lag etwas Gequältes um das Jucken der Mundwinkel.

»Sie sind mir schon der rechte, Graf!« sagte er. »Sie widersprechen sich selber in einem Atem und denken, wir sind so dumm und merken's nicht! Wie kann mich denn ein Gespenst molestieren, wenn ich's, nach Ihren eigenen Worten, nicht hör' und nicht seh'?«

»Nein. Das Reich der Toten ist nicht von unserer Welt«, sagte der Oetsch langsam und feierlich.

»Alsdann ... daß ich net lach' ... Da lassen's mich gefälligst damit aus!«

»Es ist nicht von unserer Welt, weil es in uns ist!« fuhr der Oetsch fort. Seine Stimme schwoll an. Uns wurde unheimlich zumut. »Unsere Toten sind unsere Taten!«

»Das sind Sprüch'!«

»... und ihr Reich in uns hat einen wohlbekannten Namen!«

»Ich kenn' ihn net!« sagte der Gaudenz und lachte, einfältig und treuherzig, wie er früher war. Der Oetsch beugte seinen hageren Abenteurerkopf vor und sagte halblaut, beinahe vertraulich:

»Das Reich heißt das böse Gewissen, Baron!«

Still war's. Die beiden suchten sich wieder mit den Augen. Wir alle hatten längst zu essen aufgehört. Die Domestiken standen regungslos, die Schüsseln in den Händen, als wären sie ausgestopft, an der Wand. Meine liebe Frau, die Centa, warf mir vom anderen Ende der Tafel einen verzweifelten Blick zu. Ich verstand. Jede Sekunde konnte jetzt der Oetsch etwas sagen oder der Safferstätt etwas tun, was nicht wieder gutzumachen war. Es mußte ein Ende gemacht werden. Dabei waren wir noch nicht am Schluß der Mahlzeit. Aber ich faßte einen kurzen Entschluß. Ich stand auf, und zugleich mit mir, mich begreifend, meine Ehelichste, und sprach: »Ich glaub', meine Herren: viel Hunger haben wir alle beisammen nicht mehr! Gehen wir lieber ein bissel ins Freie und kühlen uns draußen unsere Köpfe ab!«

Fast zugleich war ich schon an der Seite des Gaudenz Safferstätt, der sich zögernd, mit bleiernen Knien, als sei er von seinem Feind drüben gebannt und gelähmt, vom Stuhl erhob, nahm ihn unter den Arm und führte ihn hinaus. Wohl war mir aber nicht zumut. Ich hatte einen unwillkürlichen Schauder, den Mann zu berühren, obwohl ich doch nichts von der Schuld wußte, die ihm der Oetsch vor Augen rückte, und sie mir in der Hast und Aufregung auch gar nicht auszumalen oder zu Ende zu denken imstande war.

Aber ich bezwang mich und promenierte im Freien, in bloßem Kopf wie er, allein mit ihm freundschaftlich um den großen Teich und gab dem Schwan, der sich uns zischend und kampfwütig wie ein Mensch in den Weg stellte, einen gehörigen Fußtritt und sagte dann: »Gaudenz: der Oetsch reist morgen früh ab! Er hat's mir feierlich versprochen! Bis dahin bitt' ich mir jetzt ganz energisch Ruh' in meinem Haus aus! Verstehst?«

»Kann denn ich dafür, wenn er als wieder anfängt?« begehrt er auf und wird wieder fremdartig brutal im Gesicht, mit unruhig irrenden Augen, und in mir steigt wieder ein furchtbares Grausen auf, das ich überwinden muß, und ich geb' ihm recht:

»Nein! Der Oetsch fängt freilich immer wieder an! Drum sei du der G'scheitere! Wenn ihr nicht mehr meine Gäste seid, dann kampelt euch draußen, wo und wie ihr mögt! Aber bis dahin duld' ich diese Szenen vor den Gästen und der Dienerschaft nicht weiter!«

»Was soll ich denn dagegen machen?«

»Geh ihm halt aus dem Weg!« spreche ich ärgerlich. »Geh hinauf und pfleg' deine Frau, die den ganzen Tag weint und betet und sich nach dem Pater Faramund barmt! Riegel' deine Gemächer zu! Da kann der Oetsch nicht hinein und wieder mit dir's Raufen anfangen...«

»Und die anderen werden glauben, ich lief' vor dem Oetsch davon! Das fehlte mir gerade!«

»Nix werden sie davon glauben! Denn ich werde ihnen sagen, daß die Mette krank ist und dich braucht! Is ja wahr! Also: willst mir das versprechen und bleibst oben einheimisch, wenigstens die paar Stunden heut' bis zum Abend, bis der Oetsch zum letzten Mal vor seiner Abreise in die Berge gestiegen ist, um den Filzenschuster zu derwischen?«

Zu meiner Beruhigung stimmte der Gaudenz Safferstatt bei. Es schien ihm jetzt selber eine Erleichterung. Er gab mir die Hand darauf und ging nach dem Schloß zurück. Ich blieb stehen. Nein. Ich bückte mich geistesabwesend und steckte meine Hand in den Teich, weil der Safferstätt sie berührt hatte, und zog sie naß wieder heraus und trocknete sie am Sacktuch ab und schämte mich und machte mir selber Vorwürfe: Was ist denn das? Was denkst du denn von deinen Nebenmenschen? Von dem harmlosen Depp, dem Gaudenz? Fad ist er – das ist gewiß – aber doch beileib kein ... Ich mag das Wort gar nicht aussprechen! Dem Oetsch kommt so was leicht über die Zunge! Das fehlte noch, daß man alles glaubt, was der daher redet, der gewiß schon zehnmal in seinem Leben mit dem bösen Feind Smollis getrunken hat! Trauen darf man selbem Alchimisten und Abenteurer und ägyptischen Gaukler nicht über den Weg. Aber trotzdem: etwas bleibt immer hängen! Ich hätte mich über nichts mehr gewundert! Ich hatte nur noch den Wunsch, den ganzen Hexenspuk los zu sein! Aber da war keine Hoffnung! Die Geheimnisse hingen so dicht und schwer über meinem Haus wie die Wolken auf den Bergen umher.

Ich betrat mein liebes, altes, trauliches Vogelöd mit bangem Herzen. Der Haushofmeister, der Rubesoier, kam mir entgegen. Er hatte, während wir beim Frühstück saßen, noch einmal persönlich, ganz allein, den Schlüsselbund zu sämtlichen Zimmern in der Hand, das ganze Schloß vom Boden ab nach dem Pater Faramund durchsucht. Kein Lebenszeichen! Keine Spur!

Aber hinter ihm erschien mein Forstmeister, der Herr Wappolt, der sich hinterher, gleich nach Tisch, zum nämlichen Zweck aufgemacht hatte, den wirr umherblickenden, wild winselnden Teifi, den schottischen Schäferhund, an der Leine neben sich, und meldete mit fester Stimme: »Herr Rittmeister: entweder der Spürhund da, der beste, den ich je in meinem Leben gesehen hab', hält es wirklich mit seinem Namenspatron und hält uns alle zum Narren, oder der Pater Faramund lebt und ist hier im Schloß!«

»Verraten's mir nur, wo!«

»Das ist das Unbegreifliche und Absonderliche! Der Teifi läuft durch alle Gänge, recht freudig, und hat alle Augenblicke die Spur vom Pater und wird dann wieder unsicher, verliert sie, findet sie unversehens irgendwo von neuem im Hause, überall, auf der Treppe, in der Halle, bis zum Rittersaal ... schaut einem wieder ratlos an ... setzt sich hin ... steckt die Nase in die Luft und heult...«

Ja – was half mir das? Ich faßte den Entschluß und befahl dem Rubesoier und mußte laut reden, um das fortwährende Winseln des Teifi zu übertönen.

»Es soll sofort angespannt werden! unterdessen schreibe ich einen Brief an den hochwürdigen Herrn Abt von Maria Stern und melde ihm, daß der Pater Faramund zu unserer Besorgnis hier seit jetzt gerade vierundzwanzig Stunden abgängig ist. Schicken Sie einen zuverlässigen Mann mit dem Brief, Rubesoier. Er soll in Maria Stern auf Antwort warten und mit der sobald wie möglich zurückkommen und nicht unterwegs hinterm Maßkrug hängen bleiben! Morgen früh kann er wieder hier sein!«

Zusammen mit meiner lieben Centa entwarf ich die Hiobspost an den Abt. Gut! Petschaft aufs Wachssiegel! Fertig! Ein Knecht kutschierte damit zum Tor hinaus, und ich hatte nun wenigstens die Tröstung, daß wir, wenn die Sonne wieder aufging, mehr als jetzt, sei es Gutes oder Böses, wissen würden. Den Oetsch hatte ich in dieser Zeit aus den Augen verloren. Die Unruhe trieb mich, zu sehen, was er wohl vorhabe. Es war gegen halb fünf Uhr nachmittags und dämmerte schon merklich. Er saß unten in der Halle zwischen den anderen Herren und führte das große Wort. Ich blickte angstvoll über die anderen hin. Gott sei Dank: der Gaudenz Safferstätt befand sich nicht unter ihnen und war auch, wie mir der Franzl Salvermoser auf meine Frage mitteilte, seit dem Mittag nicht mehr zum Vorschein gekommen, sondern bei seiner Frau oben im Zimmer geblieben. Er hielt also sein Versprechen, das er mir gegeben hatte.

Das erste was ich hörte, wie ich hereinkam, war das Wort: »Mord«. Natürlich aus dem schnurrbärtigen Mund des Johann Preisgott Oetsch. Der saß lässig da, die langen Beine übereinander geschlagen, und bewegte beim Sprechen die rechte Hand in der Luft und dozierte vor seinem andächtigen Publikum, wie ein Münchener Universitäts-Professor auf dem Katheder.

»Es ist eine altbekannte Tatsache,« sagte er, »daß es den Mörder immer wieder an den Ort seiner Tat hinzieht, und diese Tatsache stützt meine Theorie, daß man überhaupt nicht töten kann! Der Mörder weiß, daß sein Opfer lebt, auch wenn er es zehnmal erschlug, – daß es weiterlebt, wenn auch in veränderter, anscheinend unkenntlicher Gestalt, und eine unheimliche Neugier treibt ihn an die Mordstelle zurück, um dort zu ahnen, in welcher Gestalt sein Opfer von da weiter in das Leben hinausgegangen ist und ihm einmal draußen unversehens wieder begegnen wird. Diese sträfliche Neugier nennt man das böse Gewissen.«

»Aber oft hindern doch äußere Umstände den Mörder, den Schauplatz des Verbrechens je wieder aufzusuchen!« bemerkte der Landrichter von Söller, der, nach seiner angeborenen kriminalistischen Neigung, bei den Auseinandersetzungen des Oetsch ganz Auge und Ohr war. Der Oetsch bejahte.

»Dann sucht der Mörder anderweitig mit seiner Tat in Verbindung zu treten. Irgendwie zieht sie ihn immer an. Er begibt sich an Orte, wo über den Mord gesprochen wird. Er liest die Zeitungen, die Nachrichten über den Mord bringen. Er sucht den Verkehr mit Leuten, die den Ermordeten kannten, um ihm wider Willen, mit gesträubten Haaren, nahe zu sein...«

Ich saß in der Halle, mit dem Rücken gegen die große Freitreppe, zwischen den anderen Herren. Ich bemerkte unter ihnen wohl eine plötzliche, lautlose Bewegung, die wie eine Luftwelle gleichmäßig über sie hinwehte, aber ich begriff die Ursache noch nicht. Der Oetsch, der von seinem Schaukelstuhl aus den Treppenaufgang gerade im Auge hatte, fuhr, ohne eine Miene zu verziehen, fort: »Dieser innerste Instinkt, nachträglich mit seinem blutigen Geheimnis Rücksprache zu Pflegen, ist stärker als der bewußte Widerstand der Vernunft. Der Mörder hat durch seine Tat seinen Willen in sein Opfer gelegt. Von dort wirkt dessen Wille auf ihn ein und zieht ihn unwidestehlich an.«

Die Bewegung unter den Herren wurde stärker. Veränderte sich. War ein Grauen. Einige blickten ungläubig auf die Treppe. Andere wandten die Köpfe dorthin. Vor mir war an dem Pfeiler ein Wandspiegel. Er warf das Bild der untersten zehn Stufen zurück. Was sah ich da?

Über den roten Läufer, der die Treppe deckte, stieg langsam, von oben kommend, der Gaudenz Safferstätt herunter. Er stolperte nicht, er ging ganz wie sonst. ...Und doch war etwas Willenloses in seinen Bewegungen. Der Oetsch rauchte seine Zigarre und sagte:

»Es braucht nicht der Schauplatz der Tat zu sein. Die Tat ist überall. In irgendeiner Ecke steht sie immer und winkt, hat es oft nicht einmal nötig. Der Täter drängt sich ihr oft von selber auf!«

Der Gaudenz Safferstätt hatte den Boden der Halle betreten. Sein Gesicht war schlaff. Dabei, trotz der Willenlosigkeit, merkwürdig zielbewußt. Es erinnerte mich plötzlich an einen Nachtwandler, der auch stracks über die Dächer marschiert, ohne zu wissen warum. Der Oetsch qualmte und sah ihn kaltblütig an. Der Safferstatt beachtete ihn nicht. Er war bleich. Er hatte ein fades, verlegenes Lächeln an sich. Er blieb vor mir stehen und sprach unsicher: »Verzeih, lieber Rittmeister! Ich geh' gleich wieder hinauf! Ich hab' nur plötzlich solch einen Kaffeedurst gekriegt...«

Er setzte sich, nahm dem Diener die Tasse ab, hielt sie mitten in der Luft, starrte geistesabwesend vor sich hin und murmelte: »Deswegen bin ich heruntergekommen!«

»Spät sind Sie gekommen!« sagte der Oetsch gleichgültig, und uns alle schauderte. »Ich warte schon die ganze Zeit auf Sie, Baron!«

Der Gesichtsausdruck des Safferstätt blieb matt und farblos. Er sagte langsam, schläfrig, wie im Traum:

»Wieso haben's denn auf mich gewartet, Graf?«

»Weil ich gewußt habe, daß Sie kommen würden!« versetzte der Oetsch. Er hypnotisierte, in dem tiefen Schweigen umher, den anderen mit seinem eisig funkelnden Blick. Drüben der wieder mit schwerer Zunge:

»...da haben's mehr gewußt als ich selber!«

»Ich weiß genau so viel wie Sie!« sagte der Oetsch schnell.

Dann, nach einer kurzen Weile, seine Zigarrenasche abstreifend, halblaut, ohne den Safferstätt anzuschauen:

»...und das genügt vollauf!«

Der Safferstätt antwortete nichts. Er trank, mit verglasten Augen über den Rand der Tasse ins Leere schauend, in dumpfem Stumpfsinn seinen Kaffee. Ich saß neben ihm und sprach leise und zornig:

»Hast mir nicht dein Wort gegeben, oben zu bleiben?«

»Ja ...ich weiß auch nicht...,« sagte der Safferstätt ratlos.

»Warum hast's dann nicht gehalten?«

»Ich sag' dir doch: ich weiß nicht! Ich bin auf einmal aufgestanden und hab' mir gedacht: Gehst halt mal runter!«

»Und jetzt geht hier der Tanz wieder los! In allem Ernst, Gaudenz: trink deine Tasse aus und schau, daß du weiterkommst!«

»Ja!« versetzte der Safferstätt mechanisch. Er war längst mit seinem Kaffee fertig. Er hätte aufstehen und weggehen können. Aber er blieb sitzen wie ein Stück Holz. »Gaudenz ...ich hab' dein Wort!« raune ich.

»Gleich!« sagte der Safferstätt und rührte sich nicht. »Gleich!«

»Vorwärts!«

»I bin ja schon unterwegs, Poldl!«

Dabei klebte er an seinem Ledersessel fest und schaute unverwandt, träge und schlafmützig, nach dem Oetsch hinüber, als müsse er von dem die Erlaubnis, sich zu erheben, bekommen. Der Oetsch hatte seinen hageren Kopf von ihm weggewendet und nahm von ihm keine Notiz. Er beendete stark und laut, ganz Leben und Wille, vor der Korona um ihn sein Privatissimum über das schlechte Gewissen. »Die Probe auf das, was ich gesagt hab', kann jeder bei sich selbst anstellen!« erklärte er.

»Na ... hören's mal!«

»...Denn ein reines Gewissen hat keiner!« versetzte der Oetsch.

»Lieber Graf! Sie sind doch hier nicht unter Räubern und Verbrechern!«

»Jeder Mensch hat seine heimliche Schuld!« sprach der Oetsch mit einer dumpf kündenden Stimme.

»...Ohne Sünde ist freilich nur unser Herrgott! Aber...«

»Jeder Mensch hat sein Geheimnis, das er niemandem verrät...«

»Aber eine Todsünde braucht es nicht zu sein!«

»Es kann eine läßliche Sünde sein!« sagte der Oetsch. »Es kann auch eine Todsünde sein, der er selber nicht ins Auge zu blicken wagt, so wenig wie im Mittelalter die Leute dem Basilisken unten im Brunnen, weil sie wußten, daß sie dann versteinerten...«

»Ach, gehen's!« meinte der Gaudenz Safferstätt plötzlich mitleidig. Es waren die ersten Worte, die er wieder sprach. Sie hallten durch die Stille. Der Oetsch schien es zu überhören. Er drehte seinen langen Oberkörper im Schaukelstuhl von rechts nach links, so daß sein Blick jeden der Anwesenden der Reihe nach traf, und dämpfte dabei geheimnisvoll seine Stimme. Wir alle zuckten zusammen. Wir alle fühlten: jetzt kam etwas...

»Ich habe gute Gründe, anzunehmen, daß ich einmal der Isispriester Pa-Du-Amên war, der um das Jahr zweitausend vor Christus der dritte und letzte Mitwisser der Mysterien des Tempels der Throne der Welt in Oberägypten war!« sprach er beiläufig, und mir fiel ein Stein vom Herzen, daß der Oetsch auf seine alten Narrheiten verfiel und von der Mordgeschichte abschweifte. »In jenen aufgeklärten Zeiten, da die Menschen Tierhäupter und die Vögel Menschenköpfe trugen und Mistkäfer und Sonnenscheibe sich in der Hieroglyphe ›Ra‹ zum Weltall fanden, war man in der Erkenntnis des Zusammenhangs aller Dinge weiter als jetzt. Man war hellsehend. Ein bißchen davon ist mir jetzt noch geblieben!«

Mir wurde wieder bange, wo er hinauswollte. Ich versuchte, ihn zu beschwichtigen.

»Laß gut sein, Johann Preisgott! Wir wissen, daß du mehr kannst, als Brot essen! Wir haben heut' kein Verlangen nach deinen Zauberkunststücken!«

Aber zugleich versetzt der unglückselige Gaudenz Safferstatt höhnisch:

»Wenn Sie's zweite Gesicht an sich haben, Graf Oetsch, warum verraten Sie uns dann nicht, wo Ihr Zimmernachbar, der Pater Faramund, hingeraten ist?«

Eine lautlose Stille. Dann der Oetsch, obenhin, die Achseln zuckend, sehr ruhig:

»Weil die Isispriester nicht das Opfer zu verhören hatten – das war die Sache des schakalköpfigen Gottes Anubis in der Unterwelt – sondern auf Erden den Mörder zu suchen und den Mord zu sühnen...«

»So ... so...«, sagte der Safferstätt und lachte. Es klang recht dumm.

»...Darum bezieht sich das bißchen Hellsehen, das mir noch von damals geblieben ist, nur auf die Schuld. Auf das böse Gewissen, von dem wir ja heute den ganzen Tag sprechen! Ich weiß eigentlich auch nicht, warum.«

»Ich auch nicht!« rief der Safferstätt.

»Diese Schuld, meine Herren,« sprach der Oetsch gleichgültig, »kann ich bei jedem von Ihnen, wie Sie hier sitzen, sofort in der Seele lesen...«

»Ich hab' nichts dagegen!« meinte der Prinz Tettikon, der k.k. Husar, und lachte. Mehr wie seine paar Wiener Amouren hatte der Jüngling sicherlich nicht beim St. Petrus auf dem Kerbholz. Der Ritter von Söller sprach feierlich: »Ich gesteh', ich hab', seit ich pensioniert bin, die kaiserliche Maut bei Salzburg schon ein paarmal um ein Kistel Zigarren bemogelt!«

Aber der Oetsch ließ sich nicht beirren. Er suchte sich mit seinem stählernen Blick ein Opfer im Kreise.

»Wir können ja gleich eine Probe machen!« sagte er.

»Is ja ganz unnötig!« wehrte ich angstvoll ab. Der Kämmerer von Höllring half mir:

»Es glaubt's dir ja jeder, Oetsch!«

»Nein!« versetzte der Oetsch kaltblütig. »Der Baron von Safferstätt glaubt es zum Beispiel nicht! Man sieht es an seinem Gesicht!«

»...Is auch so!« rief der Gaudenz herausfordernd.

Der Oetsch trat auf ihn zu, ich ihm in den Weg.

»Johann Preisgott...«, sag' ich atemlos. »Ob du nun Geheimnisse lesen kannst oder nicht – jedenfalls darfst du sie nicht unbefugt aussprechen und Dritten offenbaren!«

»Will ich auch gar nicht!« erwidert der Oetsch. »Ich sag' dem Baron bloß etwas ins Ohr! Das bleibt ganz unter uns!«

Er geht zu dem Safferstätt hin, der in sich zusammengesunken, wie gelähmt, in seinem Lehnsessel sitzt, neigt sich über dessen Rand und flüstert dem Gaudenz, der sich nicht rührt, ganz leise etwas zu. Es hat ziemlich lange gedauert. Es waren sechs, acht Sätze. Verstanden hat keiner von uns eine Silbe. Nur die Wirkung haben wir gesehen. Der Gaudenz wurde langsam leichenfahl. Sein Mund stand ungläubig offen. Die Augen quollen ihm in Todesangst, wie bei einem gestochenen Kalb. Ganz starr hat er dagesessen. Der Oetsch hat von ihm abgelassen und ist langsam aus dem Saal hinausgegangen. Ein Schweigen hat er hinter sich gelassen. Ein recht langes, schweres Schweigen.

Die andern haben sich auch alle allmählich in der Dämmerung durch die Gänge rechts und links und die Treppe hinauf verzogen. Einer hinter dem andern. Keiner hat mehr mit dem Gaudenz Safferstätt zusammen sein wollen. Um den herum war eine unheimliche Leere. Ob er das bemerkt hat, weiß ich nicht. Er ist an eines der Fenster getreten, hat sich da schwer hingesetzt und stumpf und dumpf in das Abendgrauen in dem herbstlichen Park hinabgeschaut. Über dem kahlen Geäst zogen dunkle Wolken dahin. Es regnete nicht, aber die Nacht versprach pechfinster zu werden, und wie einem gerade mitten in der größten Erregung manchmal etwas ganz Nebensächliches in den Sinn kommt, so dachte ich mir auch: Die Dunkelheit kommt dem Oetsch gerade zupaß, wenn er heute draußen hinter den Wilderern her sein will!

Ich drehte mich um. Ich war jetzt allein mit dem Gaudenz im Saal. Ich konnte mich nicht überwinden, an den Safferstätt heranzutreten und mit ihm zu sprechen. Worüber auch? Das, was ich wissen wollte, konnte ich ihn doch nicht fragen, und er hätte es mir ja auch wahrscheinlich ums Totschlagen nicht gesagt. Mir graute vor ihm. Ich sagte mir innerlich: Gott verzeih' mir's, wenn ich ihm unrecht tu!

Der Gaudenz Safferstätt hat sich die ganze Zeit am Fenster nicht gerührt. Man sah im Dämmern nur noch undeutlich seine Umrisse. Er war wie ein stiller, schwarzer, in sich zusammengefallener Lappen. Unsere Vorfahren zogen vielfach vor, im Lehnstuhl zu sterben statt im Bett. Da mögen sie dann in ihrem letzten Stündlein so ausgesehen haben.

Jetzt kamen die Domestiken und zündeten die Wandkerzen in der Halle an. Das weckte meinen Safferstätt. Es störte ihn. Er stand schwerfällig auf und schritt wie schlaftrunken durch den großen Raum und stieg stolpernd die Stufen zu den oberen Stockwerken empor. Ich hörte seine schlürfenden, unsicheren Schritte oben auf dem Flur verhallen, wo er und die Mette wohnten. Mir oder den anderen in der Halle Befindlichen hatte er keine Beachtung geschenkt.

Im Park draußen ging rauschend der Bergwind. Es wehte durch das Dunkel von den Höhen. So finster war es noch nicht, daß ich nicht, auch schon im Begriff, mich zu entfernen, draußen eine lange, hagere Jägergestalt hätte am Schloß vorbei zum Parktor schreiten sehen. Sie zeichnete sich, mit der Spielhahnfeder auf dem Hut, dem Gewehrlauf über dem Rücken, dem Bergstock in der Hand, wie ein scharfer, schwarzer Schattenriß von dem fahlen, lichtlosen Nebel der einfallenden Nacht ab. In die stiefelte der Oetsch, seine langen Beine katzengleich und geschmeidig wie ein großes Raubtier voreinander setzend, hinaus und suchte sich oben in der Felseneinsamkeit seine lebendige, menschliche Beute.

Und ich? Ich seufzte, wie ich der nächtigen Silhouette des wilden Jägers nachsah. Seufzte schuldbewußt aus tiefster Brust. Dachte mir, während ich zu meiner lieben Frau hinaufstieg: Wir sind allzumal Sünder! Aber der Sünder, für den wir ihn hielten, solch ein Todsünder ist der Oetsch nicht, soweit jetzt das Ahnen unserer armen, menschlichen Weisheit reicht! Da gibt es eher vielleicht andere unter diesem Dach, die niederknien müßten und mit der Stirn den Boden schlagen und beten: »Herr, vergib uns unsere Schuld!«

XXI

Diktat der Pauline Engelbrecht, genannt Poletta, aus Wasserburg am Inn, damals Jungfer bei der Frau Baronin von Safferstätt, nunmehr Metzgermeistersgattin in München, d. d. 9. Oktober 1853

Ich erzähle es dem gnädigen Herrn Rittmeister akkurat so, wie es vor drei Jahren sich so staunend zugetragen hat, und wie ich es nicht vergesse, und wenn ich hundert Jahre alt werde. Der Herr Rittmeister darf es schon ruhig aufschreiben. Diesmal lüge ich nicht. Vorige Woche, das erstemal, habe ich schon gelogen. Nachher bin ich, auf den Sonntag, in die Beichte zu den Kapuzinern gegangen. Da ist der hochwürdige Herr Beichtvater böse geworden, daß ich gelogen habe, und hat mir angeschafft, daß ich gleich hingehe und dem Herrn Rittmeister die volle Wahrheit sage, und wenn ich auch zugeben muß, daß ich damals an der Türe gehorcht habe.

Ich war den ganzen Tag, an dem in Vogelöd das Unglück angefangen hat, als Jungfer um die Frau Baronin Mette Safferstätt herum. Die Frau Baronin hat ihre Gastzimmer oben im Schloß des Herrn Rittmeisters nicht verlassen. Gegessen hat die Frau Baronin nicht. Getrunken hat die Frau Baronin nicht. Frisieren hat sich die Frau Baronin nicht von mir lassen wollen. Aber gebetet hat die Frau Baronin in einem fort. Dazwischen hat sie geweint. Ich soll fleißig auf den Gang hinaus und nachschauen, ob der Pater Faramund nicht kommt, hat die Frau Baronin gesagt und dazwischen gestöhnt und getrauert und die Hände gerungen und gerufen: »Ich habe ja nur zur Hälfte gebeichtet. Er weiß noch nicht alles. Er weiß das Ende noch nicht. Eine halbe Beichte ohne Vergebung. Das ist ja schrecklich.«

Das ist gewiß schrecklich. Der hochwürdige Herr Kapuziner hat mir gestern auch gesagt: »Du Lugenschippel kommst leicht ins Fegfeuer, bald du nicht flugs die Wahrheit sagst!«

Darum sage ich dem Herrn Rittmeister jetzt die Wahrheit.

Nach dem Herrn Baron von Safferstätt hat die Frau Baronin damals nicht gefragt. Der Herr Baron ist in die Halle hinuntergestiegen gewesen, um da Nachmittagskaffee mit den anderen hohen Herren zu trinken. Nur nach dem Pater Faramund hat die Frau Baronin gefragt. Da bin ich fleißig auf den Gang hinaus und habe nachgeschaut.

Aber der Pater Faramund ist nicht gekommen.

Und der Domestike Baptist, der vorbeigekommen ist, hat mir gesagt: »Den Pater Faramund haben sie totgeschlagen und verräumt.« Da bin ich erschrocken.

Aber der Herr Landrichter von Söller ist gekommen. Derselbige, der mit mir am Morgen geredet und mich gefragt hat, ob ich nicht in München den Haberermeister, den Fröschel von Hub, kennte, und ich habe mir gedacht: Das geht dich einen Dreck an! und habe dem Herrn Landrichter gesagt: »Ja. Zu dienen! …Ich kenne ihn schon!« weil er doch ein Landrichter ist und die menschliche Gewalt über sich hat.

Der Herr von Söller hat eine Depesche in der Hand gehalten und war recht aufgeregt und ist zu mir getreten und hat mich fest angeguckt, nicht wie sonst die Mannsbilder unsereinen angucken, sondern schon recht streng, so als ob er mich verhören wollt', und hat gesagt:

»Poletta! Wann haben's den Fröschel von Hub zuletzt getroffen? Hand aufs Herz!«

»Vor drei Wochen, Herr Landrichter! Vor der Hauptwache am Marienplatz in München.«

»Was haben's ihm da erzählt?«

»Halt so …daß wir am nächsten Sonntag nicht miteinander auf die Oktoberwiese hinaus könnten, weil wir Ende der Woche heim aufs Land gingen, und dann zu Besuch auf das Schloß Vogelöd, sowie eine Nachricht vom Pater Faramund da wäre, daß er auch dorthin käme.« »Woher haben's denn überhaupt was vom Pater Faramund gewußt, Fräulein Poletta?«

»Ich habe immer die Briefe auf die Post getragen, die die Frau Baronin dem Pater Faramund nach Italien und dann nach dem Kloster Maria Stern geschrieben hat, und die Frau Baronin hat mir beim Frisieren immer von dem Inhalt, und was der Pater geantwortet hat, erzählt und gesagt, das sei ein ganz ein frommer Mann, und sie hätte schon rechte Sehnsucht nach ihm!«

»Und das haben's alles dem Haberfeldtreiber, dem Fröschel von Hub, wieder berichtet?«

»Freilich.«

»Warum?«

»Weil er's hat wissen wollen, Herr Landrichter!«

»Was geht das den Haberer denn an?«

Ich habe lachen müssen und habe gesagt:

»Eifersüchtig ist er halt gewesen, der Xaver, Herr Landrichter! Er hat immer gemeint, ich halte es heimlich noch mit irgendeinem anderen, und da habe ich ihm immer haarklein erzählen müssen, wo ich mit der Frau Baronin hinreise, und wo wir bleiben, und was ich da treibe!«

»Haben's seitdem etwas von dem Fröschel gehört?«

»Mit dem Schreiben geht's dem bös von der Hand. Wir haben uns versprochen, daß wir uns abends auf dem Platzl treffen, wenn ich jetzt wieder mit der Herrschaft nach München komme!«

»So, so!« hat der Herr von Söller gebrummt und hat ein sehr ernstes Gesicht gemacht und ist weggegangen, seine Depesche in der Hand. Weiß nicht, was drin stand.

Da bin ich wieder zu der Frau Baronin und habe sie trösten wollen und habe gesagt: »Ich glaube, mit dem Pater Faramund ist's gar!« Da hat sie wieder geweint.

Da ist es aber schon dunkel geworden. Da ist der Herr Baron wieder aus der Halle heraufgekommen. Der hat auch nicht froh hergeschaut. Der hat mir mit der Hand gewinkt: ich soll mich wegscheren, weil ich vielleicht zu viel im Zimmer bin. Da bin ich in das Vorzimmer hinausgegangen und habe mich da hingesetzt und habe genäht.

Drinnen haben sie immer leise und aufgeregt miteinander geredet, die Frau Baronin und der Herr Baron. Ich habe kein Wort verstehen können. Das hat mich gekränkt. Da bin ich aufgestanden und bin an die Tür geschlichen und habe mich da gewissenhaft hingestellt und gehorcht. Das habe ich dem Herrn Rittmeister vorige Woche nicht gesagt. Darum hat der hochwürdige Herr Kapuziner gesagt, ich sei schon ein Lugenschippel. Darum sage ich dem Herrn Rittmeister jetzt die Wahrheit und habe auch fünfzig Rosenkränze gebetet, zu wegen dem Fegfeuer.

Da habe ich an der Türe gestanden und den Atem angehalten. Das habe ich damals oft getan und gehorcht. Das war nicht recht, und da wäre ein Ochsenfiesel schon gut gewesen, um mich zu vertreiben. Aber ich habe trotzdem nichts verstehen können und bin traurig gewesen.

Da hat die Frau Baronin innen auf einmal lauter geredet und laut und feierlich gesagt: »Ich schwöre dir bei Gott, Gaudenz: Ich habe keinem anderen Menschen auf der Erde jemals ein Wort davon gesagt als jetzt in der Beichte dem Pater Faramund! Und auch dem noch nicht das Letzte!«

Da war es still.

Dann hat der Herr Baron gesagt: »Aber genug hast du ihm schon gesagt! Das muß sich der Pater Faramund irgendwie aufgeschrieben oder für seine eigene Gewissenserforschung Betrachtungen darüber niedergeschrieben haben, in dem Gedanken, daß sie kein menschliches Auge je zu sehen bekommt und er sie gleich wieder im Ofen verbrennt!«

Da war es wieder still.

Dann hat der Herr Baron gesagt: »Das muß der Oetsch nebenan gemerkt haben und hat natürlich gewußt, daß er von dem Pater Faramund, solange der lebt, das Beichtgeheimnis niemals erfährt.«

Da war es noch einmal still.

Dann hat der Herr Baron gesagt: »Da hat der Oetsch den Pater Faramund gestern mittag zwischen zwölf und zwei, wie der seine Aufzeichnungen machte und das ganze Schloß leer war, ermordet und beiseite gebracht und die Aufzeichnungen geraubt. Jetzt weiß er's und wissen's bald auch alle andern.«

Nach einer Zeit, so lange, als man ein Paternoster aufsagt, hat der Herr Baron gesagt: »Er spielt ja seit heute mit mir wie die Katze mit der Maus!«

Indem ist der Herr Baron auf die Türe zugegangen. Ich habe die Schritte gehört und mich schnell auf meinen Stuhl gesetzt und die Untertaille der Frau Baronin vorgenommen und genäht. Jetzt habe ich nichts mehr hören können. Da bin ich traurig geworden. Jetzt muß ich schon die Wahrheit sagen, weil sie es mir bei den Kapuzinern angeschafft haben. Ich bin wieder auf den Fußspitzen an die Türe hin, obschon das gefährlich war, wenn der Herr Baron plötzlich die Tür aufmacht, und jetzt habe ich deutlich gehört, wie er innen gesagt hat: »Aber ich erhole mich jetzt von dem Schrecken! Ich sitze nicht mehr so dumm da, daß sie mit den Fingern auf mich weisen. Ich wehre mich jetzt gegen den Oetsch!«

Ich habe gehört, wie der Herr Baron im Zimmer auf und ab gegangen ist. Das war gut. Da habe ich frischer horchen können. Er ist stehen geblieben und hat gesagt:

»Ich greife ihn jetzt an, statt er mich! Er ist jetzt nicht da! Da habe ich den Vorteil! Wer redet, hat recht!«

Die Frau Baronin war ganz still. Die war ganz auseinander. Der Herr Baron ist wieder in dem Zimmer umeinander gegangen. Dabei hat er gesagt:

»Ich komme dem Oetsch zuvor! Das ist jetzt unsere einzige Rettung vor ihm! Wenn er mir einen Mord vorwirft, den er mir nicht beweisen kann, dann klage ich ihn eines Mordes an, der sich von selber beweist! Des Mordes an dem Pater Faramund! Den kann nur er begangen haben und kein anderer! Das sagt sich jeder hier im Schloß!«

Ich habe den Herrn Baron oft lachen hören. Das hat er gern getan und war ein freudiger Herr. Aber jetzt hat er anders gelacht. Er hat so gelacht, wie man aus Bosheit lacht.

»Ich weiß auch den Grund, weswegen er den Pater Faramund abgekragelt hat!« hat er höhnisch gesagt. »Den Grund werde ich vor allen Leuten nennen und damit alles das Geschreibsel entkräften, das er dem Pater, wie der tot war, weggenommen hat, und das er gar nicht vorzeigen kann, ohne sich selbst des Mordes an dem Pater zu überführen. Deswegen raunt er mir auch nur Andeutungen ins Ohr, die die anderen nicht hören dürfen, aber ich werde laut reden, daß es jeder hört!«

Der Herr Baron ist auf die Türe zugegangen. Dabei hat er drinnen gesagt: »Einer von uns bleibt jetzt auf der Strecke! Aber nicht ich, sondern der Oetsch!«

An der Türe hat er noch einmal so leise, daß ich es kaum verstanden habe, und drohend zu der Frau Baronin gesagt: »Und du, Mette, schweigst! Schweigst wie das Grab, wenn dir unser Leben lieb ist!«

So hat er gesagt. Er hat alles ungefähr so gesagt, wie ich es jetzt, dem Herrn Rittmeister diktiert habe. Es kann leicht sein, daß er es auch ein wenig anders gesagt hat. Aber gemeint hat er alles so, wie ich es jetzt erzählt habe. Das hat sich mir zu sehr eingeprägt, wenn ich es auch nicht ganz verstanden habe und der Herr Rittmeister ja jetzt meinen, das sei ein Glück für mich, und ich habe es mir zu oft seitdem in den drei Jahren in meinem Kopf wiederholt, und der Herr Baron hat schon das alles so gesagt, wie ich es jetzt gesagt habe.

Die Klinke an der Türe hat sich bewegt. Da habe ich schon am anderen Ende vom Vorzimmer auf meinem Stuhl gesessen und brav genäht und nicht aufgeschaut, bis der Herr Baron von Safferstätt mit seiner gewöhnlichen Stimme gesagt hat: »Poletta! Schauen Sie mal nach, wo der Max mit meinem Anzug herumschlampt! Es ist Zeit, daß ich mich zu Tisch umzieh'!«

Jetzt bin ich gesprungen und habe den Diener geholt. Der hat den Anzug gebracht, und der Herr Baron hat ihn angezogen und ist hinuntergegangen in den Saal. Aber die Frau Baronin ist nicht mit ihm gegangen. Die ist oben geblieben und hat mir auf meine Frage, ob sie denn gar nichts essen wolle, nicht geantwortet und hat dagesessen wie eine Tote.

XXII

Bericht der Frau Centa von Vogelschrey

Es ist an diesem Tag auf den Abend gegangen, und die Dämmerung hat mir, wie ich in meinem Zimmer saß, in allen Winkeln Schatten und Gespenster gemalt, und mir war bang zumut. Gelobt seien Jesus und die lieben Heiligen: Da kommt mein Poldl! Kommt aus der Halle herauf, setzt sich zu mir und den Kindern, ist recht schweigsam, der liebe Mann, und ich kann mir nur denken, daß es da unten zwischen dem Oetsch und dem Safferstätt, den ich trotz seines Versprechens hatte hinuntergehen sehen, ein neues, schlimmes Melée gesetzt hat. Aber ich mag meinen Mann nicht fragen. Wenn er nicht redet, weiß er, warum.

Ich habe den Peperl auf dem Schoß gehabt und er die Burgel auf den Knien, und der Bubi hat zwischen uns auf dem Boden gesessen, und wir waren recht gemütlich beisammen und wären eine glückliche Familie gewesen ohne unsere lieben Gäste unten. Ich tue sonst mit Willen nichts Unchristliches und hoffe, daß ich nicht schlechter bin als andere sündige Menschen, aber ich hätte gewünscht, es nähme einer die Safferstätts und den Oetsch huckepack auf die Schultern und brächte sie ins Pfefferland, und wir wären das Grauen und die Angst los.

Ähnliches hat der Poldl gedacht. Wir denken meist dasselbe. Er hat meine Hand in seine genommen und mit seinem guten, treuen Druck festgehalten und gesagt:

»Katzel! Ich wollte, wir wären um vierundzwanzig Stunden älter!« »Ich auch!«

»Gottlob: der Oetsch reist morgen früh! Und um dieselbe Zeit wissen wir auch, ob der Pater Faramund drüben im Kloster ist! Wenn nicht – hier ist er jedenfalls auch nicht mehr! Darauf besteh' ich jetzt als Hausherr! Mir wird's zu viel!«

»Aber der Wappolt behauptet doch, er wäre noch irgendwo im Schloß!«

»Die Hunde behaupten's und winseln und suchen. Die Köter tun sich leicht! Die haben's nicht auszubaden! In dem Falle hat die Mette Safferstätt keinen Grund mehr, hier noch länger auf den Pater Faramund zu warten! Du mußt ihr zusetzen, daß sie morgen auch reist, Katzel!«

Ich hatte einen innerlichen Schauder. Ich wagte mir gar nicht, Rechenschaft zu geben, weswegen.

»Mir graut vor der Mette!« sagte ich angstvoll. Mein Mann ergänzte:

»...und mir vor dem Gaudenz! Den werde ich heute auch noch dringend bitten, morgen mit dem ehesten zu reisen!«

»Ja – tu das, Poldl!«

»Dann haben wir unsere Ruh'!« sprach mein Mann mit etwas mehr Zuversicht und Hoffnung. Aber ich bekam es von neuem mit der Angst und frug:

»Wo ist denn der Oetsch?«

»Zum Glück in den Bergen. Ich habe ihn selbst vorhin in die Nacht hinaus weggehen sehen. Der kommt nicht vor Tagesanbruch wieder! Komm! Wir müssen uns fertig machen zum Diner!«

Das taten wir, gewohnheitsgemäß, nach unserer Pflicht als Schloßherr und Schloßfrau. Als wir Arm in Arm hinunterstiegen, sagte der Poldl noch:

»Wir haben es also jetzt beim Essen Gott sei Dank von den Dreien nur mit dem Gaudenz zu tun! Die Mette bleibt ja auch unsichtbar. Den Gaudenz Safferstätt läßt man am besten, wie er ist, und tut, als wäre er gar nicht vorhanden! Das ist ihm wahrscheinlich selber am liebsten, in der blöden Verfassung, in der er sich seit heute vormittag, den ganzen Tag lang, befindet!«

Das ganze Mahl hindurch hörte und sah man auch wirklich von dem Gaudenz kaum etwas, so stumm und in sich gekehrt saß er da und starrte auf seinen Teller, und keiner redete ihn an. Es war, als rückte alles im Geiste weit von ihm ab. Er schien das wohl zu fühlen, obwohl sein Gesicht schlaff und ausdruckslos blieb. Denn er brütete finster vor sich hin. Ein paarmal bewegte er lautlos die Lippen, als ob er reden wollte, aber dabei blieb es, und so ging zu meiner Erlösung die Tafel ohne weiteren Zwischenfall vorüber, und ich hob sie auf. Der Herr von Söller, der auch ganz in sich gekehrt war und über irgend etwas nachdachte, reichte mir den Arm, und wir gingen hinüber in die Halle.

Ja, da hat das Unheil gleich wieder angefangen! Ich hab's ja gewußt: es bleibt einem nichts erspart. Schon bei Tisch haben die Herren düstere Gesichter gemacht und an dem Safferstätt vorbeigeschaut. Jetzt hat der Herr von Söller, wie wir uns setzten, gedämpft, die Kaffeetasse in der Hand, zu mir gesagt:

»Frau Baronin, so geht das halt nicht weiter!«

»Ja – machen's doch ein End'!« sage ich. »Ich wär' froh!«

Er aber, streng, mit einem kriminalistischen Gesicht:

»Das ist, im Namen aller Herren gesprochen, unmöglich, daß sich Herr von Safferstätt den ganzen Tag mehr oder minder offen vor unser aller Ohren von dem Grafen Oetsch des Mordes an dem ersten Mann seiner Frau bezichtigen läßt, ohne mit einem Jota darauf zu erwidern! Nicht nur für uns Juristen gilt da der alte Spruch: ›Qui tacet, consentit‹...«

»Ich versteh' kein Griechisch!« sag' ich.

»Zu deutsch: Wer sich nicht verteidigt, klagt sich an. Der Baron muß sich verteidigen! Er macht sich sonst unmöglich! Das denkt sich, frei heraus, hier jeder!«

»Was soll er denn tun? Dem Oetsch den Mund verbieten? Der Oetsch ist viel zu behende. Der läßt sich nicht fangen! Der redet immer hinten herum in Anspielungen, denen der Gaudenz in seiner Langsamkeit nicht gewachsen ist!«

»Baron Safferstätt muß den Grafen Oetsch einfach laut und deutlich vor uns allen auf die Gewissensfrage hin stellen: Wollen Sie behaupten, daß ich seinerzeit Ihren Bruder, den Grafen Peter-Paul, ermordet habe?« Mir hat es gegruselt. Ich habe kaum fragen können:

»Und wenn er ›Ja‹ antwortet? Zuzutrauen ist es ihm...«

»Dann«, sprach der Landrichter, der Herr von Söller, »sehe ich als alter Staatsdienst und Untersuchungsbeamter für den Baron nur einen Weg: den zum Gericht! Er muß den Oetsch wegen Verleumdung verklagen. Dann wird sich ja zeigen, ob der Herr Graf Beweisdokumente zur Unterstützung seiner Verdächtigungen zu demonstrieren kapabel ist, oder ob er wieder einmal nur in seiner närrischen und gottlosen Manier dahergeredet hat, um den Herrn von Safferstätt zu verblüffen!«

Ich habe die Hände ineinandergerungen und mich hilfesuchend nach meinem Mann umgeschaut. Der Poldl läßt mich nie im Stich. Bei dem bin ich im Leben gut aufgehoben. Wie immer, wenn ich ihn gebraucht hab', ist er auch schon da und kommt mit dem Prinzen Tettikon auf mich zu und sagt zu mir halblaut:

»Du, Katzel, ich habe eben mit Seiner Durchlaucht über den Gaudenz gesprochen! Der Prinz hier und ich sind augenblicklich die einzigen anwesenden Offiziere unter den Herren und in erster Linie für den Austrag von Ehrenhändeln verantwortlich. Der Prinz hat mich über die erregte Stimmung der Herren informiert...«

»Ich habe dem Herrn Rittmeister reinen Wein eingeschenkt, Baronin!« spricht darauf zu mir der k. k. Husar.

»Die Herren haben mich damit beauftragt, zu eröffnen: Sie erwarten, als Kavaliere, daß Baron Safferstätt von dem Grafen Oetsch genügende Erklärungen verlangt, ob er, der Safferstätt, mit den dunklen Andeutungen wegen eines ungeklärten Mords an einem Standesgenossen gemeint sei, und wenn das nicht bündig von dem Grafen verneint wird, daß er diesen dann stante pede fordert!«

»Jetzt schießt's euch auch noch bei mir!« ruf' ich verzweifelt. Mein Poldl beschwichtigt:

»Das können's außerhalb besorgen!«

»Also weil einer umgebracht ist,« sag' ich, »müssen sich noch zwei an die Gurgel! Als ob der Peter-Paul dadurch lebendig würd', daß sich zwei auf seinem Grab umbringen!«

»Die Gnädigste betrachten das als Dame«, versetzt der Prinz höflich. »Werden aber uns doch permittieren müssen, daß man sich nicht unter uns Aristokraten vom Morgen bis zum Abend einen Mord an den Kopf werfen lassen kann, und der Beleidigte spannt seinen Regenschirm auf und stellt sich, als merke er nichts!«

Mir war das Weinen nahe. Die beiden, mein Mann und der Habsburgische Husar, traten zu einer Gruppe von Herren. Da standen sie und steckten die Köpfe zusammen und raunten von

Schießen und Stechen. Nur der Königliche Kämmerer von Höllring war bei mir geblieben. Der war vom Hof und ein geschmeidiger, gescheiter Mann und meinte trotzdem auch:

»Auf alle Fälle hätte der Safferstätt doch einmal den Mund auftun und antworten müssen! Man hört sich doch so etwas nicht einfach stumpfsinnig an wie die Kuh das Ave Maria! Man schlägt doch mit der Faust auf den Tisch und redet! Das ist der Safferstätt uns einfach schuldig! Er könnte augenblicklich noch das Wort ergreifen! Er müßte uns Erklärungen geben, meinetwegen gerade jetzt in Abwesenheit des Oetsch und seines gefährlichen Mundwerks, das ihn so verwirrt! Aber Aufklärungen verlangen wir!«

»Macht das unter euch Männern aus!« sage ich, schon ganz matt und hilflos. »Ich verstehe davon nichts!«

Gut. Der Herr von Höllring ließ mich in Ruhe und gesellte sich zu den anderen. Dafür kam jetzt der Salvermoser heran. Da habe ich dankbar gelächelt. Der gute Salvermoser-Franzl war kein Malteser und Georgi-Ritter wie die übrigen, sondern einfach ein Kunstmaler und Bauernsohn, und wußte nicht mit der Pistole Bescheid, sondern mit dem Pinsel. Gottlob! Der verspritzt nicht Blut, sondern Ölfarbe. Aber er war nicht so verträumt wie sonst, sondern ganz wach und laut und setzt sich neben mich und fängt auch gleich von dem unglücklichen Safferstätt an.

»Nehmen's mir beileib die Warnung nicht übel, Frau Baronin, aber ich hab' die ganze Zeit die Reden von Ihren Gästen mit angehört. Sie sind die einzige Frau unter uns, Frau Baronin! Sie müssen eingreifen und vermitteln! Sonst gibt es, ehe die Wanduhr droben voll schlägt, einen peinlichen Auftritt zwischen den Herren und dem Baron Safferstätt!«

»Machen Sie auch schon mit, Salvermoser?« ruf' ich.

»Die Kavaliere sind erbittert, daß sich der Baron Safferstätt das alles von dem Grafen Oetsch vor der Dienerschaft ins Gesicht sagen läßt und dazu einen Trappisten macht und unverbrüchlich schweigt und dahockt wie ein Klumpen Unglück!«

Wirklich: so hat der Gaudenz auch jetzt dagesessen! Ganz allein, krumm und blaß, in seinem Sessel vor sich hinbrütend. Um ihn herum hat man die Muster des Teppichs auf dem Steinboden zählen können. Weit und breit kein Mensch. Von allen verlassen. Es war, als ob ihn sogar schon die Laquaien vermieden.

Da! Eine Bewegung unter den Herren! Sie gucken erwartungsvoll auf den Gaudenz! Mit dem ist auf einmal etwas los!

Da! Er steht auf, steht aufrecht da, geht durch die Halle auf meinen Mann zu. Tiefes Schweigen. Man hätte eine Stecknadel zu Boden fallen hören.

Da! Er macht vor dem Poldl halt! Ganz gelassen, die Hände in den Hosentaschen, immer halb wie ein großer Bub, wie er sein Leben lang war, die Zigarre zwischen den Zähnen, und fragt in der Stille:

»Du, Vogelschrey, – hast du schon Post, wann die Kommission kommt?«

Mein Poldl war begriffsstutzig. »Die Kommission?«

»Na ja, das Gericht, mein' ich. Hast denn nicht danach geschickt?«

»Wie käme ich denn dazu?«

»Du bist mir aber der Rechte!« sagt der Gaudenz ganz fassungslos. »In deinem Hause geschieht ein Schwerverbrechen...«

»Das weiß man noch nicht!«

»Ein Priester des Herrn wird am hellen Tag ermordet und beseitigt...«

»Dann weißt du mehr als ich!«

»Jeder im Haus zeigt mit Fingern auf den Mörder! Jedes Kind im Dorf kennt ihn...«

»Beweise!« »...und unser guter Rittmeister...« – der Gaudenz dreht sich kopfschüttelnd zu den Herren, die in einem atemlosen Kreise um die beiden stehen, – »den schert das nicht! Der denkt: Würgt's euch nur ab in Gottes Namen und verräumt die überflüssigen Leut' im Keller! Was liegt auch groß an einem Christenmenschen mehr oder weniger? Es hat ja von der Sorte genug auf der Welt!«

»Im Keller ... sagst du?«

»Und – was das Ausverschämte is« – der Gaudenz spricht immer zu allen um ihn her – »der Mörder fühlt sich so sicher, daß er keck wird! Er lenkt den Verdacht von sich ab, indem er einfach die Schandtat, zu der er selber fähig ist, anderen Leuten auf den Kopf zusagt! Weil er gestern wieder einmal einen Mord begangen hat, behauptet er heute, ich hätte vor drei Jahren seinen Bruder ermordet! Ha – das is höllisch kommod, auf die Weise die Neugier von sich abzuwälzen! Und was das Fadeste daran is: er findet auch noch Leute, die's glauben!«

Der Gaudenz hat »Leute« gesagt, nicht »Dumme«! Aber man hat das »Dumme« doch aus seinen Worten herausgehört und verblüfft geschwiegen. Der Safferstätt aber weiter: »Zu dem Gipfel von Frechheit kommt einer freilich nur, wenn er weiß, daß man ihm frei seine Verbrechen durch die Finger schaut, wie's der Rittmeister da tut! Dann geht der gute Oetsch her und beschuldigt mich ohne jeden Schatten eines Beweises, ohne jeden Versuch, etwas zu beweisen, justament des Verbrechens, das er selber, wie wir alle wissen, er selber und kein anderer, vollführt hat – des Mordes an seinem Bruder Peter-Paul!«

Es wehte eine kalte Luft durch den Saal. Ein Entsetzen war's. Das ergriff uns alle. Der Gaudenz schloß: »Ich hab' den ganzen Tag gedacht, der Hausherr nimmt mich endlich in Schutz, wo ich doch sein Gast bin! Oder einer von euch tut den Mund auf, wo ihr mich doch von Kindesbeinen an kennt! Ja – gefehlt! ... Ganz stad seid ihr gewesen. Keiner hat ein Wort geredet! Pfui – schämt's euch! Aber ihr werdet's schon sehen, was daraus kommt! Morgen kommt die Reih' an euch! Da wird der Oetsch behaupten, du hättest deine selige Frau Schwiegermutter abgedrosselt, Rittmeister, damit die Centa sei' erbt! Und der Herr Landrichter da hat einen Raubmord auf dem Gewissen, und der Herr Kunstmaler Salvermoser hat sein G'spusi nachts in die Isar gestürzt, weil ihm das Madel über war, und der Prinz da hat in Wien seinen Diener erstochen, und der Kammerherr, der Höllring, bereitet ein Attentat auf den König vor...«

»Hören's auf! Gleich bist still!« haben alle geschrien, und der Safferstätt läßt sich nicht beirren.

»Was kommt's denn dem Oetsch auf eine Handvoll Lügen mehr an!« sagt er. »Wenn er nur seine eigenen Spuren verwischt! Bravo! Bravo! Auf seine Sprüch' hört ihr, und auf mich zeigt ihr mit Fingern! Auf die Manier macht ihr euch zu Mitschuldigen des Oetsch, daß ihr's nur wißt. Und der Rittmeister an der Spitze!«

Mein armer Mann hat, wie der Tanz losging, zunächst gleich einmal die Diener hinausgejagt und eigenhändig die Türen geschlossen und sich überzeugt, daß keiner von den Schlingeln dahinter lange Ohren macht. Jetzt ist er zurückgekommen und hat zu dem Gaudenz gesprochen: »Es ist wenigstens gut, daß du endlich zu reden anfangst! Zeit war's! Jetzt sag' schon alles, was du zu sagen hast!«

»Ich hab' nichts mehr zu sagen,« versetzt der Gaudenz, »als was wir alle längst wissen! Das pfeifen schon die Spatzen vom Dach, daß der Oetsch vor drei Jahren, bis über die Ohren in Schulden und durch und durch fertig, seinen Bruder umgebracht hat, um sich in den Besitz von Pfaffenrod zu setzen!«

Der Poldl erwidert in seiner ruhigen Art: »Ich will nicht in Abrede stellen, daß an diese Möglichkeit gedacht wurde. Das Gericht hat sich mit dem Mord seinerzeit lang genug beschäftigt. Es hat keine Beweise gegen irgend jemand gefunden! Hast du Beweise?«

»Ich nicht,« spricht der Gaudenz, »aber meine Frau!«

»Die Mette?«

»Die Mette weiß es seit drei Jahren genau, wer ihren Mann umgebracht hat!« sagt der Safferstätt fest und laut. »Und daß es der Oetsch war!«

Eine stürmische Bewegung durch den Saal. Dann mein Mann:

»Warum hat sie dann die ganze Zeit geschwiegen?«

»Da muht du die Frauen fragen, wie sie halt sind! Darüber rede ich, als ihr zweiter Mann, nicht!«

Wie ich das hörte, da ging mir wieder mein alter Verdacht durch den Kopf, die Mette sei von dem Oetsch verhext worden und habe eine willenlose Schwäche gegen ihren einstigen Schwager seit der Tat nicht überwinden können. Mir ist es ja unfaßlich, daß sich Frauen in einen Mann verlieben können, der ein Verbrecher ist! Und vielleicht gerade am Ende deswegen! Manchmal dürfen wir Frauen uns selber nicht zu Ende denken. Da sind Abgründe. Mein Mann aber redet und will weiter wissen: »Wenn die Mette die ganze Zeit still war, warum spricht sie nachher jetzt auf einmal?«

»...Weil sie die Gewissenslast, von einem ungesühnten Verbrechen an ihrem eigenen Mann zu wissen, nicht mehr erträgt! Darum beichtet sie es dem Pater Faramund!«

»Der muß doch auch schweigen!«

»Er selber wohl! Aber er kann der Mette auferlegen, den weltlichen Behörden Anzeige zu machen! Und das tut er, streng, wie halt so ein Mönch schon ist!«

»Sehr möglich!« murmelte der Herr von Söller. Der Gaudenz hat jetzt ganz laut geredet.

»Und gerade dasselbige hat sich auch der Oetsch gesagt. Er hat genau gewußt, daß es ihm an den Kragen geht, wenn der Pater Faramund mit seiner Beichte mit der Mette zu Ende kommt! Darum hat der Oetsch den Pater, ehe noch die Beichte fertig war, gestern mittag seinem Bruder Peter-Paul in die Ewigkeit nachgeschickt! Er hat sie beide umgebracht, den Peter-Paul, seinen Bruder, und den Pater Faramund, seinen Vetter, und hat das ganze Geschlecht der Oetsch bis auf sich selber ausgerottet, und dann setzt sich der Satanas hin und zieht vor euch allen mich mit seinen eigenen Mordtaten auf!«

Da war es lange still.

»Wohin sollte er denn den Leichnam des Paters verschleppt haben?« frug endlich mein Mann. »Wir haben doch alles durchsucht.«

Der Gaudenz lachte. Nein. Er entblößte nur seine großen, weißen Zähne unter dem Schnurrbart.

»Habt ihr auch wirklich ordentlich in den Kellern nachgeschaut? Ein Kerl wie der Oetsch trägt solch einen zaunsteckendünnen Mönch leicht auf seinen Schultern da hinunter, wenn das ganze Haus leer ist!«

»Wir sind durch alle Keller gegangen!« sagte der Poldl. Aber freilich: die Gewölbe unter dem Schloß waren riesengroß, an manchen Stellen zwei Stockwerke tief, und dunkel und voll Winkel und Gerümpel. Das hat der Gaudenz auch gleich aufgegriffen.

»In zwei Stunden mache ich leicht in dem Backsteinboden im Keller ein Loch und deck' es fein sauber wieder mit den Steinen zu!« sagt er. »Dann ein paar Bretter oder leere Fässer darauf! Fertig. Die Spur können die Hunde nicht finden, weil der Pater unterwegs auf seiner letzten Reise den Boden nicht berührt hat, sondern von dem Oetsch getragen worden ist. Deswegen laufen sie so herum und winseln und wissen nicht, wohin!«

»Die Keller sind alle zugesperrt gewesen!« versetzte mein Mann. »Der Haushofmeister hat den Schlüssel.«

»Drüben, hinter dem Gästeflügel, steht jetzt noch eine Kellertür offen!« widersprach der Gaudenz hohnlachend. »Ich hab' es selbst vorhin gesehen!«

»Du, Gaudenz, das glaub' ich nicht!«

»Komm mit! Ich zeig's dir!«

Der Gaudenz ist nach hinten gegangen. Die Herren alle stumm hinter ihm drein. Ich bin ihnen gefolgt. Jenseits der Halle, von dem Schloßhof her führt eine schmale Wendeltreppe für die Dienerschaft im Rückgebäude aufwärts in die drei Hauptstockwerke, in denen oben wir und auch die verheirateten und bevorzugten Gäste wie auch die Safferstätts gewohnt haben. Von dem kleinen, winkligen Platz unten am Fuß der Treppe, wo das Personal seine Besen und Bürsten und Bohnerschuhe und derlei aufbewahrt hat, geht eine Verbindungstür zu dem Gästeflügel für die Jagdherren im Seitenbau, zu den Zimmern des Paters Faramund und des Oetsch und der anderen, einen langen Gang hinunter. Über der Hintertür waren innen auf dem Rumpelplatz ein paar Treppenstufen zu einer Kellerluke, und allerdings, wie wir davorstanden, mußten wir zugeben: die Luke ließ sich ohne weiteres von jedem, der vorbeikam, am Handgriff aufheben! Der Gaudenz zeigte uns das mit finsterem Lächeln. Das Vorhängeschloß hing offen daran. Das war freilich eine Schlamperei. Der Rubesoier, der Haushofmeister, wird nachgerade alt und tatelig, und so sehr ich vor Angst mit den Zähnen klapperte, nahm ich mir doch unwillkürlich als Hausfrau vor, ihm nachher einmal gehörig den Kopf zu waschen.

Der Gaudenz hat sich vor den Kellereingang gestellt, mit dem Rücken gegen die Wendeltreppe, und laut und höhnisch, wie irgendein gewöhnlicher Mann aus dem Volk redet, gesprochen: »Hier, in das schwarze Loch da, führt dem Oetsch seine schwarze Tat hinunter! Ich bin heilig davon überzeugt: da unten ist gestern der Pater Faramund auf den Schultern vom Oetsch eingefahren, und da liegt seine Leiche jetzt noch!«

Die Kellertiefe, in die man von oben hineinschaute, war rabenschwarz und undurchdringlich. Eine eiskalte, moderige Luft ist aus ihr emporgequollen. Mir hat's gegraut. Der Gaudenz redete jetzt auf einmal so leise, als dürfe man den Pater unten nicht wecken, und wir andern haben uns nicht gerührt und ihm zugehört, wie er zwischen seinen brutalen Kiefern geraunt hat:

»Der Oetsch hat ja Übung darin, Menschen um die Ecke zu bringen, ohne sich zu verraten! Man braucht nur an seinen Bruder, den Peter-Paul, zu denken. Den hat er auch am lichten Morgen unter freiem Himmel z'sammengeschossen.«

Schweigen war um ihn. Und er flüsternd:

»Und ebenso hat er am hellen Mittag gestern den Pater Faramund weggeputzt! Wahrscheinlich erwürgt! Denn wenn er ihn erschlagen oder erstochen hätte, gab' es Blutspuren im Zimmer! Der Oetsch, der macht dunkle Anspielungen gegen mich und rückt doch mit der Sprache nicht heraus! So bin i net! I red' gut deutsch. Ich stehe hier und klage den Oetsch vor euch allen, den Vettern und Freunden und Standesgenossen und der Frau Kusine da, des Mordes an!«

Und nach einer Pause noch einmal, zwischen den Zähnen: »Des Mordes an dem Pater Faramund!«

Ich glaube, es ist gut eine Minute vergangen, ohne daß jemand von uns sich gerührt oder gar etwas erwidert hat. Wir standen alle wie die Bildsäulen. Wir haben kaum unser eigenes schweres Atmen gehört. Kein Mensch hätte auf ein paar Schritte Entfernung, wenn er uns nicht sah, auf den Gedanken kommen können, daß hier, auf dem halbdunklen, winkligen, kleinen Platz ein Dutzend Menschen und mehr beisammen waren.

In dieser lautlosen Stille geschah etwas Seltsames. Wir unten hörten auf einmal auf der Wendeltreppe ober Schritte, die langsam herunterkamen. Die Schritte waren weich und vorsichtig, aber doch schwer, wie von einem Mann. Aber zugleich hörte man das gleichmäßige Fegen eines Rocksaumes auf den Treppenstufen, wie von einer Frau. Und da wußte man schon: das war ein Mittelding. So ging nur ein Priester.

Mir scheint, der Gaudenz war zu erregt, um darauf so zu achten wie wir. Als die Schritte schon ganz nahe waren, dicht über uns, wiederholte er fast unhörbar, und ich sah seine weißen Zähne wie von einem Raubtier im Dämmern blitzen:

»Der Oetsch ist der Mörder! Wenn der Pater Faramund noch sprechen könnte, würde er es bezeugen!«

Im selben Augenblick schrie ich auf. Die Herren um mich prallten mit aufgerissenen Augen auseinander. Mein Mann legte den Arm um mich. Der Prinz Tettikon streckte den Arm aus und wies mit offenem Mund auf die Treppe. Die konnte der Gaudenz nicht sehen, weil er mit dem Gesicht gegen uns stand und redete. Jetzt wandte er sich jäh um, stieß einen gurgelnden Laut aus und stand dann still wie aus Stein. Über ihm auf der letzten Stufe der Wendeltreppe, die er herabgestiegen war, stand der Pater Faramund.

Ich habe keinen Augenblick geglaubt, daß es ein Gespenst war, denn Gespenster erschrecken doch nicht selber, sondern erschrecken andere! Der Pater aber zuckte überrascht zusammen, als er plötzlich, um die Säule der Wendeltreppe biegend, uns alle sah, und fuhr zurück, ganz wie ein irdischer Mensch, dem etwas Unerwartetes begegnet. Dann aber faßte er sich schnell und gewann seine würdevolle Haltung wieder.

Eine Weile haben sich die beiden, der Mönch und der Baron, angeschaut und nichts gesagt. Dann hat der Gaudenz zwischen den Zähnen gefragt, was uns allen auf den Lippen lag: »Wo kommen Sie denn her?«

»Ich war bei Ihrer Frau Gemahlin«, sagte der Priester kalt.« Seine Augen haben durch die Brillengläser streng und starr den Safferstätt gemustert, als ob sie dem bis ins Innerste dringen wollten. Das Haar an seinen Schläfen war grauweiß. Die bartlosen Mundwinkel waren beinahe grausam zusammengezogen. Das fühlte man: Zu spaßen war mit dem Pater nicht, wo es um sündige Seele und ewiges Leben ging.

»Weswegen hat meine Frau Sie rufen lassen?« flüstert der Gaudenz. Es klang drohend, aber es war ein Gurgeln und Schwanken in dem Ton. Der Pater, ihn immer von oben, von einer Stufe höher, messend wie einen unbußfertigen Sünder: »Das wissen Sie selbst! Ich habe der Baronin die Beichte abgehört!«

»Ich hatt' es ihr verboten, Ihnen weiter zu beichten!«

»Für die Versöhnung mit Gott gibt es kein menschliches Verbot. Ihre Frau Gemahlin hat ihre Beichte vollendet!«

Es klang dumpf und schwer. Es hallte an der niederen Wölbung des halbdunklen und halb kellerartigen Raumes wider, in dem wir gedrängt standen. Der Gaudenz Safferstätt fing heftig an zu zittern. Ein Schauer überlief ihn von oben bis unten. Es war schrecklich anzuschauen, und uns schwante nichts Gutes. Ich bemerkte, daß seine rechte Hand, die schlaff herabhing, immer mechanisch mit gespreizten Fingern in die leere Luft griff und sich wieder krampfhaft ballte. Es war förmlich ein Schlottern in seiner Kehle, wie er plötzlich mit rauher, trockener Stimme hervorstieß:

»Was hat sie Ihnen gesagt?«

Der Pater Faramund zuckte nur in seiner Kutte stumm die Achseln. Die Frage nach dem Beichtgeheimnis verriet schon, daß der Gaudenz vor Angst halb außer Besinnung war. Man merkte es ihm auch an. Er war beinahe grau im Gesicht geworden. Seine wasserblauen Augen standen auch sonst schon immer mehr als bei anderen Menschen hervor. Aber jetzt quollen sie förmlich aus den Höhlen und waren glanzlos und leblos, vor Schrecken ungläubig weit offen. Man hörte den Safferstätt keuchen. Dabei versuchte er noch, mit verzerrtem Gesicht höhnisch zu lächeln. Das machte sich entsetzlich.

Wenn er nicht durch das plötzliche Auftauchen des Paters Faramund aus dem Grabe, in das er ihn, in seinen Reden an uns, schon hineingelegt hatte, so völlig die Besinnung und Selbstbeherrschung verloren hätte, dann hätte der Safferstätt doch niemals just auch noch zum zweitenmal gefragt, was die Mette gebeichtet hätte. Wir alle, die um ihn standen, waren doch gute katholische Christen und wußten, daß ein Priester eher den Märtyrertod erleidet, als daß er das Beichtgeheimnis bricht. So hat der Pater denn auch nur gesprochen:

»Die Beichte Ihrer Frau Gemahlin ist bei mir verschlossen!«

Der Gaudenz hat sein Sacktuch hervorgeholt und sich die Stirne gewischt. Wie er es wieder einsteckte, hat er wieder mit der rechten Hand irr etwas in der Luft gesucht, als schwebe da irgendwo eine Waffe. Dann hat er laut gelacht. Das war das Ende. Ich kann mir nicht helfen: In dem Augenblick, wo wir dies schauderhafte, gequälte, angstvolle Lachen hörten, hatten wir, glaub' ich, alle, die wir da standen, gleichzeitig das Gefühl: An der Hand, die da unruhig in der Luft herumfingert, klebt Blut...

Der Gaudenz hat gesagt, drohend und dabei zitternd:

»Gut! Sie selber schweigen...«

Der hochwürdige vom Kreuzträgerorden von Golgatha nickte streng und feierlich, als wollte er sagen: Die Beichte ist ein Grab! Aber es war furchtbar, wie er dabei den Gaudenz ansah und der unter diesem Blick immer fahler wurde und nur noch stotternd, mühsam sprach: »Sie selber schweigen! Aber haben Sie auch meiner Frau Schweigen auferlegt?«

Der Pater antwortete nicht. Selbstverständlich nicht

»Haben Sie meiner Frau Schweigen auferlegt?«

Der Pater stand stumm und starr. Seine Miene verhieß nichts Gutes.

»Haben Sie meiner Frau Schweigen auferlegt?« stöhnte der Safferstätt. Er knirschte es zwischen den Zähnen. Er suchte angstvoll auf den dünnen, unerbittlichen Lippen drüben nach einer Antwort. Die Lippen des Priesters bewegten sich nicht. Sie schlössen sich nur noch schonungsloser zusammen. Da schrie der Gaudenz in seiner Todesangst: »Oder haben Sie am End' gar meiner Frau freigestellt, zu reden?«

Seine Worte brachen sich in einem unheimlichen Echo an der Wölbung über uns und kamen wieder. Man hätte glauben können, daß ein anderer Mensch sie ihm höhnend nachspräche.

Sonst nichts. Kein Laut.

Noch einmal der Gaudenz. Er lallte vor Wut und Angst: »Haben Sie der Mette die Zunge gelöst? Reden Sie doch!«

Drüben war es still.

»Darf sie jetzt frei hingehen und jedem erzählen, was sie will?«

Der Pater Faramund blickte nicht mehr den Gaudenz an, sondern kalt über uns alle hin. Das ging einem durch Mark und Bein. Man spürte plötzlich in sich die kommende Gewißheit: Ja, die Mette, die wird reden! Die wird aufstehen und Zeugnis ablegen! Wider ihren Mann und vielleicht auch wider sich selbst ...

Der Gaudenz Safferstätt trat schwer atmend einen Schritt zurück. Wir stoben vor ihm auseinander wie die Hühner und machten ihm scheu Platz. Er krampfte jetzt nicht mehr die rechte Faust in der Luft. Er ballte sie in der Hosentasche und richtete sich jäh und wild auf und schrie:

»Oder haben Sie ihr gar anbefohlen, zu reden?«

Natürlich hat er das! dachte ich in meiner Todesangst. Ein Priester kann doch nur absolvieren, wenn ein Todsünder bereit ist, seine Schuld zu bekennen und sie schon in dieser Weltlichkeit zu büßen! Der Gaudenz kriegte weißrollende Augen wie ein böser Stier auf der Alm. Er zischte zwischen den Zähnen:

»Haben Sie ihr auferlegt, vor Gericht zu gehen?«

Der Pater Faramund antwortete mit keiner Sterbenssilbe ein »Ja«. Und doch hörten wir dies lautlose »Ja« alle im Geist und wußten: So war es! Der Gaudenz auch. Der war nicht mehr zurechnungsfähig. Er keuchte:

»Ja. Das haben Sie getan!«

Der Pater stieg die Stufe hinunter.

»Das haben Sie getan! Gestehen Sie mir's!«

Der hochwürdige Vater schritt schweigend weiter. Wir bildeten eine Gasse, um ihn durchzulassen. Aber der Gaudenz stellte sich ihm wild in den Weg und stöhnte: »Das haben Sie getan! Und die Mette wird's befolgen ...«

Der Pater Faramund wollte in unerschütterlicher, gemessener Kälte und Härte an ihm vorbei und zur Türe. Er zertrat förmlich, während er in seinen langen Gewändern dahinging, den Gaudenz unter seinem Fuß. Den Gaudenz sah man schon auf der Armesünderbank vor seinen Richtern. Und im Hintergrund das Schafott.

»Gebt's acht!« schrie der Tettikon neben mir gellend. Er, der Prinz, gab mir, der Herrin des Hauses, einen Stoß in die Rippen, daß ich entsetzt zur Seite flog, und warf sich fast zugleich wie eine Katze auf den Gaudenz. Der hatte die Faust aus der Hosentasche gerissen. In der Faust blitzte etwas. Der Lauf einer Pistole ... Der Gaudenz reckte den Arm und zielte blindwütig auf den Pater Faramund. Aber ehe er abdrücken konnte, hatte der Tettikon ihn von hinten umklammert. Mein Mann entriß ihm die Waffe. Der Herr von Höllring und der Herr von Söller hielten den Tobsüchtigen fest. Wir waren alle wie irr vor Schrecken, daß ein sündiger Mensch es gewagt hatte, gegen einen geweihten Priester die Hand zu erheben. Die einzige Verzeihung unseres Herrgotts konnte nur sein, daß der Gaudenz gar nicht mehr wußte, was er tat.

Nach einer Weile kam er zu sich und schaute verwirrt umher. »Laßt's mich los ... bitt' schön!« sagte er leise und flehend. Die Herren taten es unwillkürlich. Er legte beide Hände an den Kopf. »Großer Gott!« stöhnte er. »Großer Gott!«

Dann ging er taumelnd auf die Wendeltreppe zu. Hielt sich an dem Geländer fest. Klomm eine Stufe nach der anderen hinauf. Wir standen noch wie vom Donner gerührt. Wir kamen jetzt selber erst allmählich zur Besinnung, als er schon halbwegs oben war. Da durchzuckte mich eine neue, schreckliche Erleuchtung von oben.

»Wo geht er hin?« rief ich.

Die Herren begriffen mich nicht. Die Männer mögen klüger sein. Aber wir Frauen denken manchmal schneller.

»Zur Mette geht er hinauf!« sagt endlich der Poldl. Und ich schreie laut auf:

»... Und bringt sie um, weil sie gebeichtet hat ...«

»Was? ... Katzel ...«

»Der Pater selber darf doch nicht reden! Die Mette ist die einzige, die reden kann! Wenn sie stumm ist, kann dem Gaudenz keiner was beweisen ...«

»... als einen neuen Mord!«

»... und der Gaudenz lügt nachher, sie hat sich selber umgebracht, wenn sie erst tot daliegt! Wer kann dann wissen, was da oben unter vier Augen geschieht? Das Gegenteil beweist ihm keiner!«

Und wie ich das hinausstieß, schoß es mir durch den Kopf: Deswegen haben sie auch alle drei, am Abend der Ankunft, von ihrem Tod geredet – jeder ... der Gaudenz ... die Mette ... und auch der Oetsch! Sie haben gewußt: Sie ringen unter meinem Dach auf Tod und Leben um ihr Geheimnis, und einer muß daran glauben!

Und deswegen hat die Mette, wie sie aus dem Reisewagen in die Halle trat, herausfordernd vor aller Augen dem Oetsch die Hand gedrückt, weil sie wußte, daß er nicht der Mörder seines Bruders war, und das dem Pater Faramund, den sie sich hierher geladen hatte, beichten wollte.

Und deswegen ging ihr Mann ohne Gruß verächtlich damals an dem Oetsch vorüber, weil er den öffentlich als Brudermörder brandmarken und den aufsteigenden Verdacht von sich selber ablenken wollte.

Und deswegen ist der Oetsch am nächsten Morgen stundenlang mit der Mette im Park auf und ab gegangen und hat ihr inständig zugeredet, ihn von dem Verdacht zu befreien und ihr Gewissen bei dem Pater Faramund zu entlasten.

Und deswegen hat gleich hinterher die Luise, die neugierige Elster, das Ehepaar Safferstätt auf der kleinen Schloßterrasse beobachtet, wie sie verzweifelt und flüsternd aufeinander einge-sprochen haben. Und der Franzl Salvermoser, den mein Mann und ich nachher dorthin geführt haben, hat mit seinen Maleraugen ganz recht gesehen: die beiden, der Gaudenz und die Met-te, lieben sich – lieben sich, wie nur zwei Menschen können – aber ihre ewige Seligkeit hat der Mette schließlich doch schwerer gewogen als die paar Jahre vergängliches, irdisches Glück, und sie hat die furchtbare Schuld nicht mehr in sich tragen können und hat sich von ihr befreien und beichten und ihre Buße auf sich nehmen wollen!

Das alles ist mir in ein paar Sekunden durch den Kopf geschossen wie Blitze in der Nacht, die jäh das Dunkel erhellen. Und hinterher wieder die zitternde Angst: durch ihre Beichte, die sie und den Gaudenz in das Unglück stürzt, hat die Mette seine Liebe zu ihr in wilden Haß und Selbstsucht verwandelt. Er bringt jetzt die Mette um, und das Geheimnis schweigt, und er lebt weiter ...

Der Tettikon, der k. k. Husar, war, bei Licht beschaut, noch ein halber Bub. So junge Leut' laden wir sonst gar nicht zu der Jagd ein. Halt nur, weil es eben ein Prinz war. Aber jetzt war es ein Glück, daß wir solch einen gelenkigen, jungen Windhund unter uns hatten. Der lief nicht in den Turm hinauf, sondern sprang und flog. Der nahm fünf Stufen der steilen Treppe auf einmal. Der war im Nu oben. Die anderen langsamer hinterher. Zum Schluß ich.

Gottlob: oben hören wir, wie jemand wild und ungeduldig an eine Türe pocht. Man hört die Stimme von dem Gaudenz: »Mach' auf!« Aber die Mette hatte sich von innen eingeschlossen. Die machte nicht auf: die ahnte schon, was er vorhatte. ...

Der Safferstätt hat, wie wir kamen, außen an der Türe gestanden und immer wieder grimmig und verbissen daran getrommelt. Von innen kam kein Laut. Da hat er in seinem blinden Zorn die Finger um das Holz gekrallt und versucht, die Türe aus den Angeln zu heben, und mit dem Knie daran gestoßen. Aber schon hat sich der Tottikon dazwischengeschoben. Die anderen Herren kamen dem Prinzen zu Hilfe. Gegen die vielen Männer konnte der Gaudenz nichts machen. Er hat tückisch und finster den Kopf gesenkt und vor sich hin auf den Boden gestarrt.

Mein Mann, der Poldl, hat streng anbefohlen: »Du tust deiner Frau nichts zuleid! Du kommst jetzt mit runter! Du bleibst unten! Das weitere sehen wir hernach!«

Der Gaudenz Safferstätt ist ohne Widerrede mitgegangen. Unten, an der Treppe, war ein kleines, leeres Spiel- und Trinkzimmer, das sonst nur im Winter manchmal abends benutzt wird. Da haben wir ihn hingesetzt, und er ist schwer auf das Lederkanapee hingefallen, hat nichts geredet und sich um nichts mehr gekümmert. Man sah es ihm an: seine Kraft und sein Entschluß waren am Ende. Vorläufig hatten wir nichts Böses von ihm zu befürchten.

Jetzt erst fiel uns allen der Pater Faramund wieder ein! Wo war er denn? Der Landrichter a. D. von Söller sagte: »Er ist, während wir dem Baron seinen Schießprügel wegnahmen, durch die Tür gegangen, die nach dem Gästeflügel hinausführt!«

»Das habe ich auch gesehen!« bekräftigte der Kämmerer Höllring. Und der alte Rubesoier, der Haushofmeister, räuspert sich und vermeldet, er habe, auf den Lärm herbeieilend, den hochwürdigen Herrn den Gang entlang nach seinem Zimmer schreiten sehen und ein Stoßgebet gesprochen zum Dank, daß der Pater wieder lebendig vorhanden sei, sich aber dann nicht mehr um ihn kümmern können, sondern er sei, auf den Lärm herbeieilend, in den Hinterraum zu der Katzbalgerei mit dem Safferstätt gestürzt.

Mein Mann tut einen tiefen Atemzug der Erleichterung. »So haben wir wenigstens den Pater da!« sagt er, »und er muß in seinem Zimmer sein!«

»Freilich, Poldl!«

»Jetzt will ich nur gleich zu ihm und fragen, was mit ihm los war! Ich hab' ja noch keine Gelegenheit gehabt, ihn zu begrüßen, seitdem er vorgestern abend zu uns ins Schloß gekommen ist!«

»Ich geh' mit!« sag' ich, und er: »Tu's, wenn du magst, Katzel! Wir brauchen beide einen herzhaften geistlichen Zuspruch nach all dem Schrecken!«

Wir sind zusammen den Gang entlang, an den Gästezimmern vorbei. Das Zimmer des Paters war das allerletzte. Gerade an der Außenwand. Da war die Mauer am Ende des Ganges. Weiter ging es nicht.

Mein Mann hat ehrerbietig geklopft. Erst leise, dann lauter. Kein »Herein!« Wir haben gewartet. Noch einmal geklopft. Höflich gerufen: »Hochwürden!« Keine Antwort.

»Hochwürdiger Herr! Wir sind's! Der Hausherr und die Hausfrau!«

Das Zimmer hat geschwiegen.

»Katzel – sind wir denn ganz behext?« hat mein Mann gesagt. »Der Pater ist doch vor aller Augen den Flur hier herunter! Einen zweiten Ausgang hat der Gang nicht, sondern vor uns die Brandmauer. Der Pater muß da drinnen sein!«

»Vielleicht schläft er!«

Das war eine Hoffnung. Der Poldl hat sich ein Herz gefaßt und sachte auf die Klinke gedrückt. Die gab gleich nach. Die Türe war offen. Das Zimmer dunkel. Das Fenster geschlossen. Eine muffige Luft.

Wir haben Licht gemacht. Das Bett war unbenutzt wie bisher. Alles so wie den ganzen Tag über. Nirgends das geringste Anzeichen, daß inzwischen ein Mensch da hereingekommen sei und es sich wohnlich gemacht habe. Wir haben dagestanden und uns den Kopf zerbrochen und hin und her geschaut und in alle Winkel geguckt. Aber es war so: der Pater Faramund war wieder verschwunden ...»Die Erde kann ihn doch nicht verschluckt haben!« sagt der Poldl ratlos. Und ich darauf:

»... leibhaftig da war er doch! Ich hab' doch selbst mit der Hand an seine rauhe Kutte gestreift ...«

»... und unser Haus wird auf den Kopf gestellt!« spricht der Poldl.

»Alles kommt außer Rand und Band!« sag' ich. »Hör' nur, wie drüben wieder irgendein Diener die Türe zuschmeißt!«

Es war ein ferner, heftiger Schlag gewesen. Wie wir kopfschüttelnd auf den Gang hinaustraten, kommt den der Haushofmeister entlang gerannt. Seine Knie wanken. Er hebt die Hände in die Luft und hat den Mund offen. »Was gibt's denn, Rubesoier?«

Und er, außer Atem:
»Der Herr Baron von Safferstätt haben sich soeben im Spielzimmer erschossen!«

Neuerliche und letzte Niederschrift des Kunstmalers Franz Salvermoser aus München

Welcherart der Baron Safferstätt Hand an sich gelegt hat, das hat mir der Prinz Tettikon noch im Lauf dieser Nacht erzählt. Der Baron hat in dem Spielzimmer gesessen und hat erschöpft geschwiegen, während Hausherr und Hausfrau und die anderen Gäste nach dem Zimmer des Paters Faramund gegangen sind. Der Prinz ist seitwärts gesessen und hat ihn nicht aus dem Auge gelassen. Der Baron ist aufgestanden und hat gesagt, er muß sein Sacktuch holen, das er nebenan, in dem Platz vor dem Keller, hat liegen lassen. Der Prinz hat sich erinnert, daß da freilich etwas Weißes auf dem Boden gelegen hat. Aber daß er, der Prinz, die Pistole, die er dem Baron abgenommen hat, dort achtlos hinter sich auf eine Kiste gelegt und in dem allgemeinen Wirrwarr vergessen hat, daran hat die Durchlaucht nicht mehr gedacht. Der Baron ist mit seinem weißen Fazettel in der Hand zurückgekommen. Aber die Pistole hat er heimlich auch im Sack gehabt. Wie der Prinz nicht hingeschaut hat, hat er sie hervorgeholt und Dampf gemacht. And dann war es schon mit ihm gar.

Das war eine böse Nacht. Im Schloß die Zimmer hell. Alles voll Aufregung. Schlafen hat keiner recht können. Ich hab' mich gar nicht erst hingelegt, sondern bin in den Kleidern geblieben und habe unten in der Halle ein Fenster aufgemacht und habe hinausgeschaut, um frische Luft zu schöpfen. Die Luft war kalt und feucht wie in einem Keller. Die Nacht stand rabenschwarz vor einem wie eine Wand. Ganz hoch oben, in den Bergen, ist, während ich am Fenster stand, einmal ein einzelner Schuß gefallen. Man hat es in der Stille deutlich gehört, und ich entsinne mich, daß ich mir gedacht hab': Da sind's wieder hinter dem verflixten Filzenschuster her!

Dann habe ich das Fenster wieder zugemacht und mich hingesetzt. Ich muß ein paar Stunden im Sitzen geschlafen haben. Denn es war schon gut zwei Uhr nachts, wie der Herr von Söller, der Landrichter a. D., dem es auch keine Ruhe gelassen hat, die Treppe heruntergekommen ist und mich dadurch geweckt hat.

Er hat neben mir auf einem Sessel Platz genommen und nach einer Weile gefragt: »Sie sind doch ein Freund des Hauses, Herr Salvermoser?«

»Freilich!« sag' ich. »Soweit man in einem so hocharistokratischen Haus von Freundschaft reden darf, bin ich's schon!«

»Also hören's, Herr Kunstmaler. Ich will vorausschicken: Ich beschäftige mich, so still für mich, außer Amt, gar zu gern mit verzwickten Zusammenhängen. Wissen's, so ein alter Spürhund wie ich – dem laßt's, wenn ein Verbrechen geschehen ist, keine Ruh', bis er hinter das Geheimnis kommt!«

»Ich tät' davon so viel verstehen wie die Sau vom Haarkräuseln!« sag' ich treuherzig, und der Landrichter von vor Anno achtundvierzig redet weiter:

»Es ist Ihnen doch auch gewärtig, daß sich das Ehepaar Safferstätt erst kurz vor seiner Ankunft zu Besuch hier angemeldet hat?«

»Ja.«

»... und daß die Baronin Safferstätt erst nach ihrer Ankunft hier ihrer Kusine, der Hausfrau, den Zweck ihres Besuches, die Zusammenkunft mit dem Pater Faramund, mitgeteilt hat?«

»Ja.«

»Nun frag' ich Sie, Herr Salvermoser: Wer in aller Welt hatte ein Interesse daran, schon beinahe drei Wochen vorher in München diese geplante Reise und die geplante Beichte der Baronin auszuspionieren?«

»Das ist mir zu hoch!« sage ich, und so war es auch. Der Herr von Söller fuhr fort:

»Sie kennen doch die Poletta, die Kammerjungfer?« »Den schwarzen Racker ... freilich ... bildsauber is sie schon, das Madel...«

»Und da ist es kein Wunder,« sagt der Landrichter langsam, »daß sich irgendein Mannsbild in München an sie heranmacht und ihr den Kopf verdreht?«

»Freilich nicht!« bestätige ich. »Das hat mir unsere gnädige Hausfrau gestern bei Gelegenheit selber erzählt. Die Baronin haben ihr geklagt, daß die Poletta ganz narrisch in ein übelberufenes Subjekt verschossen sei, dem wo die Polizei nix Rechtes auf den Kopf zusagen kann ...so einen von den zwölf Haberfeldmeistern, einen verdächtigen ...hier aus dem Oberland...« »Der Fröschel von Hub! Is freilich ein Haberfeldmeister!« sagte der Herr von Söller ruhig. »Ich hab' die Poletta inquiriert. Sie hat mir zugegeben: Ja! Selbiger Fröschel oder ihr Xaver, wie ihn das verliebte dumme Madel nennt, hat fleißig wissen wollen und, wie sie sich das letztemal vor drei Wochen in München trafen, von ihr im voraus sich sagen lassen, wann ihre Herrschaft hierher, nach Vogelöd, käme und hier den Pater Faramund treffen würde!«

»Das geht den Spitzbub freilich nix an!« mein' ich. »Aber so Liebesleut' reden halt viel daher, wenn ihnen just nix G'scheiteres einfällt!«

»Schön!« sagt der Landrichter sehr bestimmt. »Ich bin, wie Sie wissen, ein hoher Beamter, Herr Salvermoser, wenn auch seit dem sakrischen Jahr achtundvierzig im Ruhestand. Ich habe die Kommunikation mit München und den dasigen Justizkollegiis noch nicht verloren. Ich kann mich, wenn mir ein Vorfall als für das Staatswohl suspekt erscheint, allezeit an eine hohe Königliche Regierung wenden. Das hab' ich getan und gestern mittag mit dem Telegraphen in der Residenz angefragt, mich zu bescheiden, was dortseitig von dem Fröschel von Hub neuerdings verlautbart sei? Vorhin hab' ich die Antwort bekommen.«

Er gab mir eine Depesche. Ich las:

»Xaver Gaisbichler, Fröschelhuber von Hub, wegen erneuter dringender Verdachtgründe des Haberfeldtreibens schon vor sechs Wochen in Rott am Inn polizeilich festgenommen und zur Untersuchungshaft nach München abgestellt. Rubrikat befindet sich seitdem hier in amtlichem Verwahrsam.«

Das ging über meinen Verstand. Ich war starr. Der Herr von Söller hat das Papier wieder zusammengefaltet und gesagt: »Mit anderen Worten: Das Mannsbild, das mit Poletta vor drei Wochen in München so schön getan hat, war gar nicht der Fröschel von Hub, für den er sich ausgab...«

»Sondern wer denn?«

»Einer, der die Einfalt von dem verliebten Madel benutzt hat, um von ihr über die Absichten ihrer Herrschaft alles das zu hören, was er wollte...«

»Teifi auch!«

»Es hat sich also ein Unbekannter heimlich zu einem mir noch unklaren Zweck schon seit Wochen an die Person des Ehepaares Safferstätt geheftet und hat den Baron und die Baronin wahrscheinlich seitdem nicht mehr aus den Augen verloren und ist ihnen vielleicht sogar heimlich bis hierher gefolgt...«

»Ja – aber wer denn?« ruf' ich bang. Der Landrichter zuckt die Achseln und steht auf.

»Da fragen Sie mich, wie ich ja eben gesagt hab', mehr, als ich Ihnen antworten kann, Herr Kunstmaler! Aber mir ahnt so was: Irgendein dunkler Weg führt von da bis zu dem Baron, der jetzt mit seinem Loch im Kopf im Vorraum vor dem Eingang zur Kapelle aufgebahrt liegt!«

»Den Weg müssen's finden...«, sprach ich. »Bitt' schön, Herr Landrichter! ...Sie waren immer ein Scharfer! Ihnen bleibt nix verborgen.«

»Vorläufig seh' ich von der Sach' so viel wie von der Nacht draußen!« sagt der Herr von Söller. »Nicht die Hand vor den Augen! Aber ich hab' noch an andere Leut' telegraphiert. Mir läßt die Geschichte keine Ruh'!«

Der Ritter von Söller ist grüblerisch weggegangen. Ich hab' mir überlegt, ob ich nicht auch in mein Zimmer gehen und da warten soll, bis es endlich wieder einmal Tag wird. Aber ich hätte doch nicht schlafen können. Es war zu viel heimliche Unruhe im Haus und ging einem selber ins Blut. Tritte sind auf den Gängen hin und her geschlichen, man hat Stimmen raunen hören, Türen sind leise auf- und zugegangen. Dann ist die Poletta vorbeigehuscht, bleich und pechschwarz. Sie hat Essig aus der Küche geholt, zu Umschlägen, und hinaufgetragen. Ihre Gnädige fällt von einer Ohnmacht in die andere, spricht sie zu mir. Gott weiß, wie sie die Nacht noch übersteht! Schaut die Frau von Vogelschrey nach ihr? Ja! Das tut sie schon! Sie pflegt sie. Aber ganz fremd ist sie dabei. Wie eine Schwester von einem Krankenorden. Ohne ein überflüssiges Wort mit der Baronin Safferstätt zu sprechen…

Ich muß wieder eine Weile geschlummert haben. Ein Winseln hat gemacht, daß ich die Augen aufmach' und emporfahr'. Da steigt der Herr Wappolt in seinem grünen Rock, mit seinem Hund, dem Teifi, an der Leine, behutsam auf den Fußspitzen durch die undeutlich von den flackernden, fast herabgebrannten Kerzen erhellte Halle. In deren unruhigem Schein haben alle Gegenstände fratzenhafte Schatten geworfen. Licht und Dunkel haben fortwährend gehuscht und gewechselt.

»Grüß' Gott, Herr Forstmeister! Wohin?«

Er bleibt stehen. »Nach dem Pater Faramund suchen!« sagt er hartnäckig. »Ich bitt' Ihnen – was is denn das mit dem hochwürdigen Herrn?! Is das schon bei Lebzeiten ein Heiliger, daß er bald im Himmel ist und bald auf Erden?«

»Ja – wenn ich das wüßt'!«

»Vorgestern, bei Nebel und Nacht, steht er im Mondschein vor dem Haus. Gestern am hellen Tag ist er verschwunden. Heute, in der Dunkelheit auf der Treppe, kommt er wieder zum Vorschein. Jetzt ist er schon wieder weg! Sie, Herr Maler – das macht mir Kopfzerbrechen!«

»Mir auch!«

»Er muß im Schloß sein. Er muß. Der Teifi weiß es auch! Schauen's nur, wie das unvernünftige Viechel an der Schnur zerrt! …Kumm, Teifi, kumm! Hilf deinem Herrle suchen!«

Und der Teifi mit seiner Spürnase am Boden ungeduldig und aufgeregt voraus, und ich hab' noch gesagt: »Herr Forstmeister! Der Halbhund führt Sie als nur im Kreis umeinander! Dasselbige hab' ich schon lang gespannt!«

Aber der Herr Wappolt hat nichts davon hören wollen und ist mit seinem schottischen Hundevieh weitergezogen, und mir war's auch recht. Ich hab' doch angefangen, müde zu werden. Die Nacht ging zu Ende. Man konnte sich einbilden, daß sich die Finsternis vor den Fenstern schon langsam verfärbte. Ich hab' gegähnt. Ein Bett war auch was Gutes. Morgen war auch noch ein Tag, oder vielmehr heute, und der Tag war keiner, wie er sonst im Kalender steht. Der versprach streng und abenteuerlich zu werden. Da brauchte man seine Kräfte.

Gerade wollte ich in mein Zimmer hinüber. Da erscheint von dort her, ganz fahl und verfallen und ängstlich im Gesicht, der Rubesoier, der Haushofmeister. Wie ein erschrockenes altes Weib hat er ausgeschaut, das samtene Kniehosen angezogen hat und sich eine Amtskette vor den Wampen gehängt. Ich hab' gemerkt, daß er mich suchte. »Servus, Herr Rubesoier, was wollen's denn von mir?«

»Ich nichts!« flüsterte er mit verstörten Glotzaugen. »Aber der Anderl wär' draußen, der Büchsenspanner! Der tät' den Herrn Maler gern sprechen!«

»Ja, da schauen's, daß er herkommt!« sag' ich. Ich und der Anderl G'schwendtner, der Leibjäger des Herrn Rittmeisters, waren immer gute Freunde. Wir sind schon oft zusammen auf der Jagd gewesen und haben uns wie Kameraden verhalten. Denn ich bin keiner von den blaublütigen Kavalieren und Jagdherren und hab' keinen Hochmut in mir, sondern bin selber ein Sohn aus dem Volk.

»Ja, Anderl – wie schaust denn du aus?« frag' ich ganz entsetzt, wie er vor mir steht. Er war ein hübscher Bursch mit seinem schwarzen Schnurrbart und seinen schwarzen Augen. Recht eine Schneid hat er gehabt, und gefürchtet hat er sich nicht vor dem Teufel. Aber jetzt schien er zehn Jahre älter. Trotzige Linien in dem braungebrannten Gesicht. Das Haar verstrubelt. Die Jagdjoppe, die kurzen Lederbuxen, die Nagelschuhe, die nackten Knie, alles voll Erde und Nässe, gerade wie man eben nachts aus dem Gebirg herunterkommt. Ich hab' ihm die Hand geben wollen. Er hat seine braune Hand schnell in die Tasche gesteckt.

»Fassen's beileib' meine Hand net an, Herr Maler!« warnt er heiser. »Da klebt Menschenblut daran!«

»Anderl! Was hast denn angerichtet?«

»Meine Pflicht hab' ich getan!« stößt er wild hervor. »Haben's 'leicht heut' nacht einen Schuß da heroben in den Bergen gehört?«

»Vor zwei, drei Stunden schon!«

»Dös war i! I hab' den Filzenschuster derschossen! Maustot is er!«

»Ja – was war' denn dös?« ruf' ich, und der Anderl erzählt. Er hat heimlich beobachtet, wo der Filzenschuster in der vorigen Nacht seinen letzten gewilderten Geweihten unter abgehaue Latschenzweige versteckt hat, weil er beim hellen Mondschein seinem verbotenen Handwerk nicht getraut hat, und hat gewußt: So wie die nächste Nacht dunkel einfällt, kommt der Filzenschuster wieder und holt sich den Vierzehnender und hat auf der Lauer hinter einem Steinblock gelegen ...

Was dann geschehen ist, das wird niemals ein Mensch sicher erfahren! So viel weiß schon jeder, der die Berge kennt. Der Filzenschuster kann nicht mehr reden, und der Anderl stellt die Sache natürlich so hin, daß es für ihn gut auskommt! Ob er den Filzenschuster wirklich erst angerufen und der daraufhin angelegt und der Anderl flinker als er gefeuert hat – oder ob er dem Filzenschuster, dem Schwerverbrecher, dem gefährlichen, nicht erst viel Zeit gelassen, sondern gleich selber hinter seinem Steinblock her den Finger krumm gemacht hat – wer mag das entscheiden?

»Anderl – wo sitzt denn nachher der Schuß?«

»Hinten net!« sagt der G'schwendtner rauh und rasch.

»Also vorn?«

»Wie's nehmen magst! Sixt: Pfei'gerad' da in die linke Schläfen hinein!«

Also von der Seite! Das mocht' man deuten, wie man wollte! Der Anderl schwieg. Jedenfalls: den Filzenschuster waren wir los, und das Revier hatte endlich Ruh'! »Wo is denn die Leiche, Anderl!«

»Ich hab' die Sennen auf der Höchstalm geweckt. Die tragen sie runter, sobald sie ihre Schuh' vor sich sehen können. In einer Stund' sind's 'leicht da!«

Wirklich: jetzt wurde es draußen hell. Ein düsterer, grauer Tag. Kaum noch das erste unbestimmte Licht. Aber weiter oben war die Luft jetzt schon klarer. Da waren die beiden Sennen mit dem stillen Mann jedenfalls jetzt schon eine gute Weile unterwegs.

»Und was tu' ich jetzt dabei, Anderl?«

»Ich tät' Sie schön bitten, es zuerst dem gnä' Herrn zu sagen!« spricht der G'fchwendtner. »Ich trau' mich net recht vor den Herrn Rittmeister ...«

»... wenn du doch deine Pflicht getan hast, wie du sagst!«

»Dasselbe wohl! Aber unterdem hat sich hier ein Herr Baron umgebracht, und ein hochwürdiger Herr is abgängig, und jetzt komm' ich auch noch mit einer Leichen daher ... Am End' wird's da dem Herrn Rittmeister zu viel, und er läßt mich grob an ...«

»So ist der Herr Rittmeister nicht! Das weißt ...« »Wohl. Wohl. Trotzdem ... Wenn der Herr Maler halt so gut wär' ... Wo die Geschicht' doch kriminalisch wird und der Herr Rittmeister mich schützen muß ...«

»Das wird er auch!« erwidere ich. »Also – ich werd' mit ihm reden! Geh du unterdes fei' 'nüber in die Frühmesse, Anderl, und bet' für deine arme Seele und mehr noch für die vom Filzenschuster!«

Ich habe mit dem Rittmeister von Vogelschrey vor dem Schloßeingang gestanden. Es war nun ganz heller Tag, soweit man an einem solchen in grauschwarzen Tinten gefärbten licht- und schattenlosen, grämlichen Herbstmorgen im Gebirge von Helle reden kann. Zum Malen wäre mir die schwere, feuchte Luft mit ihren Strahlenbrechungen von oben und ihren verschwimmenden und zerfließenden, nebligen Umrissen der Berge schon recht gewesen. Aber ich war jetzt nicht als Kunstmaler da, sondern als Jäger. Als solcher habe ich dem guten Freund Vogelschrey getreulich rapportiert, was sich oben in den Bergen zwischen seinem Büchsenspanner Anderl und dem Wilddieb zugetragen hat.

Auf den Rittmeister hat die Erzählung keinen so tiefen Eindruck gemacht, wie es sonst bei seinem weichen Gemüt und seiner humanen, echt adeligen Seele geschehen wäre. Das Leben eines Menschen – und wenn es auch ein Freidieb im Revier war – hätte diesen aufgeklärten Aristokraten ein kostbares Gut gedünkt. Aber jetzt lag schon dort oben im Schloß ein anderer

Aristokrat, der Baron Safferstätt, tot. Und ein hochwürdiger Seelsorger, der Pater Faramund, blieb wiederum verschwunden.

Darüber kam der Herr von Vogelschrey nicht hinweg. Das beschäftigte ihn in seinen Sorgen und Gedanken mehr als das Ende des Filzenschusters. »Daß sich Jäger und Wilderer gegenseitig die Zeche mit Pulver und Blei heimzahlen, das ist beileib' nichts Neues!« sagte er zu mir. »Das kommt bei uns im bayrischen Hochland alle Finger lang vor, und niemand denkt daran, dem Jagdherrn einen Vorwurf daraus zu machen, daß er Gottes vierbeinige Kreatur, die ihm anvertraut ist, durch seine pflichttreuen Organe gegen die geschwärzten mitternächtigen Gesichter und Mondscheinlarven der Herren Freibeuter schützen läßt...«

»Behüt' Gott!«

»...und ebensowenig vermag ein billig Denkender einem in meinem Dienst so bewährten Subjekt wie meinem redlichen Anderl einen Strick daraus zu drehen, daß er in seinem löblichen Eifer, das Revier reinzuhalten, in seiner Notwehr vielleicht zu weit ging...«

»Beweisen kann's ihm keiner. Müssen auf dem Gericht schon glauben, was ihnen der Bursch' sagt...«

»...und ich trete mit vorgehaltenen Armen unweigerlich schützend vor ihn hin, wie vor jeden meiner Untergebenen, gemäß meiner Menschenpflicht, kraft deren mir von Gott durch meine Geburt und Herkunft Gewalt über andere Menschen verliehen und auferlegt ist. Gottlob: meine Stimme gilt etwas im Land!«

»Das glaubst!«

»So können der Anderl und ich diesem inquisitorischen Verfahren ruhig entgegensehen. Am Filzenschuster geht der lebendigen Schöpfung, die Gottes Loblied singt, nichts als ein böser Feind verloren. Nach dem läuft dem bösen Feind selber unten in der Höll'n jetzt schon 's Wasser im Maul zusammen. Nein, Franzl! Da wiegen jetzt andere Dinge schwerer. Das Rätsel des Todes des Peter-Paul Oetsch vor drei Jahren hat sich gelüftet, daß einem die Haare zu Berg stehen. Drei wissen darum. Der eine von ihnen ist tot. Die andere hat es gebeichtet. Der Dritte, der Pater Faramund, ist mit dem Beichtgeheimnis Gott weiß wohin verschwunden...«

»...wenn der Pater Faramund jemals dagewesen ist...« sagte neben uns eine Stimme.

Wir fuhren herum. Da stand der große, graubärtige Landrichter Herr von Söller. Er wiederholte:

»...wenn er jemals dagewesen ist, mein liebwertester Herr Rittmeister!«

Der Herr von Vogelschrey wußte gar nicht, was er antworten sollte, geradeso, wie ich mir auch dachte: Jesses ...jetzt kommt einem schon auch die hohe Obrigkeit ganz narrisch daher! Endlich meinte er:

»Wie soll ich das verstehen? Wir alle haben doch den Pater Faramund mit unseren eigenen Augen gesehen! Wir haben ihn sprechen hören...«

»Der Herr Landrichter war ja selbst dabei!« schaltete ich ein.

Aber der Ritter von Söller beharrte und sagte mit gefurchter Stirne, so daß man an seinem Verstand hätte zweifeln mögen: »Wenn der Pater Faramund nur jemals existiert hat!«

Im selben Augenblick kam der Forstmeister, der Herr Wappolt, eilig über den Platz vor dem Schloß und lüftete sein grünes Hütel schon von weitem und rief laut, noch aus der Ferne:

»Möchte dem Herrn Rittmeister melden: Alleweil haben die Sennen die Leiche des Filzenschusters ins Tal gebracht!«

»Wo ist sie?«

Der Forstmeister, näher kommend und die unverhohlene Freude in den Augen, daß der Anderl den Malefizkerl endlich weggeputzt hat:

»Wir haben ihn im Wirtshaus auf den Tisch gelegt. Es stimmt schon: die Kugel ist von der Seite gekommen Es war ein ganz ehrliches Malheur. Dem G'schwendtner. Anderl passiert nix!«

Wir sind alle vier eilends die paar hundert Schritte hin. Trotzdem es so früh am Morgen war, haben vor dem ›Alten Wirten‹ schon ein Haufen Leute gestanden. Der Herr Mitterhuber, der Rentmeister, hat zwei starke Burschen an die Türe gestellt. Die haben niemanden hineingelassen. Er selbst war innen im Wirtsraum. Ferner der Gutsverwalter, der Herr Stadelhofer, und der hochwürdige Herr Dorfpfarrer Thurmbichler. Auch die beiden Sennen von der Höchstalm haben in der Ecke gestanden. Der Wirt und seine Söhne. Das ganze Zimmer war voller Leute, und mitten darin hat der tote Wilderer auf dem Tisch gelegen, lang und starr, ein großer, hagerer, sehniger Mensch, in der Älpler-Tracht, wie sie in den Bergen unterschiedslos ein jeder trägt, von dem Fürsten bis zum Treiber, und keiner sich vom anderen unterscheidet.

Das Gesicht des Toten war von einem starken, dunklen Vollbart überwachsen. Die ganze linke Kopfhälfte fast unkenntlich von dem schwarzen, eingetrockneten Blut, das von dem Schläfenhaar abwärts wie eine Filzkruste über dem Gewirr des Schnurrbarts und Backenbarts klebte. Das Kugelloch konnte man nicht sehen. Der Forstmeister Wappolt brannte darauf, dessen Lage genau festzustellen, um volle Gewißheit zu haben, daß unser wackerer Anderl wirklich nicht von hinten geschossen hatte. Er hatte sich von dem jüngsten, fünfzehnjährigen Sohn des Wirts einen Eimer Wasser und einen Pferdeschwamm holen lassen. Er und der Lalli gingen daran, die linke Kopfhälfte des Filzenschusters abzuwaschen. Das ging langsam. Das Blut haftete fest in dem verwilderten, langen Haar und Bart, und der Bub mußte immer wieder mit dem Zuber laufen und das dunkelrot gefärbte Wasser ausgießen und am Brunnen durch neues ersetzen.

Wir haben daneben gestanden und die längste Zeit schweigend zugeschaut. Endlich hat der Rittmeister nicht mehr an sich halten können und halblaut gefragt:

»Sie ... Söller ...«

»Ja!«

»Sie haben vorhin gemeint. Sie glaubten nicht an den Pater Faramund?«

»Nein.«

»Ja ... aber um Gottes willen ... Wie kommen Sie denn darauf, wo der Pater Faramund doch als Mensch von Fleisch und Blut unter uns erschienen ist?«

»Trotzdem ...«

»... und warum erscheint Ihnen das nicht als ein offensichtlicher Widerspruch?«

»... weil da gar nix offensichtlich ist, mein Lieber!« sagte der Landrichter von Söller barsch. »Sondern Ihr Schloß Vogelöd, bester Vogelschrey, ist ringsum von Geheimnissen umsponnen, die sich nur langsam und, wie Sie sehen, immer wieder auf blutige Weise lösen ...«

»... und das Geheimnis des Paters Faramund?«

»... ist auch schon unterwegs!«

»Dann erklären Sie es uns doch! Ich beschwöre Sie!«

Wir drängten uns um den Herrn von Söller. Der dämpfte seine Stimme noch mehr. »Also hören's, meine Herren, und passen's gut auf ...«

»Ja! Ja!«

Eben wollte der Landrichter anfangen.

»Um es kurz zu sagen: Der Pater Faramund ...«

Da kommt der dicke alte Wirt heran. Wir winken ihm ab.

»Seppl – laß uns jetzt in Ruh'!«

Aber der Wirt hat auch die Post im Dorf unter sich gehabt. Eine Depesche hat er in seinen roten Pratzen gehalten. Die hat eben ein Botenbub aus Höhenleiten heraufgetragen. Sie war für den Herrn von Söller bestimmt. Der hat gesagt: »Entschuldigen's schon, die Herren!«, ist beiseite ans Fenster getreten, hat die Depesche aufgerissen und gespannt gelesen. Und kopfschüttelnd noch einmal gelesen. Und noch einmal.

Sehr ernst ist er gewesen und hat dem Herrn von Vogelschrey die Hand auf die Schulter gelegt.

»Eben hab' ich noch gesagt, daß Geheimnisse rings um Vogelöd sind. Da haben wir wieder eines!«

»Wo?« fragt der Rittmeister. Der Landrichter deutet auf den stillen Mann auf dem Tisch.

»Da!«

Der Herr von Vogelschrey zuckt die Achseln.

»Ein erschossener Wilderer! Da ist doch bei uns zu Land weiß Gott nichts Rätselhaftes daran, lieber Freund!«

»Ja. Wenn das wirklich ein erschossener Wilderer ist!«

»Sapperment!... Es ist doch der Filzenschuster! Das wissen wir doch!«

»Es ist der Filzenschuster nicht!« Der Herr von Söller sagt das mit starker Stimme. Wir starren ihn wortlos an. Endlich unser armer Schloßherr: »Warum glauben Sie das?«

»...weil der Filzenschuster lebt!«

»Woher wissen Sie das?«

»Durch eine hohe Königliche Regierung selber!« sagt der Herr von Söller. »Nach unserem gestrigen Gespräch am Teich, Vogelschrey, habe ich, in meiner ehemaligen Beamteneigenschaft, über verschiedenes, was mir hier dunkel war, drahtliche Anfragen nach München gerichtet. So habe ich erfahren, daß der Mann, der sich dort vor drei Wochen an die Jungfer Poletta herandrängte und sie über die Reise ihrer Herrschaft hierher ausfrug, nicht der Haberermeister, der Fröschel von Hub, sondern ein Unbekannter war...«

»Das hat mir der Herr von Söller schon diese Nacht erzählt!« bekräftigte ich.

»Weiter! Weiter!« drängte der Rittmeister. »Wie ist das mit dem Filzenschuster da?«

Der Landrichter gab ihm die Antwortdepesche aus München zu lesen. Sie war von der Polizei dort. Wir steckten die Köpfe über ihr zusammen. Mir tanzte das Blaustiftgekritzel des Posthalters von Höhenleiten vor den Augen. Seine Buchstaben waren groß und ungefüg. Auf ein paar orthographische Fehler kam es ihm nicht an.

»Der voriges Jahr aus der Strafanstalt in Neuburg an der Donau entwichene Büßer Kaspar Neumayr, vulko Filzenschuster geheißen, ist am 11. September a. c. in königlichen Forsten ob St. Bartholomä bei Berchtesgaden in flagranti bei Wildfrevel überrascht, bei diesem Zusammenstoß mit Jagdgehilfen am Bein verwundet, vorgestern auf Almhütte, wo er sich im Heu verborgen hatte, aufgefunden und ämtlich sistiert. Identitet des Incullpaten unzweifelhaft festgestellt, da dessen volles Gestandniß bei polizeilicher Abhörung dortseitig bereits vorliegt. Gezeuchnet: Meindel.«

Wir warteten alle, was der Herr von Vogelschrey dazu sagen würde. Es dauerte eine gute Zeit, bis er sich so weit gesammelt hatte. Dann forschte er flüsternd:

»Aber wer ist denn dann der Tote da vor uns auf dem Tisch?«

Wir hingen an den Lippen des Herrn von Söller. Er steckte seine Depesche ein und sagte: »Das weiß ich so wenig wie Sie, Herr Rittmeister...«

Dann setzte er hinzu: »Der Filzenschuster ist es nicht, sondern wiederum ein Unbekannter! Das steht ebenso fest wie daß der Pater Faramund, obwohl wir ihn alle gesehen haben, nie existiert hat!«

Der Herr von Vogelschrey wurde in seiner begreiflichen Erregung ungeduldig. Er faßte den Landrichter zornig vorn am Rockknopf. »Was bedeutet das? Man sieht einen Menschen, und er existiert nicht? Treiben Sie nicht Ihr Spiel mit uns...«

»Da sei Gott vor!«

»Erklären Sie uns ...Die Zeit ist zu ernst ...Was war das für eine Erscheinung, die wir, nach Ihrer Meinung, für den Pater Faramund halten?«

»Eben eine Erscheinung ...Mehr kann ich noch nicht sagen ...Ich bin noch nicht so weit...«

»Also kein wirklicher Mensch?«

»Jedenfalls und unter allen Umständen nicht der Pater Faramund!« sprach der Herr von Söller ruhig und mit vollster Überzeugung. »Da können's die Hand darauf auf das Sakrament legen, Rittmeister: Einen Pater Faramund hat's bei Ihnen niemals gegeben!«

»Jesses, Maria und Josef!« schrie, in seine Worte hinein, nebenan plötzlich der Lalli und ließ seinen nassen Schwamm fallen, kindische Angst in der Stimme. Fast zugleich der erschrockene Baß des Forstmeisters:

»Ah – da schaust her!«

»Was gibt's, Herr Wappolt?«

Der Grünrock hob ein dunkles, verfilztes, triefendes Etwas in der Hand hoch. Der Bub in seiner zitternden Pfote ein ebensolches kleines Stück. Bückte sich. Holte wieder so ein haariges Ding von der Kopfseite des Toten. »Was haben's denn da für ein G'lump, Herr Wappolt?«

»Der Bart geht dem Toten ab, Herr Rittmeister! … Der Bart löst sich einem beim Abwaschen unter den Händen!«

»Der Bart war von sellerem Maschkerer nur vorgeklebt!« rief der Lalli mit seiner hellen Knabenstimme.

»Alles schwemmt sich mit dem Wasser weg! Der Tote hat überhaupt keinen Bart net g'habt!«

Wir traten hastig heran. Jetzt war es ein leichtes, mit dem Schwamm das bartlose Antlitz des Toten völlig von Blut reinzuwaschen und abzutrocknen.

Und dann ein Schweigen.

Und dann die Frage des Rittmeisters an den Herrn von Söller:

»Was sagen Sie alsdann jetzt?«

Und hinterher, nach einer Pause, die zweite Frage:

»Glauben Sie immer noch, daß es keinen Pater Faramund gegeben hat, Herr Landrichter?«

»Ich muß ja jetzt wohl glauben, daß es einen gegeben hat!« sprach der Landrichter langsam. »Denn ich seh' ihn ja da leibhaftig tot vor mir!«

Da war kein Zweifel. Was der Ritter von Söller sah, das sahen wir anderen alle ebensogut:

Der Pater Faramund lag da lang ausgestreckt, so wie wir seinen strengen, bartlosen Kopf mit den dünnen, grausamen Lippen vom Abend vorher, von der Begegnung in dem Raum vor dem Keller, in der Erinnerung hatten, wenn da auch nur ein Kerzengeflacker und Zwielicht seine Züge beleuchtet und beschattet hatte. Der Kopf ließ sich nicht verkennen, selbst nicht in der fremdartigen Vermummung eines Wilderers, die den Körper umhüllte, und trotz der Todesstarre, die tiefe Linien in das fahle Antlitz grub.

»Der Pater Faramund …«, murmelte der Rittmeister ratlos.

»… oder der Unbekannte, der sich so nannte …«, sprach der Herr von Söller.

»Der Unbekannte …«

Mein teurer Freund Vogelschrey, der schon die Hände gefaltet hatte, löste sie wieder auf. Dann krampfte er sie von neuem ineinander.

»Es muß der Pater Faramund sein!« sagte er. »Die Mette hat ihn doch als Pater Faramund empfangen. Sie besitzt doch seine Briefe. Sie hat ihm gebeichtet. Sie mußte doch wissen, wer er war …«

»Vielleicht weiß sie es! Und sonst niemand …«

»… außer Gott …«

»… ich glaub', eher außer dem Teufel!« brummte der Forstmeister.

»Dann treibt sie ihr Spiel mit uns!« rief der Herr von Vogelschrey in hellem Zorn und aller Bestürzung. »Sie lockt sich von irgendwoher irgendeinen dunklen Ehrenmann in mein Schloß …«

»Einen Verbrecher …«

»Jedenfalls habe ich recht,« sagte der Herr von Söller, »ein frommer Mönch ist das auf keinen Fall, der sich von der schönen Frau Baronin nach Vogelöd zum Stelldichein laden läßt!«

»Nein!«

»Eher schon ihr Geliebter …«, sagte der Rentmeister Mitterhuber, aber halblaut, immerhin noch, aus Respekt vor so hohen Herrschaften.

»Und einen Pater Faramund«, fuhr der Landrichter fort, »gibt es also in Vogelöd nicht!«

»Nein! Den gibt's nicht!« sprach der Rittmeister von Vogelschrey erschüttert. Vom Schloß her kam der Haushofmeister über den Platz vor der Kirche auf das Wirtshaus zu. Der alte, grauhaarige Mann ging nicht würdevoll wie sonst, sondern lief. Er trabte, so rasch ihn seine gichtischen Knie trugen. Das bedeutete etwas Besonderes. Wir eilten ihm alle ins Freie entgegen. Der Rittmeister rief: »Was bringen's, Rubesoier?«

Und der Haushofmeister, stolpernd, atemlos:

»Der hochwürdige Pater Faramund möchte den gnädigen Herrn sprechen!«

XXIV

Bericht des Rittmeisters von Vogelschrey

Ich bin, so schnell ich konnte, nach dem Schloß zurück. Vor dem Eingang hielt mein eigenes Fuhrwerk, das ich am Nachmittag zuvor mit dem Brief an den Abt nach dem Kloster Maria Stern geschickt hatte. Daneben stand ein älterer, kleiner Mönch in fremdartiger Ordenstracht. Der breitkrempige Hut überschattete ein mildes, in würdigen Falten ruhendes Antlitz eines stubenbleichen, freundlichen Gelehrten. Er lüftete, mit der angestammten Leichtigkeit der Bewegungen eines geborenen Herrn aus gräflichem Hause, den schwarzen Filz von der in eine weite, elfenbeinerne Glatze übergegangenen Tonsur. Seine Augen waren forschend klar, wie die eines alten Beichtvaters und Menschentrösters, den auf der Welt nichts mehr erstaunt. Ich denke mir, daß im Mittelalter die Mönche, die neben der seelischen Hirtenpflicht auch die leibliche Heilkunst des Arztes pflogen, so, ihre Mitmenschen auf Herz und Nieren prüfend, hergeschaut haben mögen. Er reichte mir seine Hand und sprach:

»Ich habe mich flugs zu Ihrem vetturino auf den Bock gesetzt und bin mit ihm durch die Nacht hierher gefahren, mein Herr von Vogelschrey. Denn mir ahnte nichts Gutes, sobald ich erfuhr, daß hier uno sosio – ein Doppelgänger von mir – in Schloß Vogelöd sein schnödes Wesen treibt!«

»Sie sind der Pater Faramund?«

» Sicuro! Religioso von der Societa della crociferi! In der Weltlichkeit Dr. theol. Graf Oetsch genannt.«

»Großer Gott, Hochwürden! Warum kommen Sie erst jetzt?«

Der Mönch von Golgatha schien erstaunt. »Auf Ihr eigenes Geheiß, mein Herr Rittmeister!« sprach er mit Bedacht. »Ich fügte mich Ihrem Widerruf!«

»Ich verstehe nicht …«

»Ich erhielt von der Baronin Safferstätt von einer Poststation aus eine Meldung, daß sie zu Ihnen unterwegs sei und mich alsbald dort erwarte …«

»Jawohl!«

»Diese Post erreichte mich am Abend, also uhngefähr um die Zeit, wo die Signora wohl bei Ihnen abstieg. Ich machte mich am nächsten Vormittag, nach dem dritten Gebet, reisefertig. Da, sul punto di partire, schon mit einem Fuß im Wagen, wurde mir durch einen ländlichen Boten ein Brief von Ihnen abgegeben …«

»Von mir?«

» Si – si! Mit dem Aufdruck Ihres Wappens, eines singenden Vogels auf dem Ast, links oben, und rechts ein Stichdruck: Schloß Vogelöd. Ein dickes, gelbes, pergamentenes Papier …«

Solche Briefbogen lagen unten in der Halle und auch auf den Zimmern zum Gebrauch für die Gäste. Das schoß mir durch den Kopf.

»Hochwürdiger Herr! Was stand in dem Brief?«

»… daß die Baronessa Safferstätt unversehens ernstlich unpäßlich geworden sei und Sie, Herr von Vogelschrey, in ihrem Auftrag mich bäten, meinen Besuch hier im Schlosse um eine Woche hinauszuschieben!«

»Wer brachte den Brief?«

»Ein Mann aus der montagna. Aus dem Gebirge.«

»Wie sah er aus?«

»Sah ich ihn denn, mein Herr capitano? Der Bote gab den Brief an der Klosterpforte ab, ermahnte den Laienbruder, ihn eilends zu behändigen, da er keinen Aufschub dulde, und ging.«

»Haben Sie den Brief bei sich?«

Der Mönch vom Golgatha-Orden hob bedauernd die Schultern und machte mit den Händen eine Bewegung: » Stracciato! Zerrissen … längst zerrissen …« Ich sagte:

»Der Brief war gefälscht!«

»Ich merke das jetzt auch …«

»...und inzwischen kamen und gingen Sie, hochwürdiger Vater, in falscher Gestalt hier im Schloß!«

Der zweite Pater Faramund hatte ein kaum merkliches feines Lächeln über die Torheit des Lebens.

»Und wo bin ich jetzt? Machen Sie mich mit meinem alter ego bekannt! Ich bin gespannt!«

»Ich kann es nicht mehr!«

» Perchè?« »Er ist tot.«

»Und wer ist es?«

»Wir wissen es nicht!«

»Weiß es niemand?«

»Nur eine kann es wissen: die, die mir allem menschlichen Ermessen nach den ungebetenen Gast heimlich ins Schloß geladen hat, die Mette Safferstätt.«

»Ist sie mit ihrem Gatten hier?«

»Ihr Mann hat heute nacht Selbstmord begangen.«

Der Priester wurde sehr ernst. Er trat mit einer raschen Bewegung über die Schwelle.

»Führen Sie mich zu der Signora, bitte!« »Wollen Sie sich nicht erst ausruhen, hochwürdiger Herr? Eine Stärkung zu sich nehmen, nach der Nachtfahrt?«

Der Golgathianer-Vater hörte gar nicht auf mich. Er war ganz Pflicht und wandelndes, aus der Ferne gerufenes Gewissen. Er stieg langsam, gleichmäßig die Treppenstufen empor, schritt im dumpfen Rauschen seiner Kuttenfalten oben durch den Gang, erreichte die Türe gerade, als die Poletta ihren bleichen, schwarzen Kopf herausstreckte, und trat, während sie erschrocken und ungläubig zur Seite wich, mit einem leisen, sanften Anklopfen der Fingerknöchel wider das Holz gleichzeitig auch schon in den Vorraum und schloß die Türe hinter sich.

Ich stand eine kurze Weile draußen auf dem Gang. Drinnen regte sich nichts. Als ich auf dem Rückweg schon oben an der Treppe angelangt war, hörte ich aus dem Zimmer der Mette Safferstätt einen einzigen hellen, durchdringenden, entsetzten Schrei. Dann wurde wieder alles totenstill.

Unten in der Halle hatten sich alle Jagdgäste versammelt. Der Landrichter a. D. Ritter von Söller saß unter ihnen. Ich hatte, während ich über die Stufen hinunterkam, den Eindruck, als ob er sie der Reihe nach dasselbe fragte. Gerade wie ich mich erschöpft in einen Ledersessel warf, schüttelte der Letzte, der Königliche Kämmerer Herr von Höllring, betroffen und verneinend den Kopf. »Wir reden gerade von dem Grafen Johann Preisgott Oetsch!« verkündete mir der Herr von Söller.

Ich machte eine abwehrende Bewegung mit der Hand. Ich war froh, daß der unheimliche Mann nicht auch noch da war und Unheil stiftete.

»Der ist in den Bergen oben! Gottlob!« sagte ich.

Der Landrichter sah mich sonderbar und schweigsam an. Ich fuhr fort:

»Aber er muß jetzt bald heimkommen!«

Dabei fiel mir ein, daß der Oetsch doch heute um neun Uhr morgens abreisen wollte. Es war jetzt schon beinahe so viel an der Zeit. Eigentlich die höchste Zeit. Ich rief den vorbeikeuchenden Haushofmeister an:

»Haben's den Grafen Oetsch noch nicht gesehen?«

Nein. Dem Rubesoier war von dem Herrn Grafen heute morgen bis jetzt noch nichts bekannt geworden. Ich dachte mir: wenn der Oetsch nur schon über alle Berge wäre! Mir war ganz elend zumut und mein Kopf so leer wie meine Scheuern vor Petri Kettenfeier. Ich bin sonst im Pokulieren mäßig. Aber jetzt habe ich mir einen Enzianschnaps eingeschenkt und hinuntergestürzt. Meine Hand hat dabei gezittert. Ich war so aufgeregt und gereizt, daß ich ganz zornig zu dem Söller gesagt hab':

»Sie sind doch sonst hinterher, alles auszuspionieren...«

»Ja«, nickte er. »So hitzig wie noch nie in meinem Leben!«

»Warum sitzen's denn da und lassen die Zeit verstreichen? Warum decken Sie denn, wenn's so gar schlau sind, das Geheimnis des Paters Faramund nicht auf?«

»Ich bin eben daran!« sagt der Herr von Söller.

Es ging eine Bewegung durch die weite Halle. Es war, als machten sogar die Ahnenbilder an den Wänden große Augen. Die Augen der Gäste hingen jedenfalls alle starr an den Lippen des Landrichters, und meine auch. Den Atem hab' ich angehalten. Mein Herz hab' ich klopfen hören und den Pulsschlag gehen.

Der Herr von Söller sagt ruhig: »Ich habe eben die Herren hier alle auf Ehre und Gewissen gefragt, ob ein einziger von ihnen in diesen Tagen den Grafen Johann Preisgott Oetsch zu gleicher Zeit mit dem unbekannten Pater Faramund gesehn hat?«

»Sicherlich keiner!« erwiderte ich. Er nickt.

»Nein. Keiner.«

Ich fahre fort: »Das konnte auch gar nicht der Fall sein! Das ist doch klar! Denn der Oetsch und der richtige Pater Faramund, der jetzt dort oben ist, sind Vettern und kennen sich. Der Oetsch hätte also sofort bei der ersten Begegnung mit dem Unbekannten gesehn, daß er nicht seinen Vetter vor sich hatte!«

»Ist es aber nicht ein sonderbarer Zufall, daß die beiden sich in den drei Tagen niemals begegnet sind?«

»Gar nicht!« sage ich. »Denn der Oetsch läuft schon von weitem spornstreichs vor jedem Priester davon! Das ist bei ihm wahrhaftig nichts Neues!«

»Nein. Das ist richtig!« gab mir der Herr von Söller zu. »Jetzt möchte ich trotzdem einmal dem Tageslauf des Grafen Johann Preisgott Oetsch in den letzten dreimal vierundzwanzig Stunden nachgehen. Das heißt, wenn das Sie und die anderen Anwesenden nicht ermüdet!«

Die Herren sind schweigend und gespannt näher zu ihm herangerückt oder haben um ihn und hinter ihm gestanden. Mir drehte sich noch immer ein Mühlrad im Kopf, und ich war nicht so höflich wie sonst. Ich hab' gesprochen: »Der Tageslauf vom Oetsch? ...'nauf in die Berge! Wieder 'runter! ...Nachts wieder 'rauf! Da haben's dem seine Tätigkeit!«

»Eben!« sagt der Herr von Söller. »Wollen mal schauen: Am Abend spät kommen die Safferstätts an. Die Baronin hat sich für den nächsten Tag den Pater Faramund aus dem Kloster Maria Stern hierher geladen...«

»Hätt' sie das nur nicht getan und uns unsere Ruh' gelassen!«

»Rittmeister ...lassen wir jetzt einmal alle unsere Sentiments beiseite! Bleiben wir akkurat bei den Tatsachen! Am nächsten Morgen, früh nach der Messe, ist der Oetsch auf und davon!«

»Ich hab' ihn selbst den Berg hinaufsteigen sehen!«

»Am selben Vormittag gibt ein Mann aus den Bergen im Kloster Maria Stern einen gefälschten Brief von Ihnen ab, der Pater möchte noch nicht zu den Safferstätts kommen...«

»Das hat mir der Pater eben in ihrer Gegenwart berichtet!«

»Auf den Abend ist der Oetsch wieder aus den Bergen zurück und steht zeitig vom Diner auf und geht in sein Zimmer, wie er hört, der Pater Faramund wird erwartet!«

»Ja.«

»Eine oder zwei Stunden darauf, während der Oetsch in seinem Zimmer vor dem Aufbruch zur Jagd schläft, kommt ein falscher Pater Faramund, begibt sich zu der Baronin Safferstätt, bleibt lange Stunden betend und Beichte hörend bei ihr und wird von Ihnen spät in der Nacht auf dem Rückweg gesehen...«

»...wie ihm die Poletta in sein Zimmer leuchtet! Gewiß!«

»In das Zimmer neben dem Oetsch! Morgens, während der Pater noch unsichtbar ist und nach den Anstrengungen tief in den Tag hinein schläft, kommt der Oetsch von der Jagd zurück und zum Vorschein!«

»Da hab' ich ihn selbst vor dem Schloß gesprochen!«

»Dann ist er in sein Zimmer gegangen und hat sich ermüdet, nach der durchwachten Nacht in den Bergen, für den Vormittag schlafen gelegt und ist also unsichtbar geworden!«

»Und ich bin mit den Herren auf die Jagd.«

»Bald darauf ist an diesem Vormittag, während der Oetsch schlief, aus dem Zimmer nebenan der Pater Faramund herausgekommen und hat erst im Park sein Brevier gebetet und ist dann wieder zu der Baronin Safferstätt hinaufgestiegen, um ihre Beichte weiter zu hören.«

»Ja«, bestätigte ich bang. »Das hat meine Frau selber beobachtet!«

»Kurz vor Mittag ist der Pater von dort in sein Zimmer zurückgekehrt und hat dem Laquaien Gaißböck Weisung gegeben, er bedürfe geistlicher Sammlung und wünsche strengstens, den ganzen Nachmittag hindurch nicht gestört zu werden!«

»So hat es mir der Haushofmeister gemeldet.«

»Gleich nach Mittag, während man den Pater Faramund nicht stören durfte, hat sich dann wieder im Zimmer nebenan der Graf Johann Preisgott Oetsch, so wie er morgens Weisung gegeben hat, wecken lassen, ist unter uns erschienen und hat den ganzen Nachmittag in unserer Mitte verbracht.«

»Ja«, erwidere ich. Es lief mir kalt über den Nacken herunter.

»Abends um sechs Uhr gedachte der Graf Oetsch wieder auf die Jagd zu gehen!«

»Kein Zweifel! Die Absicht hat er mir und auch dem Haushofmeister Rubesoier geäußert!«

»Und eine Stunde später, sobald der Oetsch über alle Berge war, abends um sieben Uhr, wollte der Pater Faramund nebenan erst wieder gestört sein und ein frugales Abendbrot bekommen!«

»Ja«, sage ich entsetzt.

»Mit anderen Worten: Es sind da zwei Zimmer nebeneinander. Es kommt immer abwechselnd durch die eine Tür der Graf Oetsch, durch die andere der Pater Faramund heraus. Aber niemals beide gleichzeitig!« sagt der Herr von Söller. »Und es ist dem Grafen Oetsch, gemäß seiner Gepflogenheit, sich aus Rücksicht auf die Nachtruhe der anderen Gäste häufig seines ebenerdigen Fensters zum Aus- und Einstieg als Weg in das Freie zu bedienen, ein leichtes, vor unseren Augen auf die Jagd zu gehen und bald darauf, von uns allen unbemerkt, in der Dunkelheit durch den Park zurückzukommen. Gleich darauf erscheint dann regelmäßig der Pater.«

Ich stand langsam auf. Die anderen Herren, die noch saßen, auch...

»Nun tritt von außen her, durch einen Dritten, die verhängnisvolle Störung in diesem Wechselspiel ein!« fährt der Herr von Söller fort. »Die Baronin Safferstätt hat dem vermeintlichen Pater Faramund ihre Schuld gebeichtet. Ihrem Mann war das ein Dorn im Auge. Wie dem sein Gewissen aussah, das sehen wir aus der Kugel, die er sich in den Kopf geschossen hat. Er wollte nicht, daß außer seiner Frau und ihm noch ein Mensch von dem Geschehenen wüßte. Wie sie nicht nachgab und weiterbeichten wollte, ist er hinunter zu dem Pater Faramund, um den durch Drohungen oder Bitten zu bewegen, die Beichte abzubrechen. Gegen den Einspruch des Laquaien Gaißböck ist er um vier Uhr nachmittags beinahe gewaltsam bei dem Pater eingedrungen. Komisch: Das Zimmer, in dem der Hochwürdige doch der Beschaulichkeit pflegen wollte, war leer! So leer wie das Zimmer des Oetsch nebenan, der um diese Zeit bei uns drüben in der Halle saß! So leer, als ob es niemals irgendeinen Pater Faramund gegeben hätte...«

»Ja ... aber ... Herr von Söller...« sag' ich und weiß dabei gar nicht, was ich reden soll. Er läßt mich auch nicht zu Wort kommen.

»Während also der Pater Faramund unsichtbar ist, sitzt der Graf Oetsch, wie eben bemerkt, in unserer Mitte und erzählt uns seine Gespenstergeschichten – nicht wahr?«

»Ja.«

»Drüben aber, im Zimmer neben dem seinigen, sitzt unterdessen der Baron Safferstätt und wartet auf den Pater Faramund, und der kommt und kommt nicht und will nicht erscheinen, und die siebente Abendstunde, in der er sein Abendbrot haben wollte, rückt schon heran, und er bleibt spurlos wie in Luft vergangen. In der Halle aber sitzt der Graf Oetsch.«

»Ja.«

»... und ahnte natürlich nichts von dem Gast im Zimmer des Paters Faramund, bis er sich nach sechs Uhr von uns verabschiedete, in sein Zimmer ging und dabei vom Flur aus mit lebhaftem Unmut, wie der Laquai Gaißböck berichtet, nebenan durch die offene Türe den Baron Safferstätt im Zimmer des Paters Faramund sitzen sah!«

»Ja.«

»Er frug den Bedienten, was der Baron denn da wolle, und hörte, daß Herr von Safferstätt schon seit Stunden hier auf den Pater Faramund warte und durchaus nicht das Zimmer räumen wolle, bevor jener käme, und ist dann in sein eigenes Zimmer gegangen und hat zornig die Türe ins Schloß geworfen!«

»Ja.« »Der Graf Oetsch hat sich dann zur Jagd angezogen und fertig gemacht. Aber er ist, entgegen seiner Gewohnheit, nicht gleich in aller Eile fort, sondern ist unschlüssig dageblieben und unruhig und ungeduldig in seinem Zimmer auf und ab gegangen!«

»Ich bin selbst gegen acht Uhr zu ihm hinein, auf der Suche nach dem Pater Faramund!« sage ich. »Da war der Oetsch zu meinem Erstaunen noch da und hat mit umgehängter Büchse am offenen Fenster gestanden und entschuldigend gemeint, er sei wegen des Regens noch nicht draußen im Gebirge!«

»Und im Zimmer nebenan hat nach wie vor der Baron Safferstätt gesessen und, wie es scheint, durch seine bloße Anwesenheit verhindert, daß in dem Zimmer der Pater Faramund wieder auftaucht, nachdem der Graf Oetsch endlich auf die Jagd gegangen ist!« versetzt der Söller.

Ich habe nicht mehr antworten können. Der Landrichter fügte hinzu:

»Der Graf Oetsch hat sich vorher noch, während er sich zur Jagd rüstete, Mühe gegeben, Ihnen, Rittmeister, das Verschwinden des Paters zu erklären...«

»Er hat höhnisch zu mir gemeint,« rief ich, »das wäre wohl eine Kreatur der Mette Safferstätt gewesen und jetzt wieder längst über alle Berge!«

»Und Sie haben's geglaubt?«

»Nur so lange, bis gleich nachher die Mette meiner Frau auf das Kruzifix schwor und ihr Mann mir beteuerte, das sei in Wahrheit der Pater Faramund gewesen! Da haben wir angefangen, überall in Schloß und Umgebung nach ihm zu suchen!«

»Und habt's keinen Floh von seiner Kutte gefunden!« sprach der Herr von Söller. »Und während ihr den Pater Faramund unten im Schloß suchtet, war der Graf Oetsch die Nacht durch auf die Jagd oben in den Bergen.«

»Ja.«

»Den ganzen gestrigen Tag, den Sonntag, ist der Oetsch unter uns hier im Schloß gewesen. In der Zeit hat sich vom Pater Faramund nichts gezeigt!«

»Nein.«

»Auf die Nacht ist der Oetsch wieder zur Jagd hinaus. Wir haben ihn weggehen sehen. Ob er hinterher heimlich wieder durch das offene Gartenfenster in sein Zimmer zurück ist, das wissen wir nicht!«

»Nein!«

»Jedenfalls ist ein paar Stunden darauf der Pater Faramund, von der Beichte der Baronin Safferstädt kommend, uns allen auf der Wendeltreppe erschienen!«

»Ja.«

»Gleich darauf hat er sich wieder in Luft und Nichts aufgelöst. Er war weder in seinem Zimmer, als Sie und Ihre Gattin ihn da suchten, noch sonstwo. Auch das Zimmer des Grafen Oetsch nebenan war leer. Der Graf Oetsch war nun wirklich, während wir noch drüben dem Baron Safferstädt die Pistole entwanden und ihn zur Ruhe brachten, hinaus in die Nacht und das Gebirge. Und dann? Seitdem blieben beide, der Graf Oetsch und der Pater Faramund, jeder in seiner Gestalt, verschwunden!«

Der Landrichter schloß. Keiner redete eine Silbe. Alle schauten auf mich. Ich war schließlich der Hausherr. Unter meinem Dach begab sich der Spuk. Ich mußte das Wort nehmen. Ich konnte kaum. Meine Kehle war trocken. Ein ungeheures, unbestimmtes Grauen schnürte sie mir zusammen. Endlich begann ich:

»Wenn, wie Sie, Herr von Söller, meinen, der Johann Preisgott Oetsch sich Leib und Hülle des Paters Faramund geborgt hat – warum hat er's getan?«

»Das fragen's noch?« sprach der Richter von Söller. Er schaute die Anwesenden der Reihe nach an. »Ihr Herren: in dieser Stunde – Hand auf's Herz: waren wir nicht alle, wie wir hier stehen und sitzen, und ebenso die ganze Welt draußen, heimlich überzeugt und haben es dem

Grafen Johann Preisgott Oetsch schon zugetraut, daß er, um aus seinen Schulden herauszukommen und die Familiengüter zu erben, seinen älteren Bruder Peter-Paul aus dem Wege geschafft hat, wenn ihm auch die gerichtliche Untersuchung nichts hat nachweisen können?«

Ein Schweigen bejahte.

»Mag nun auch der Graf Oetsch mit uns anderen Menschen zeitlebens sein spöttisches Spiel getrieben und uns für Schwachköpfe und Böotier eingeschätzt haben,« sprach der Ritter von Söller sehr ernst, »trotzdem, meine Herren: der Verdacht des Brudermordes trägt sich auch für einen Nekromanten und Magus des Nordens wie den Grafen Oetsch nicht leicht!«

»Wenn er sich unschuldig weiß – freilich!«

»Er wußte sich unschuldig. Er fahndete nach dem Schuldigen. Sein Bruder Peter-Paul war ein halber Heiliger. Ein Selbstmord war also ausgeschlossen. Er hatte draußen in der Welt keine Feinde. Also kein Mord aus Rache. Auch kein Raubmord. Denn man fand alle Wertsachen bei der Leiche. Wer also war es? Graf Johann Preisgott – das wissen wir – pflegt immer genau entgegengesetzt zu denken wie alle anderen Menschen...«

»Ja, wahrhaftig...«, pflichtete ich bei.

»Kein Mensch auf der Welt hegte den leisesten Verdacht gegen die Gräfin-Witwe, die jetzige Frau von Safferstätt. Grund genug für den Oetsch, gerade gegen sie und ihren jetzigen, zweiten Mann Verdacht zu schöpfen!«

»Weiter...«, sagte ich mechanisch. Ich ließ mich nur noch von dem Landrichter von Söller führen.

»Nähern konnte er sich seiner Schwägerin nicht. Denn auf ihm lastete ja die Schuld, ihren Mann ermordet zu haben. Also umlauerte er sie heimlich. Sie hatte eine Jungfer Poletta, die ihr Vertrauen genoß...«

»Ihr volles Vertrauen...«

»Das Mädchen ist schwarz wie der Teufel und hitzig von Geblüt und schwärmerisch veranlagt. Nun, meine Herren, das geheimnisvolle Treiben der Haberer in unseren bayerischen Bergen hat leider etwas an sich, was zur lebhaften Einbildungskraft des Volkes spricht. Diese von den Behörden meist vergeblich gesuchten Rinaldos aus dem Untersberg mit ihren geschwärzten Gesichtern erscheinen empfindsamen Weibern von niederem Stand wie der Poletta im verklärten Licht der Räuberromantik.«

»So ist es!« sagte ich.

»Es war für der ihren Xaver, den im Volk viel genannten Haberfeldmeister, den Fröschel von Hub, nicht schwer, mit der leichtgläubigen Poletta ein Verhältnis anzuknüpfen und sie zu betören!«

»Die Mette Safferstätt hat meiner Frau selbst geklagt, daß das Mädel nicht von dem Banditen abließ!« sprach ich.

»... und mir,« fuhr der Herr von Söller fort, »hat die Poletta gestanden, daß ihr Liebster bei ihrer letzten Zusammenkunft in München sie fleißig nach ihrer Herrschaft ausgefragt habe, und daß sie ihm erzählt habe, was ihr die gesagt hatte: daß sie in nächster Zeit nach Vogelöd gehen und dort den Pater Faramund treffen würde, für den die Poletta die Briefe nach Italien und später nach Maria Stern selbst auf die Post getragen und dessen Antwortbriefe sie gesehen und über den ihre Herrin sich oft mit ihr beim Frisieren des näheren unterhalten hatte!«

Wir hielten alle das Maul. Der Ritter von Söller hatte das Wort. Er sagte:

»... Daß der Mann, dem die Poletta in ihrer Liebesseligkeit gemeldete Konfidenzen machte, in Wahrheit nicht der Fröschel von Hub war, ist nach der gestrigen Depesche der Münchener Polizei an mich erwiesen. Denn der wirkliche Fröschel von Hub befand sich an jenem Tag langst wieder hinter Schloß und Riegel!«

Er wies das Telegramm vor. Da war kein Zweifel.

»Nehmen wir einmal an, dieser Herr Haberfeldtreiber sei in Wahrheit der hochgeborene Graf Johann Preisgott Oetsch gewesen,« begann der Landrichter wieder, »so war es für ihn ein leichtes, sich schon Wochen vorher, um nicht Verdacht zu erwecken, bei Ihnen, mein teurer

Herr von Vogelschrey, zur Hirschbrunst zu Gast zu laden und das inzwischen beschaffte Habit der Religiosen von Golgatha im Koffer mitzubringen!«

Ein Schweigen.

»Nun kommt, nach vierzehn Tagen, auch die Baronin von Safferstätt an. Graf Oetsch weiß durch die Poletta: sie will dem Pater Faramund beichten. Aber er weiß auch, daß ein solches Geständnis von ihr an den Priester ihn, den Oetsch, noch durchaus nicht unbedingt von dem Verdacht des Mordes entlastet. Denn die Beichte ist das Grab. Er kann nicht ermessen, welche Sühne der Pater Faramund der Baronin Safferstätt auferlegen wird ... Vielleicht daß sie sich auf Lebenszeit in ein Kloster zurückzieht ... Er vermag da gar nichts vorauszusehen, denn die näheren Umstände der Tat und das Maß der Schuld der Baronin Safferstätt sind ja ihm, dem Grafen Oetsch, selbst noch unbekannt!«

Wir schwiegen und horchten. Der Ritter von Söller verstärkte seine Stimme: »Dem Grafen Oetsch brachte keine Beichte seiner Schwägerin bei einem Priester Befreiung, der schwieg, weil er eben ein Priester war. Befreiung brachte ihm nur die Beichte seiner Schwägerin bei einem Priester, der mit ihrem Geheimnis in seiner Brust zu den Menschen hinausging und es laut verkündete und sie öffentlich anklagte, weil er eben in Wahrheit kein Priester und nicht an das sigillum confessionis gebunden war. Darum entschloß er sich, sich in den Pater Faramund zu verwandeln, um die Baronin Safferstätt zu entlarven.«

Stille umher. Die Stimme des Herrn von Söller: »Darum gab er, am Mittag nach ihrer Ankunft, als Älpler, wie er auf die Jagd ging, gekleidet, drüben im Kloster den Brief mit dem Wappen des Schlosses Vogelöd und in der dem Pater Faramund unbekannten Handschrift des Herrn von Vogelschrey ab – den Brief, in dem der Pater gebeten wurde, noch nicht zu kommen!«

Der Ritter von Söller machte eine Pause. Dann fuhr er fort: »Der Graf Oetsch wußte, daß sein Vetter, der Pater, kränklich war und, um sich durch Treppensteigen nicht zu ermüden, ein Zimmer zur ebenen Erde erhalten würde. Er erbat sich gleich bei seinem Eintreffen ein ebensolches, um bei seinem Aufbruch zur Jagd vor Tau und Tag nicht Gäste und Dienerschaft zu stören, sondern nach seiner abenteuerlichen Art durch das Fenster ins Freie gelangen zu können. So bekamen er und sein Doppelgänger zwei Zimmer nebeneinander. Denn die anderen Räume in dem Flügel waren von mir und den anderen Gästen besetzt.«

Der Herr von Söller sprach jetzt kurz und rasch, und seine Worte klangen, als fielen Hammerschläge hart hintereinander auf den Amboß. »Am Abend spät stand er im Mondschein als Pater Faramund am Tor. Er ging zu der Baronin Safferstätt und hörte in dieser Nacht den Anfang ihrer Beichte. Er vernahm am nächsten Vormittag, während wir alle auf der Jagd waren, ihre Fortsetzung. Ehe er zum Schluß der Beichte gelangen konnte, kam die Angst und Wut des Barons Safferstätt dazwischen, der sich, um eine Vollendung des Geständnisses zu verhindern, drohend unten im Zimmer des Beichtvaters festsetzte und auf ihn wartete und so dem Grafen Oetsch die Möglichkeit nahm, sich wieder in den Pater Faramund zurückzuverwandeln!«

»Und doch tat er es am nächsten Abend!« sprach ich.

»Er tat es,« sagte der Landrichter, »weil er sah, daß wir alle steif und fest an den Pater Faramund glaubten und seit vierundzwanzig Stunden vergeblich nach ihm suchten. Da entschloß er sich zu dem Wagnis, noch einmal dessen Gestalt anzunehmen und der Baronin Safferstätt in der Schlußbeichte das letzte Restgeständnis ihrer Schuld zu entreißen. Als er auf dem Rückweg unversehens am Fuß der Wendeltreppe auf uns stieß und wir alle ihn sahen, da war sein Vorhaben bis zu Ende geglückt. Er wußte jetzt von der Baron Safferstätt aus ihrem eigenen Munde, wer die Mörder seines Bruders waren, und konnte es allen Menschen draußen ins Gesicht rufen und vor Gericht beschwören ...«

Ich holte mein Sacktuch heraus und trocknete mir die Stirne. Der Herr von Söller schloß: »Seine Rache begann sich sofort zu erfüllen! Das Geheimnis lebte. Die Toten standen auf. Die Baronin Safferstätt war in seiner Hand, schon auf dem Weg zum Gericht. Ihr Mann und Mitschuldiger erschoß sich, während der Graf Oetsch drüben in seinem Zimmer zum letztenmal die Kutte ablegte und irgendwo verwahrte. Der Pater Faramund war nicht mehr vonnöten. Er hatte seine Pflicht getan. Er löste sich auf. Der Graf Oetsch ging an seiner Stelle zum letztenmal hinaus in die Berge. Er wollte keine Zeit verlieren. Für heute morgen hatte er sich schon den Wagen bestellt, um nach München zu reisen und durch eine Anzeige bei Gericht das Urteil gegen seine Schwägerin zu vollstrecken!«

Der Rentmeister trat heran.

»Was bringen's, Herr Mitterhuber?«

Der dicke Mann schnaufte, so hurtig war er vom Schloßflügel herüber in die Halle gesprungen.

»Möchten der Herr Rittmeister nicht gerad' mal schnell in das Zimmer des Paters Faramund kommen? Der Wappolt tät' schön bitten ... Er hat mit seinem Spürhund, dem Teifi, wieder einmal in dem Schloß nach dem Pater umeinandergestört...«

»Da kann er lange suchen!« sagte ich, während ich mit dem Höllring, dem Tettikon und noch ein paar andern den Korridor entlang ging.

»Merkwürdigerweise nimmt der Hund, der Spitzbub', die Spuren im Haus nur noch schwach auf...«

»Weil's alt sind, mein Lieber!« antwortete statt meiner der Landrichter. »Schon von gestern abend!«

»Hingegen ist der Teifi aus dem Zimmer des Paters nicht herauszubringen und wimmert und kratzt am Boden!«

»...und da möchte ich den Herrn Rittmeister fragen, ob wir ein paar Dielen aufheben dürfen!« ergänzt der Forstmeister Wappolt, der mitten in dem Raum steht.

»Wegen mir! Lassen's aus der Sägmühl' ein paar Zimmerleute holen!«

»Tut nicht not! Wir haben den Schrank beiseite gerückt, der vor der Verbindungstür zwischen den beiden Zimmern steht. Er ist leer und leicht zu bewegen und ist in letzter Zeit jedenfalls oft herumgeschoben worden!«

»Woran merken's das?«

»...weil der Staub, der sich immer unter solch einem Schrank ansammelt – die Schlampen, die Zimmermädel, kommen da ja nie ordentlich mit dem Besen hin – weil der von Stiefelabdrücken ganz zertreten ist!«

Der Forstmeister, der von Beruf gewohnt war, Spuren auf der Erde zu lesen, bückte sich und wies auf die Wandleiste am Boden.

»Hier am Rand fehlt der Staub völlig. Man sieht: da sind zwei Dielenbretter schon losgelöst und gelüftet. Man kann sie mit zwei Fingern, wenn man in den Zwischenspalt faßt, in die Höhe heben!«

Der Teifi hockte in der Mitte, schnupperte und scharrte und stieß aufgeregte Töne aus, als wollte er drängen: So macht's doch schon, ihr faden Kerl'! So macht's!

Die Bretter fielen staubwirbelnd zur Seite. Weißgelb schimmerte die Kiesschüttung zwischen den Balkenlagern. In dem rechteckigen Hohlraum, den sie freiließen, lag in sich gebogen und ineinandergefallen etwas Schwarzbraunes, wie die Leiche eines Mönchs.

»Jesus, Maria, Josef! Der Pater Faramund!« schrie der dicke Mitterhuber. Der Forstmeister trat zurück und bekreuzigte sich. Sein Hund war in die Höhlung hinuntergesprungen, faßte das Bündel – so leicht konnte kein Mensch sein! – schwang, es in den Zähnen haltend, sich wieder nach oben und apportierte seinem Herrn die leere Kutte des hochwürdigen Ordensmannes und dann die beiden losen Schuhe und dann ein Futteral mit goldener Brille und dann ein schwarzes Hauskäppchen für die Tonsur und dann ein großes silbernes Kruzifix an einer Kette von welschen Wassernüssen.

Ich hab' nicht erst abgewartet, was der Köter da noch alles an geistlichem Rüstzeug ans Tageslicht bringen möcht'. Zusammen mit dem Mantel und dem Hut, die noch im Zimmer in der Ecke hingen, war die Ausstattung des Paters Faramund jetzt fein beisammen. Meine Herren Beamten standen da wie die Hühner, wenn's donnert. Sie waren wie vor den Kopf geschlagen. Ich für meinen Teil wußte genug. Ich ging weg. In der Halle sah ich, daß draußen vor dem Portal ein leerer Wagen hielt. Der Haushofmeister trat, das dickbäckige alte Hamstergesicht ganz schlaff vor neuer Besorgnis, auf mich zu.

»Herr Rittmeister! Der Herr Graf von Oetsch hatten zu heute morgen eine Equipage zur Abfahrt befohlen.«

»Dasselbige weiß ich, Rubesoier!«

»Die Equipage wartet schon eine Stunde über die angesagte Zeit. Der Herr Graf kommen nicht zum Vorschein. Der Herr Graf sind auch nicht in seinem Zimmer noch sonst im Schloß. Der Herr Graf sind noch nicht wie sonst um die Frühmesse herum von der Jagd zurückgekehrt ...«

»Er ist zurück!« sagt neben mir der Landrichter von Söller, der mir gefolgt war.

»Wo ist er?« schrei' ich und weiß in meiner Verwirrung nicht mehr, was ich red', und fühl' nur undeutlich, daß das ein Unding ist, daß ich erst noch lang nach dem Oetsch frag', und daß ich mir die Frage von selber beantworten könnt', – da nimmt mich der Ritter von Söller und führt mich beiseite, daß uns der Haushofmeister nicht hört, und spricht:

»Wenn der Oetsch und der Pater Faramund eins sind und der Pater Faramund und der Filzenschuster auch, dann ist der Oetsch halt auch der Filzenschuster gewesen – der Schluß ist klar – und ist aus den Bergen zurück und liegt drüben tot beim Alten Wirt auf dem Tisch!«

Der Landrichter fuhr fort: »Der wahre Filzenschuster hat seit Wochen mit einer königlichen Kugel im Bein fern von hier auf einer Alm am Watzmann verborgen gelegen. Und inzwischen fielen hier Ihre schönsten, ängstlich gehüteten Hirsche – denn ein bißchen schußneidisch sind Sie schon, lieber Rittmeister, und haben darin ganz recht – also fielen Ihre stolzesten Kapitalhirche Nacht für Nacht, trotz aller Mühe, die sich der Graf Oetsch draußen in den Bergen mit den Wilderern gab, einem großen Unbekannten zur Beute. Und je hitziger der Herr Graf auf die Berge hinaufstieg, desto sicherer traf dort oben der sogenannte Filzenschuster!«

»Um Gottes Willen!« ruf' ich und greife mir mit den Händen an den Kopf. Der war mir wüst und wirr. Ganz leer war er mir in dem Augenblick. Der Haushofmeister hat sich mir genähert. Um ihn loszuwerden, sag' ich: »Schicken's die Gäule nur wieder in den Stall, Rubesoier! Der Herr Graf ist nicht mehr da. Er ist seit einer Stunde weg!«

»... und kommt nicht wieder?«

»Nein!« antworte ich wie betäubt. »Nein! ... Der kommt nicht wieder.«

Der Haushofmeister verbeugt sich und geht. Ich stehe noch in der Halle, da tritt zu mir der alte Domestik Baptist, der dem Oetsch drüben im Gästeflügel aufgewartet hat. Ich bin ungeduldig, werde ganz wild:

»Was hast denn du?«

Der Baptist Gaißböck trägt respektvoll etwas Weißes auf einem silbernen Tablett.

»Einen Brief von dem Herrn Grafen Oetsch!«

Jetzt ist mir doch das Blut zu Kopf gestiegen und dann wieder herunter, daß mir ganz schwindlig vor den Augen geworden ist:

»Treib du deine Narrenspossen wo anders!« sag' ich zu dem alten Depp von Lakaien. »Der Herr Graf schreibt keine Briefe mehr!«

»Wohl, wohl, gnä' Herr! Da ist der Brief!«

»Wann hat er ihn dir gegeben?«

»Gestern abend, nach dem Gebetläuten, und hat mir streng angeschafft, ich soll den Brief erst abgeben, wenn er, der Herr Graf, heute morgen seit einer Stunde weggefahren ist. Nachdem der gnä' Herr dem Haushofmeister gesagt haben, der Herr Graf hätten vor einer Stunde das Schloß geräumt, bringe ich den Brief!«

»Gib her und schau, daß d' weiter kommst!«

Meine Hand zitterte, als ich den Brief an mich nahm. Ich mußte mich setzen, ehe ich ihn öffnete.

»Schau mir über die Schulter und les' mit!« sprach ich zu dem königlichen Kämmerer von Höllring. »Mir graust vor der Post aus dem Jenseits!«

Und der Höllring stellte sich hinter mich, und ich las die phantastisch verschnörkelten, wie kabalistische Zeichen ineinander verschlungenen Schriftzüge des Oetsch.

»Lieber Poldl! Heute abend bringe ich das zu Ende, weswegen ich dir und der Frau Centa unters Dach gekommen bin. Morgen früh bin ich über alle Berge.

Was es ist, wirst du bald erfahren, wenn der Landrichter mit den Gendarmen in Vogelöd erscheint und meine Frau Schwägerin samt Herrn Gemahl wegen Mords gleich mit sich nimmt. Es tut mir leid, daß das bei Euch geschieht. Aber die beiden haben sich selber den Ort für ihr Strafgericht ausgesucht. Seit vierzehn Tagen warte ich bei Dir auf sie.

Das Warten ist langweilig genug gewesen. Du und die Centa, Ihr seid viel zu gut und fromm für einen, der wie ich mit dem Teufel auf Du steht, und an Deinen Gästen wird einmal der heilige Petrus im Himmelreich seine Freude haben, aber langweilig sind sie in ihrer Gerechtigkeit zum Umkommen, und ich muß Euch gottseeligen Leute ein wenig aufmischen und umeinandertreiben, sonst ist mir nicht wohl in meiner Haut. Ich bin halt so.

Poldl: einen einzigen Fehler hast Du von jeher, seit ich Dich kenn'! Ist nur ein Schönheitsfehler: Du sparst zu sehr mit Deinen Hirschen und Gamsböcken. Du ladest Dir die Leute zur Jagd ein und bringst ihnen dann nur das G'lump vor die Büchse, und die Kapitalböcke, die schießt der Herr Rittmeister mit seinem Anderl vorher oder hinterher, wenn die Luft von Gästen rein ist, höchst eigenhändig für sich.

Gleich am ersten Abend, wie ich vor vierzehn Tagen gekommen bin, haben sie unten in der Halle in Deiner Abwesenheit darüber geschimpft, und der Professor Langpointner hat in seinem Verdruß gesagt: ›Ich wollt nur, dem guten Rittmeister käm' einmal der Filzenschuster oder sonst ein zünftiger Wilderer ins Revier und räumte unter seinem Bestand auf, damit er merkt, daß die Platzhirsche nicht für ihn allein auf der Welt wachsen!‹

Du – das hab' ich mir gesagt sein lassen! Das war ein Wink, die vierzehn Tage passabel hinzubringen, vor denen mir sonst vor Langeweile gegrault hat. Am Ende der vierzehn Tage stand die wichtigste Entscheidung meines Lebens, wegen der ich – ein Kerl wie ich! – ganz brav zu Euch zu Familienbesuch gekommen bin. Ich hab' gefiebert. Ich hab' einen Zeitvertreib gebraucht.

Vom nächsten Tage ab hat der Filzenschuster angefangen, bei Dir zu spuken, und Dir, damit Du nur ja weißt, wer's ist, auch noch ein paar recht freche, unorthographische Zetterln geschrieben. Du: der Malefizkerl hat schon gut geschossen! Ich habe mir die ganzen vierzehn Tage jede Nacht Mühe gegeben, ihn zu fangen. Immer umsonst! Gift' Dicht nicht, Poldl! Weißt jetzt, warum! Lach' lieber hinterher! Es hilft Dir ja jetzt nichts mehr. Und vielleicht ist's Dir eine gute Lehre.

Also: wo der Filzenschuster zurzeit herumstreunt, das weiß ich selber nicht. Wenn sie ihn einmal fangen, hat er schon genug auf dem Kerbholz. Brauchst ihm nicht auch noch Deine Hirsche auf den Buckel zu packen. Das war ein anderer. Die paar schönen Geweihe gönnst Du mir schon! Du bist ja ein guter Kerl. Ich hänge sie mir in Pfaffenrod auf. Jetzt, wenn ich dem Bedienten den Brief übergeben habe, gehe ich zum letztenmal heut abend in die Berge. Morgen früh bist Du mich und meinen Schabernack für immer los. Denn ich fürchte immer: mich ladest Du nicht sobald wieder ein, Dir jagen zu helfen!

Und jetzt kommt in Dein Haus der Ernst, Poldl! Der ganze böse Ernst. Ein frommer Mann wie Du muß es das Gericht Gottes über zwei Todsünder nennen, die unter Deinem Dach wohnen. Da denkt man nicht mehr an die Narrenspossen von dem Filzenschuster. Handkuß der Centa! Bete, Poldl! Bete! Dein Johann Preisgott.«

Ich steckte den Brief ein und sagte nichts und ging wie ein Nachtwandler am hellen Tag wieder vom Schloß am Platz vor der Kirche vorbei hinüber zum Alten Wirt, wo der Tote lag. Mein Freund Höllring hielt mit mir gleichen Schritt und versetzte: »Der Oetsch hat immer in Verwandlungen und Verwechslungen gelebt. Er ist von einer Haut in die andere geschlüpft. Er rühmte sich – und es ist von anderen bestätigt –, daß er in den Karlistenkriegen als spanischer Priester verkleidet durch die Reihen der Regierungstruppen gegangen sei...«

»Wie jetzt als Pater Faramund...«, sagte ich.

»...und im Feldzug der Spanier in Marokko als Araberscheich inmitten der Horden der Rifkabylen!«

»So wie jetzt als Filzenschuster...«

»Und das war seine letzte Verkleidung hier auf Erden!«

Ich schwieg. Aber als wir vor dem Wirtshaus standen, begann ich:

»Ja und doch ... Ich begreife nicht ...«

»Was denn, Herr Rittmeister?«

»Da drinnen liegt doch der Pater Faramund ... der Doppelgänger ... so wie wir ihn sahen: bartlos ... ältlich ... und nicht der Oetsch ...«

Aber als wir den Saal betraten, da schlief, auf dem Tisch ausgestreckt, doch der Johann Preisgott Oetsch den ewigen Schlaf. Die Perücke des Wilderers war abgestreift. Das Tageslicht schien hell auf sein kurzes, dunkelblondes Haar. Der lange, blonde Schnurrbart starrte wieder abenteuerlich aus dem hageren, geheimnisvollen Gesicht, dessen rechte, unversehrte Seite wir vor uns hatten, und diese zurückgewonnene Bartzierde gab dem Antlitz einen ganz anderen Charakter und ließ es wieder, gesäubert, unentstellt und in der warmen Sonnenhelle, die es mit trügerischem Leben überflutete, viel jünger und in den kennzeichnenden, feierlich gewordenen Linien des Oetsch erscheinen, wie wir alle ihn kannten und zu unserem Kreise zählten und doch zeitlebens eine unbestimmte Scheu vor ihm nicht los wurden.

»Er hat sich den Schnurrbart abnehmen lassen müssen, um einem Mönch zu gleichen,« sagte der Landrichter von Söller, der daneben stand, »und ihn seitdem als künstlichen Bart getragen – so wie ich ihn jetzt in seiner Tasche gefunden habe – wenn er nicht diesen falschen Bart schon seit Jahren getragen hat, um so uns anderen, nach seinen verrückten Launen, als Spiegelbild und Doppelgänger aller möglicher Menschen zu erscheinen!«

Wir schauten auf den Toten, und da flössen uns jetzt alle drei, der Haberer, der Fröschel von Hub, und der Wilderer, der Filzenschuster, und der Priester, der Pater Faramund von Golgatha, zu einer einzigen Gestalt zusammen und wurden zum Bild des Grafen Johann Preisgott Oetsch.

Und ich dachte daran, daß der Oetsch ja gesagt hatte, man könne nicht sterben, und daß er jetzt also vielleicht schon wieder in einer neuen Daseinsform auf dieser armen Erde herumwandelte und des Todes spottete, und ich fühlte dann doch: Der Tod ist stärker als alles, auch als der Johann Preisgott Oetsch, und wußte: Sein dunkles, wirres, von Dämonen gehetztes Leben war hinüber zur ewigen Ruh', und ich faltete die Hände und sprach das erste Sterbegebet für seine arme Seele ...

XXV
Von Frau Centa von Vogelschrey

Ich stand mit meinem Mann am Fuß der Innentreppe des Schlosses. Der Poldl berichtete mir in Hast, was in der letzten Stunde an neuen Heimsuchungen Gottes über Vogelöd gekommen war. Allmählich stiegen wir, immer dazwischen stehen bleibend, die Stufen hinauf.

Oben war der Mönch aus Maria Stern bei der Mette, und es geschah so das Unerhörte, daß sie einem Priester eine Schuld unter dem Siegel des Beichtgeheimnisses bekannte, die gleichzeitig jeder Mensch im Schloß schon wußte.

Dann kam ein mir fremder, kleiner, betagter Ordensvater die Treppe hinab. Sein wohlwollendes und menschenfreundliches Gesicht war verfärbt, erschöpft. Voll von nachträglichem Grauen. Er sah aus, als käme er von einer Teufelsbeschwörung.

» Portrei partire...?« sagte er hastig, mich höflich begrüßend, zu meinem Mann und entsann sich dann erst, daß er nicht in seiner Heimat Rom war, und wiederholte auf deutsch, ob er einen Wagen angespannt bekommen könne. Der Poldl hat ihn gebeten, sich nach der Fahrt hierher und der seelischen Erschütterung der Beichte erst ein wenig auszuruhen und zu stärken. Aber der hochwürdige Herr wollte nur noch hinüber zur Leiche seines Vetters, indes man die Pferde anschirrte, und dann weg ... weg aus diesem Hause...

Während mein Mann mit ihm verhandelte, bin ich langsam die Treppe zum zweiten Stockwerk hinaufgestiegen. Eine unheimliche Macht hat mich hinaufgezogen, nicht gegen meinen Willen, sondern ohne meinen Willen. Ich mußte wissen, – ich müßte es ... wer der Mensch war, den wir bisher als die Mette Safferstätt kannten ... Die Türe zu ihrem Zimmer war nur angelehnt. Es schien so, als sei alles voll Entsetzen vor ihr geflohen, auch die Poletta, ihre Jungfer. Sie selbst saß mitten in dem Raum. Ihr feines Gesicht unter dem reichen, aschblonden Haar war wie aus bleichem, gelbem Wachs geformt. Die großen, blauen Augen waren wolkig verschwommen und schauten starr auf mich wie die einer Blinden. Ich wußte nicht, ob sie mich erkannte. Ich blieb bebend, weit ab von ihr, an der Türe stehen. Ich sagte:

»Mette ... Wer bist du...?«

»Ein sündiger Mensch!« sagte sie langsam. Sie war merkwürdig ruhig.

»Wie bist du zu der Todsünde gekommen?«

»Die Todsünde kam zu mir.«

»Die Sünde kann nur zu den Menschen kommen, die sie schon in sich tragen.«

»Ich habe sie in mir getragen, vielleicht schon von Kind an!«

Plötzlich sprang sie auf. Über ihrer zarten, kaum mittelgroßen, mädchenhaften Gestalt lag immer noch der süße, schwermütige Reiz von früher, um dessentwillen wir sie alle so liebten. »Und die Sünde hätte in mir geschlafen. Für immer!« sagte sie hart und hell. »Ebenso wie in euch andern allen! In jedem ist etwas Böses! Sogar in dir, du sanftes Katzel! Weckt es nur nicht auf! In mir habt ihr es erweckt!«

»Wer?«

»Ich hätte gelebt wie ihr andern und wäre einmal gestorben wie ihr anderen, wenn ich dasselbe Schicksal gehabt hätte wie ihr andern...«

»Das Schicksal hat es mit dir nur zu gut gemeint!« sagte ich. Die Mette hörte mich nicht. Sie fuhr leidenschaftlich fort: »...wenn ich mein Leben mit einem anderen sündigen Menschen von Fleisch und Blut hätte teilen dürfen wie du mit deinem Poldl! Statt dessen haben mich meine Eltern, kaum daß ich von dem Englischen Fräulein heraus war, noch als halbes Kind an einen Heiligen vermählt!«

»Ja. Das war der Peter-Paul!«

Die Mette ging auf mich zu. Ich fürchtete mich vor ihr, aber ich vermochte nicht wegzulaufen. Ich blieb wie angewurzelt an der Türe stehen. Dicht vor mir machte die geisterbleiche, verstörte Frau halt.

»Weißt du, was das heißt: neben einem Heiligen zu leben?« sagte sie. »Stund’ um Stunde, vom Morgen bis zum Abend, Jahr um Jahr nur das Fehlen aller Fehler zu sehen, durch die wir andere eben Menschen sind und uns als Menschen fühlen...?«

Und – Gott verzeih’ es mir! – es ging mir da durch den Kopf: Wenn wir alle schuldlos wären, so gäbe es kein irdisches Jammertal mehr, und die Welt wäre nicht mehr da, sondern nur noch das bessere Jenseits! Die Mette sprach heftig weiter. Ich fühlte ihren heißen, lebendigen Atem an meiner Wange.

»Weißt du, was das heißt: sich von so viel Vollkommenheiten neben sich erdrückt zu fühlen? Der Abstand zwischen dem Peter-Paul und gewöhnlichen Menschen wie mir war zu groß. Je unirdischer er schon bei Lebzeiten den Himmel schaute, desto sündiger fühlte ich mich neben ihm, viel sündiger, als wenn ich in der Ehe in einem zweiten Menschen mein Spiegelbild mit allen Schwächen und Fehlern gesehen und mich daran hätte bessern können. Viel sündiger fühlte ich mich, als ich war. Dadurch ist erst die Sünde in mir aufgewacht. Sonst hätte sie in mir zeitlebens geschlafen wie bei euch!«

Mir bangte vor der Mette. Ich konnte nichts erwidern. Auf ihren Zügen spielte ein verzweifeltes, irres Lächeln. Sie breitete die Arme in die leere Luft aus und ließ sie wehrlos fallen.

»Ich war nicht schlecht!« sagte sie. »Ich hab’ nur gefroren. Ich hab’ nur Sehnsucht nach einem Menschen von Fleisch und Blut gehabt, der meinesgleichen war. Ein Kind der Welt und nicht ein abgeklärter Heiliger, neben dem man sich verworfen vorkam. Ich habe mir in meinen Träumen, aus meiner ewigen Zerknirschung und meinem Trotz gegen das Schicksal heraus, einen Mann als Lebensgefährten gestaltet, der alle die Tugenden nicht hatte, an denen ich neben dem Peter-Paul hinstarb und mich verworfen fühlte – einen Dutzendmenschen – nicht besser und schlechter als ich! Da ist mir der Gaudenz in den Lebensweg gekommen...«

Der war freilich schon ein Dutzendmensch...dachte ich mir. Und als ob sie meine Gedanken erraten hätte, leise, ganz leise die Mette:

»Das war mein Unglück. Denn damit bin ich nicht auf den Erdenboden gekommen, den ihr anderen unter den Füßen habt, sondern tief, tief hinunter. Es war ein Sturz, ein Wechsel, und eigentlich dasselbe. Statt dem Himmel hat mich die Hölle in Empfang genommen. Der Gaudenz war ebenso tief im Innersten schlecht wie der Peter-Paul übermenschlich gut!«

Das stürmte überraschend auf mich ein, obwohl ja nun schon seine furchtbare Tat wider den Gaudenz zeugte. Die Mette fuhr fort:

»Ihr habt den Gaudenz für einen gutmütigen, harmlosen Durchschnittsmenschen gehalten. Ich auch. Das Leben selber, wie ich es ersehnte, um endlich ich selbst zu sein, und von dem ich gar nicht mehr verlangte, ist mir in ihm entgegengekommen. Er hat sich gleich bei der ersten Begegnung heiß in mich verliebt. Ich habe es erwidert. Wer der Gaudenz eigentlich war, das habe ich erst später als seine Frau begriffen.«

»Was war er...?«

Die Mette sah mich aus ihren großen, toten, blauen Augen an. »Schlecht war er«, sagte sie. »So schlecht, daß ihm nichts unmöglich war. Aber er hat es selbst nicht gewußt, und darum hat es auch sonst niemand gewußt. Denn er war nicht mit Willen und Bewußtsein schlecht. Es war ihm angeboren. Oder es fehlte ihm etwas, was die anderen haben, und was sie von bösen Taten zurückhält. Er war zurückgeblieben. So wie er sind vielleicht die Menschen vor Jahrtausenden hier im Tal gewesen, als sie sich in ihren Höhlen totschlugen und das ganz natürlich fanden. Der Gaudenz hatte nur niemals Gelegenheit gehabt, das zu zeigen. Denn er hatte ja alles, was er brauchte. Er wollte nichts von anderen Menschen. Darum war er mit ihnen vergnügt und umgänglich, und ihr hattet ihn alle gern. Erst als er etwas wollte – als er mich wollte, ist seine angeborene Natur erwacht!«

»Und du?«

Die Mette hob langsam ihre magere, weiße, blaugeäderte Hand. »Sieh – nun endet schon meine Sünde und seine beginnt! Meine Sünde war nur in Gedanken. Ich hatte ihn angesehen, wie ich einen anderen Mann nicht ansehen durfte, und mich in ihn verliebt...«

»Das ist schon Sünde genug...«

»Wer kann dagegen? Aber ich habe ihm – nicht einmal, sondern hundertmal – gesagt: Wäre ich frei, so wäre ich dein! Aber ich bin nicht frei und kann es nicht werden, und so muß alles bleiben, wie es ist!«

»Und da...?«

»Da hat er schließlich überhaupt nichts mehr erwidert! Und dann ... bei Gott und allen Heiligen ... Centa, ich schwöre dir einen leiblichen Eid ... ich hab' an jenem Morgen vor drei Jahren gar nicht geahnt, daß der Gaudenz überhaupt heimlich in der Nähe unseres Schlosses war – da kamen die Leute gelaufen und brachten mir die Nachricht von der Ermordung meines Mannes!«

»Dir aber hat der Gaudenz hinterher gestanden, daß er der Täter war?«

»Ja. Noch am selben Tag.«

»Warum hast du ihn nicht angezeigt?«

»... weil ich nun erst erkannt hab', wer er war,« sagte die Mette in einer starren Ergebung, »... weil ich jetzt gefühlt hab', daß er viel stärker war als ich, weil er viel schlechter war! Weil ich in seiner Macht war. Diese Macht ist geblieben. Ich hab' tun müssen, was er wollte. Ich hab' ihn geheiratet...«

Sie schwieg eine Sekunde. Dann stieß sie hervor:

»... und nun kommt das Furchtbarste: Ich habe mich so vor ihm entsetzt und mit ihm schuldig gefühlt, daß ich mich an ihn geklammert hab'! Ich habe mich so vor ihm gefürchtet, daß ich ihn erst recht geliebt hab' ...! Das sind die Abgründe, die eine reine Seele wie du nicht begreifst!«

Und doch wäre ich keine Frau gewesen, wenn mir nicht ein Schauern und eine Ahnung durch die Seele gegangen wäre ... Die Mette schloß:

»... und der Gaudenz und ich haben uns geliebt bis heute ... bis zur letzten Stunde ... ich konnte nicht anders ... Gott sei mir gnädig!«

»Und du hast gar keine Reue empfunden?«

Das schmale Antlitz der Mette war seltsam vergeistigt. Darauf stand das Schicksal geschrieben. Die Notwendigkeit über den Menschen, der keiner und keine entrinnt.

»Hätte ich keine Reue empfunden,« sagte sie nach langem Schweigen, »dann wäre heute dein friedliches Haus nicht voll Blut und Mord und Selbstmord und Verzweiflung, du armes Katzel! Vom ersten Tag ab hat die Reue mir keine Ruhe gelassen. Vom ersten Tag ab habe ich mich als seine Mitschuldige gefühlt, wenn ich es auch eigentlich nur dadurch war, daß ich schwieg und einen andern, den Johann Preisgott, meinen Schwager, im falschen Verdacht ließ.«

Nach einer Weile fuhr sie fort:

»Die Reue ist immer stärker geworden. Ich habe dagegen angekämpft. Da kam Gottes Finger von oben...«

»Was war das für ein Zeichen?«

»Zwei Jahre fast haben wir, der Vorsicht halber, verstreichen lassen, bis wir uns heirateten, der Gaudenz und ich. Da, vier Wochen nach unserer Hochzeit, hat sich mein Töchterchen aus erster Ehe hingelegt und war nach vierundzwanzig Stunden tot. Ich wußte wohl, warum. Das war die erste Strafe vom Himmel...«

Die Mette atmete wild und bang.

»Seitdem hab' ich keine ruhige Stunde mehr gehabt. Wo ich ging und stand, auf Schritt und Tritt, ist das tote Kind vor mir gestanden und hat mich gefragt: Wann befreist du dich von deiner Schuld an meinem Vater? Wann denkst du an deine ewige Seligkeit? Wann fängst du an, dich vor der Strafe zu fürchten, die dich im Jenseits erwartet? Es hat mir das Herz abgedrückt. Ich war wie ein gehetztes Tier. Ich habe nicht mehr schlafen können. Ich habe die Nächte hindurch gebetet, während der Gaudenz seelenruhig neben mir schlief, und mich elend und verstoßen gefühlt. Ich habe mich einem Menschen offenbaren müssen, um Trost und Hoffnung zu erlangen, wenigstens einem Priester – wenigstens im ewigen Schweigen der Beichte – einem Priester, den ich niemals im Leben wieder sehe – der das Geheimnis mit sich in die Weite nimmt – der in einem fernen Land wohnt...«

Sie brach ab und setzte ruhiger hinzu:

»So bin ich auf den Pater Faramund, den Vetter meines Mannes in Rom, gekommen. So bin ich zu dir, um ihm zu beichten, nach Vogelöd gekommen. So ist mir der Johann Preisgott, auf dem schuldlos der Verdacht des Mordes lag, in der Gestalt des Paters Faramund zuvorgekommen und hat mir mein Geheimnis entrissen und meinen Mann in den Tod getrieben und ist jetzt wohl schon unterwegs nach München, um auch mich zu verderben! Er hat ganz recht! Gott will, daß sich seine Gerechtigkeit durch ihn erfüllt!«

Ich sah: die Mette wußte noch gar nicht, daß auch der Johann Preisgott Oetsch tot war. Während ich noch schwankte, auf welche Weise ich es ihr berichten sollte, gab sie mir müde die Hand, die ich kalt wie die einer Toten und mit Abwehr und doch mit Mitleid in meiner fühlte, und drängte mich fast zum Zimmer hinaus.

»Meine Nähe tut nicht gut! Geh, Katzel ... geh!«

Unten in der Halle traf ich meinen guten Mann. Er hörte mich an und sprach dann:

»Einmal muß die Mette erfahren, daß ihr Todfeind, der Oetsch, sie nicht mehr bei den irdischen Gerichten anzeigen kann, sondern daß sie selber das tun muß, um ihr Gewissen zu entlasten, wie ihr das auch gewiß der Golgathianer-Pater, der eben wieder weggefahren ist, in der Beichte auferlegt hat. Am besten ist's, du gehst noch einmal zu ihr und sagst ihr das!«

Ich stieg hinauf. Das Zimmer oben war leer. Wir suchten im ganzen Schloß nach der Mette. Wir konnten sie nicht finden. Der Haushofmeister Rubesoier sagte, er habe die Frau Baronin rasch in Hut und Mantel durch den Park gehen sehen. Wir eilten ihr nach, aber sie mußte einen Umweg eingeschlagen haben und in die weiten, sich an den Park anschließenden Wälder hinausgeirrt sein. Ihre Spur blieb verloren.

XXVI
Bericht des Peter Wöhr, Schiffermeisters auf dem Oedsee

Ich habe die Bootfahrt auf dem Oedsee unter mir. Der Oedsee liegt zwei Stunden von Vogelöd, hübsch einsam zwischen den hohen Bergen. Aber er gehört schon noch zur Herrschaft Vogelöd.

Im Sommer kommen oft Sommerfrischler, die auf dem See fahren. Im Herbst sind selbige rar. Es war für mich staunend, wie an dem kalten Tag eine feine Stadtdame gang allein gekommen ist. Der Wind ging laut, und es hat ein wenig geregnet. Aber die Dame hat ein Boot begehrt. Ich hab' ihr den Buben mitgeben wollen. Sie hat gesagt: Nein. Sie muß allein fahren. Wie ich gesehen habe, daß sie hat mit den Rudern zur Not umgehen können, hab' ich ihr den Willen getan, und die Dame ist auf den See hinausgefahren.

Ich habe auf sie vergessen, bis am Nachmittag der Forstgehilfe drüben von Daxenrain gekommen ist und gesagt hat, am andern Ufer ist ein leerer Nachen angetrieben. Ich bin rasch die Stunde Weg mit ihm hin. Im Boot hat der Schirm und der Mantel von der Dame gelegen.

Wir sind mit dem Kahn auf den See hinaus und haben gesucht. Der See ist arg tief und hat Wirbel, die nach unten ziehen. Am anderen Tag haben wir mitten auf dem See den Hut schwimmen sehen und herausgeholt. Die Dame selber haben wir nie gefunden.

www.ingramcontent.com/pod-product-compliance
Lightning Source LLC
LaVergne TN
LVHW021710210726
843510LV00015B/1226